Sonya
ソーニャ文庫

氷の王子の眠り姫

荷鴣

イースト・プレス

contents

1章

こちらを見下ろす瞳は、夜よりも深い暗闇だ。
その目に映る自分は闇に囚われているかのようだった。
逃げなければならないのに、身体は指すら動かない。自由がきくのは顔だけだ。
後悔はしたくないけれど、覚悟を決めるしかないだろう。
最後の力を振り絞り、頭の中で彼を思う。
夢の中でだけでも会いたい。そう願った時だった。
刃が光を受けてきらめいた。髪を摑まれ、長い毛束が落ちてゆく。
頭がいやに軽くなる。彼が綺麗だと褒めてくれた髪だった。優しく撫でてくれた髪だ。
唐突に、左の小指を鋭い痛みが貫いた。
自分のうめきが虚しく響く。

ちりり　ちりり

振り香炉に合わせて鈴が鳴る。中からけむりがたなびいて、辺りに乳香が漂った。

艶めく赤い唇が、吐息まじりに囁いた。

眠れ…　眠れ…

それは全身を舐めまわされるような、ねっとりと染む声だった。

ほどなく、命じられるがまま五感の機能が停止して、思考さえも閉じられる。

とどめたい記憶や忘れたい過去も、喜びや悲しみも、等しくぱちんとはじけて消える。

夢は見ない。広がるのは果てのない無であった。

それでも強固な支配が綻ぶ時がある。

それは、いつ訪れるかわからない、ほんのわずかな時だった。

水底から小さなかけらが剝がれて浮くように、ゆっくりと、ゆらゆら意識が持ち上がる。

その先に、聞こえてくる声がある。深みのある声だった。透き通る、男性の——

「ルル」

声は心地が良くて、身体に素直に浸透する。

彼女は漠然と、この声が好きだと思った。

＊＊＊

きっかけは、辺りをつん裂く衝撃音。地響きを伴うほどの雷だ。

合間に、風のうなりと壁を打つ激しい雨の音が聞こえる。外は嵐なのだろう。閃光が走り、また雷が轟いた。その拍子にろうそくが一本消えて、部屋は暗さが増した。その中で寝台に寝そべる少女は、閉じた睫毛を震わせる。ずいぶん長く眠っていたのか、視界はぼやけて、そこに何があるのかわからない。ただ、おぼろな光が見えるだけだ。

幾度かの瞬きの後、ほどなく目が慣れてきて、だんだん世界が色を持つ。

横たわったまま見た天井は精緻なアラベスク。葡萄の彫刻と組み合わされて規則的に並ぶ模様に、蛇のように蔦が這う。不調和だ。ほのかに不安を植えつけられるが、危うい中にも、そこには惹きつけられる美があった。

ここは一体どこだろう。

少女は働かない頭で考える。しかし、思考は途切れてしまい、弱々しく息を吐く。まるで考える力を奪われているかのようだった。

ぼんやり眺めていると、寝台を囲む白い薄布が風に揺らされた。

布を追いかけ、視線をゆっくり移動させる。すると、薄布の隙間の向こう側に、タペストリーと絵画が見えた。

彼女はまずタペストリーに目をやった。夜の湖に浮く白鳥だ。続いて絵画に目を移す。それは女の子を描いた肖像画。

絵の中の少女がこちらを見つめている。見透かすようにまっすぐに。つぶらな瞳は緑色で、鮮やかな真紅のドレスを身に纏い、ブルネットの長い髪が衣装に映えている。歳は十ほどだろうか。幼い少女は物言いたげな表情だ。

——おかえりなさい。

そう、話しかけられた気がして、次第に鼓動が速くなる。苦しくなって、息をつく。頭の中がぐしゃぐしゃで、混乱しきっていて状況が把握できない。見知らぬ世界にたったひとりで放り出されたかのようだった。

不安に駆られて視線をさまよわせれば、視界の端に灯りがちらついた。目を凝らせば燭台の上のろうそくに火がついていた。ゆらゆらと残像を残して揺れる炎を眺めていると、若干だけれど落ち着いた。ひとつ深呼吸をする。

変わらず風雨は収まらず、ますます勢いづいている。一瞬、光が閃いた。稲妻だ。部屋に満ち、鼻腔をくすぐるのは薔薇の香りだ。摘みたてのように芳しい。

少女は目をさまよわせながら、再び思う。ここは、一体どこなのだろう。

「……わ、……たし……」

自分の喉から出た声に戸惑った。それはかすれて消え入りそうで、呟きにも満たないものだ。己の弱さ、小ささを、ありありと知らしめられる。

しかし、嵐に紛れたか細い声に気づいた者がいたようだ。薄布ごしに背の高い影が映りこむと、すかさず捲られた。

途端、彼女は空色の瞳に囚われた。

それは逸(そ)らすことができないほどの、凄絶(せいぜつ)な色を持っていた。吸いこまれそうな冬空の色だ。彼女が知らず息をのんだのは、その瞳の美しさもさることながら、目の前の青年が、淡く発光しているような、見事な白金の髪をしていたからだ。前髪から覗(のぞ)く切れ長の目は少しだけつり上がり、厳しさを表している。端正な顔立ちは胸に迫るが、凍(い)てつく真冬を思わせた。

神々しさに我を忘れて魅入っていると、彼の目が細められた。刹那(せつな)、怜悧(れいり)さはなりをひそめて、笑顔が広がる。人を寄せつけない面差しから、瞬時に人の注目を集めるものへ。厳冬(げんとう)ではなく、常春(とこはる)だ。あまりの変貌(へんぼう)ぶりに動揺する。

「ルル……」

聞き覚えのある声だった。

彼女が反応しようとした時だ。いきなり覆い被さってきた彼に、わけもわからず抱きしめられた。硬い胸板を押しつけられて、彼の鼓動が伝わった。きっと、自分の鼓動も筒抜けだ。

混乱の中、けれど、はっきりとわかることがある。この人はわたしを知っている。

「……あ……」

質問したいのに、喉が引き攣(つ)れた。声を出そうとしたけれど、空気が漏(も)れるだけだった。

「目覚めたんだね」

優しく紡(つむ)がれたその声は、耳からすべるように侵入(しんにゅう)し、身体の奥をくすぐった。たちまち背中をぞわぞわとしたものが這い上がる。

「……ルル」

青年はわずかに身を離し、こちらを覗きこむ。

彼の長い睫毛が、いまにも顔に触れそうだ。唇も。

これ以上近づかれては、唇同士が重なってしまう。

固唾をのんでいると、唇に短く息が吹きかかる。彼が笑ったのだ。

「震えているね」

「……わた、し」

「ん?」

ようやく彼の顔が離れて、彼女は途切れ途切れに息をつく。

──恐ろしい。

彼は美しすぎる。眉も目も唇も、鼻も顎も何もかも。寒気がするほど整っていて、すごみを持つ。

不気味で怖い。

この人を知らない。見たことがない。これほど綺麗な人を見たなら、忘れるはずがない。

「ルル」

心を読み取られてしまったのか、彼がわずかに首を傾げる。

「僕を思い出せない?」

ぎこちなく頷けば、彼の形のいい唇が、ためらいもなく自分の額に落とされた。慣れているような仕草に彼女は目をまるくする。

やわらかなくちづけは、せつなくなるほどの甘い熱を帯びていた。

「何もわからない？」

唇は額につけられたままだった。頬がみるみるうちに紅潮し、火照りを抑えられない。

「君は記憶がないんだね。でも、心配はいらない。こうなると知っていたんだ」

その言葉を聞いた途端に、満ちていた熱がかき消えた。彼は何を知っているのだろうか。

彼女はこわごわ窺った。

笑っている。

「君の名前はルーツィエだよ」

首をひねると、彼の頷きが返された。

彼女は心の中で復唱する。「ルーツィエ」と。耳慣れないけれど、言い聞かせるように繰り返した。

――わたしは、ルーツィエ。

彼に優しい手つきで頭を撫でられて、居たたまれずに目を伏せる。

「僕はフランツだ。言ってみて」

まごつくと、彼は「呼んで」と重ねてくる。ルーツィエは、震える声で彼を呼んだ。

「………フランツ」

彼の美しい水色の真摯（しんし）な眼差しが痛かった。胸が軋（きし）むようだった。

「そう、フランツ。僕は君をルルと呼んでいる。昔からね」

言葉の途中で頬を包まれ、すっと顔が近づいた。彼の息遣いを感じる。

「僕たちは出会って八年になる。フランツ＝アーベルという名前に心当たりはないかな」

まったくないので、首を横に振るしかない。考えをめぐらせようにも、ルーツィエの中は空っぽだった。思い出せるものが何もない。

「そんな顔をしなくていいんだ」

彼の指に目元を撫でられる。突然のことに肩が跳ね上がってしまうが、そこに涙が付着して、自分が泣いていたのだと知る。

薄く微笑む彼は、指の雫（しずく）にそっと口をつけて吸い上げた。その動きがやけに艶めかしくて、ルーツィエの胸は否応なしに高鳴（たかな）る。どくどくと血が巡り、身体のそこかしこが沸（わ）き立っているかのように熱くて苦しい。

「大丈夫、じきに記憶は戻るから。でも、これだけは覚えていて」

ルーツィエが彼の言葉を聞き逃すまいと顎を上げると、目が合った。

「君は僕の妻だ」

驚きに瞠目（どうもく）した彼女が、彼の言葉の意味を考えようとした時だ。ちりり、ちりりと鈴の音が聞こえてきた。それは、礼拝堂（ブルクカペレ）の祈禱（きとう）で用いられる振り香炉の鈴の音を思わせた。心なしか、乳香までもがほのかに漂ってくる。が、彼女はそれが、司教が行う聖なる類（たぐい）のも

のではないとなぜか知っていた。

――早く、逃げなければ。

全身を、得体の知れない恐怖が支配し汗が噴き出す。

艶めく赤い唇が、『眠れ』と耳元で囁くのを感じる。

眠れ… 眠れ…

たちまち彼女の脳裏に暗い濃霧が押し寄せて、包まれた瞬間、彼女は抗えない睡魔にさらわれた。


次にルーツィエが目を開けた時には、嵐は跡形もなく消えていた。暖炉があるのだろうか、時折火の爆ぜる音がする。

部屋は薄暗かったが、前回よりも多少明るい。陽が差しているからだ。

タペストリーの左側、丸いガラスが配列を組むロンデル窓を見やれば、朝焼けなのか夕焼けなのか、見える空は赤だった。

ルーツィエは寝台に寝そべりながら考える。

ここは一体どこなのだろう。あの『眠れ』と囁く者は誰なのか。美貌の彼、フランツは何者なのか。それ以前に、自分という人間は――

途端にぞわりと肌が粟立つ。ルーツィエは、自分のことをまったく思い出せない。生い立ちはもちろんのこと、髪の色、瞳の色、歳さえも。

数々の疑問が浮かび上がり、溢れ出す。けれど思い出そうとするたびに、ずきんと激しい頭痛が伴った。

痛みを紛らわせようと仰のけば、そこにあるのは天井だ。精緻なアラベスクに這う葡萄の蔦が、錯覚なのか、しゅるしゅると蛇のように動いて見えた。出てもいないのに唾をのむ。見入っていると、寝台を囲む薄布が膨れて、外気がこちらに押し寄せた。湿りを帯びた空気はほのかに薔薇の香りがして、ルーツィエはそれを吸いこんだ。息を吐いて、もう一度。

繰り返せば、少しだけ気持ちがやわらいだ。

ルーツィエは、やるべきことを確認していく。

——まず、ここがどこであるかを調べよう。

決意すれば早かった。身体を動かそうと試みる。なぜか全身が強ばっていて、節々が痛く、思うようにはいかないけれど、少しずつほぐれて、何とかゆっくり動かせるようになる。寝台の上に重ねてあるクッションに背をもたせかけるころには、ふう、ふうと息があがった。

身体が他人のものであるかのようだ。

しばらく目を閉じたまま呼吸を整えたルーツィエは、薄く睫毛を持ち上げた。するとちょうどタペストリーが目に入り、その下にある絵画の少女と目が合った。

絵に描かれている少女の唇は、口角を上げて笑みを刻んでいるが、どことなく寂しげだ。

少女が纏うドレスは、赤い染料を用いたスカーレットの布で仕立ててあるようだ。それは非常に高価な布で、王侯貴族しか身につけられない。その胸に流れるブルネットの長い髪には、白鳥の形をした精巧な金の飾りがついていて、タペストリーの模様に似ていた。寒色で構成されたタペストリーは、暖色で描かれた絵画を際立たせるためにあるかのようで、絵は意匠を凝らした金の額縁ごと部屋の中で映えていた。

時を忘れて眺めていると、絵の隅に小さな文字を発見した。ルーツィエは、寝台の上をじりじり這って、近づけるところまで近づいた。

しかし、金の塗料で書かれた文字は、光を反射してうまく読めない。今度はじゅうたんに足を下ろして立ち上がろうとした。が、力が入らず、身体が傾く。

咄嗟に傍机に手を置き支えるが、視界に入った自分の手に、ぴしりと身を硬くした。

恐怖に駆られて、はっ、はっ、と浅い息を繰り返す。

ちらりと見えた自分の左手はやけに白く、陶器のようだった。けれど怯えているのはそのことではない。自身の小指に、深紅の細い茨が絡みついていたからだ。さながら指輪のようでもあるが、明らかに異様だ。なぜならその茨は確かに自分の皮膚から生え出ている。

小指と一体になっているのだ。

まるで血だ。禍々しい血の指輪——

外そうとしても指が痛むだけで、指輪はびくともしない。

恐慌に陥る彼女が、声にならない声をあげると、近くに控えていたのか、人影がすぐに現れた。

「ルル？」

フランツだ。彼に強い力で抱きしめられる。

しかし、たくましい腕に包まれていても、がたがたと震える身体は治まらない。

「震えている。何があった？」

答えようとするが、うまく言葉が出てこない。代わりに背中をさすられた。

「無理をしてはだめだ。まだ寝ていて」

ルーツィエは寝台に寝かしつけられそうになり、首を振って拒絶する。

彼の黒いマントを思わず摑むと、小指の茨が、ぎらりと光を反射した。彼はそれを険しい顔で一瞥したが、すぐにルーツィエに微笑みかける。

「君は三日ぶりに目を覚ましたんだ。慣らさずに動いては倒れてしまう。いいね？」

あれから三日も眠っていた事実に驚いたものの、ルーツィエはそれよりも指に絡みつく赤い茨が気になった。すべての元凶がこの茨にあるような気がしてならない。

だが、問いかけようにも、声は喉の奥に隠れてしまう。

ルーツィエは、小刻みに手を震わせながら、フランツに赤い茨の指輪を掲げた。先ほど彼が見せた険しい顔は、きっと何かを知っているからだろう。

「ルル」

眉間にしわを寄せた彼は、ルーツィエの手を握りしめる。そして、子どもに言い聞かせるように優しく言った。

「いまは何も考えないで。君はただ僕を見ていればいい」

到底納得できない答えだ。ルーツィエは、声を絞り出そうと口を開けた。

「……、指」

依然として声はかすれているが、構わず続けようとする。すると、彼の長い人差し指が唇にのせられた。

「だめだ、前よりも嗄(か)れている。君はまだ何かをできる時期じゃない」

ルーツィエは顔を歪(ゆが)めた。なぜそんなことを言うのだろう。

必死に唇を動かそうとしていると、フランツはいきなりかがみこみ、ルーツィエの膝(ひざ)の裏に手を差し入れた。焦(あせ)る間もなく抱え上げられて、どこかに移動させられていく。ルーツィエはさらに混乱を極めた。

「……う、ぁ」

「しゃべっちゃだめだ。喉がやられる」

ほどなくフランツは、ロンデル窓の前で立ち止まった。

心臓は壊れるほどに早鐘(はやがね)を打ち、思考もぐちゃぐちゃだ。けれど目線をあげれば、彼の神秘的な横顔にたちまち魅せられてしまう。そんな自分にはたと気がつき、恥ずかしくなって外を見れば、そこにあるのは赤と青が微細(びさい)にまじる空だった。昼と夜の狭間(はざま)だ。

ルーツィエは、その空が綺麗だと感じた。呼吸を忘れて見つめ続ける。

「残念、沈んでしまったね。君は夕日が好きなんだ。見せてあげたかった」

自分の記憶にまつわる話だ。慌てて彼を見上げれば、その目が眩しそうに細まった。

「昔、僕たちは毎日のように夕日を見ていた。懐かしいな。ほら、あのベルクフリートに続く歩廊。よくあそこで駆け比べをしてから眺めたんだ。日が沈むまでふたりでね」

視線を下げれば、歩廊よりも、ぐるりと辺りを囲む濠が気になった。濠は濠でも幅が広い。飾りではなく、間違いなく実戦を想定したものだろう。堂々とそびえ立つ最後の砦のベルクフリート、石造りのマシクーリや小塔、歩廊のある盾壁は堅牢で、よくよく見れば修繕されている箇所もあり、戦いの痕跡が見て取れる。ここは城塞なのだと思った。

「……この、城」

「ルル、いま話しては喉に悪い。蜂蜜があるから行こうか。塗ってあげるよ」

フランツは、ルーツィエを抱えたまま再び移動する。その間に、「君は歌が得意なんだよ」と聞かされた。だから喉を大切にしてほしいと言われるが、まったくそんなふうには思えないので、半信半疑のまま頷くしかない。そこでふと、視界の端にきらりと光るものを見つけて目を留めた。

それは大きな姿見だった。鏡の周りは絵画の額縁と同じ柄で装飾されている。最初は考えなしに眺めていたが、しかし、そこに映りこむものを認めた途端、ルーツィエは、こぼれんばかりに目を大きく見開くはめになる。

淡い金色の髪に黒衣姿のフランツに抱かれているのは、亜麻布の肌着を着た女性だ。その女性はブルネットの髪を持ち、ただでさえ大きな緑の目をさらに驚きで開いている。あどけなさの残る顔は、どことなくあの絵画の少女に似ている。……否、違う。成長を遂げた、あの絵の少女そのものだ。

ただし絵画とは違い、鏡の中の女性は髪を顎の位置でばっさりと切り揃えていて、婦人としてはありえないほど短い。

ルーツィエは、驚きながらもおそるおそる手を動かし、自身の髪に触れてみる。髪は顎の位置までしかなかった。

——うそ……

頭の中が真っ白になり、何も考えることができなかった。女性なら、伸ばしていないと恥とまでいわれる髪が、男性のように短いことに衝撃を受けたが、あの絵画の少女が自分という事実も同じほどに衝撃だった。くらくらとめまいを覚えて、頭がずしりと重くなる。

その時、ルーツィエを抱くフランツの手に力がこもった。彼は虚空を睨み、呟いた。

「必ず見つける」

その眼差しは凍てついていて、侵し難い厳冬を思わせた。

一体、何を見つけるのだろうか。ルーツィエは、身を乗り出そうと腰に力をこめた。けれど、身体を起こすどころか、彼の腕に沈みこむはめになる。

ちりり、ちりりと鈴が鳴るのを耳にして、眠りの世界に引きずられてしまったからだ。

ルーツィエは、また、果てのない闇に囚われた。
誰かが自分にこう言った。『十五の君と結婚する』
別の誰かはこう言った。『背伸びをするな。分不相応だろ？　おまえにはおれがいる』
そして、次々と言葉が溢れてくる。『おまえを私の騎士にする』『後悔するな。常に最善を尽くしていろ』『今後、貴女はわたくしのためだけに生きなさい』
混乱しつつ、ルーツィエは思いをめぐらせる。
これは、わたしの記憶だろうか。わたしの無くした過去なのだろうか。

その日の目覚めは、緩やかではなく唐突だった。

ルーツィエの口の中は、起きた途端に熱と甘い味覚に満たされていた。激しい飢餓感を覚えて、与えられたものを貪った。口内を満たす熱に絡みつくのは、濃厚な蜂蜜だ。もっと、もっとと求めれば、希望はすぐに叶えられた。ルーツィエは夢中で貪り続けているけれど、逆に貪られているような気もして、違和感を持つ。

次第に状況が見えてきて、理解した瞬間、身体がかっと沸き立った。

口内からぬるりと肉厚の舌が出て行って、その後、間近で声を聞いた。

「ルル、おはよう」

冴え冴えとした美貌が笑みをたたえている。その唇は艶めかしく照っていて、彼はゆっくりと舌でそれを舐め取った。

いま、彼と何をしていたのか――

ルーツィエは、蜂蜜まじりの唾液をこくりとのみこんだ。

切れ長の瞳はこちらに向けられたままで、白金の髪が光を反射して眩しい。

「君はもう話せると思う」

穏やかに笑んだ彼が「話してごらん」と頭を撫でてくる。大きな手だ。

彼を見ていると、胸がぎゅうと苦しくなり、泣いてしまいたくもなる。けれどどうしてこんな気持ちになるのかわからない。

「……フランツ」

「声が出たね。おいで」

優しくなんてしないでほしい。心細いいまは頼ってしまいそうになる。

誰かに依存なんてしたくないのに。

けれど、有無を言わさず寝台から引き上げられて、彼の胸にぴたりと頬がつく。彼に惹きこまれてしまう。ルーツィエはぬくもりを感じつつ、自身の両手を見下ろした。左の小指に赤い茨が這っている。

とく、とく、と落ち着きのある彼の鼓動を聞きながら、自身の激しい動悸に翻弄(ほんろう)された。

「僕に質問があるんじゃないかな。君はいろいろと聞きたそうにしていたから。どう？」

彼に至近距離で顔を覗きこまれる。かすかに吐息がかかった。

「言ってみて」

ルーツィエは、顔が赤くなっていませんようにと願いながら、おずおずと鼻先を上げた。

質問はたくさんあった。疑問しかないのだから。

「……いいの？」

「もちろん。何でも聞いて」

彼と見つめ合っていると、つい他の質問よりも優先したくなることがある。

「本当に、わたしは結婚しているのかしら。……あなたと」

「そうだよ。僕たちは結婚している。君は僕の妻だ」

ルーツィエは睫毛で瞳を隠した。これ以上は心臓がどうにかなりそうで、彼の澄んだ目を見ていられなかった。

「……だめだわ」

「何が？」

「あなたのような魅力的な人が夫だなんて、信じられないもの」

「それは喜ぶべきところかな？　でもね、信じてもらわなければ困る」

ルーツィエは反応できずにいた。信じるには彼は美しすぎるし、優しすぎる。自分の相手にしては完璧すぎるのだ。けれど同時に、もし騙（だま）されていたら立ち直れないと思うほどに惹かれている。だから怖かった。彼を信じなければ、傷つくこともない。ルーツィエは彼を信じるなと心の中で繰り返した。

「ルル？」

——ばかげているわ。

ルーツィエは肩を揺らして自嘲の笑みを漏らした。傷つくなんて思うのは、彼を信じたいからに他ならない。それがわかっているのに目を背けようとするなんて、なんていくじなしで、ひねくれているのだろうか。

思わず呟く。

「わたしはばかだわ」

「僕はばかだとは思わない」

「ごめんなさい、ひとりごとなの。……わたしたちは、どんなふうに出会ったのかしら」

「僕たちは」

言葉を止めた彼は、寂しげにルーツィエの頭を撫でてきた。

「話すのはやめておく。君はじきに思い出すから」

「どうしてやめるの？」

瞬きを繰り返すルーツィエを抱え直し、フランツは苦々しく笑った。

「君にとって、僕との出会いは最悪だったと思う。思い出した途端に抗議したくなるほどにね」

　こんなに優しい彼との出会いが、最悪だなんてありえるだろうか。ルーツィエは首をひねりつつも「わかったわ」と頷き、質問を変えた。

「ここはどこなの？」

「ドーフライン城塞だよ」

　場所を知れば、何か思い出すだろうと思っていたのに、それははじめて聞く名前だった。

「ドーフライン城塞？　知らないわ。わたしとあなたはここに住んでいるの？」

「いや、僕たちは滞在しているだけだ。ひと月後にはここを出るよ。何としても」

　彼の言葉に悲壮な決意のようなものを感じて訝しんでいると、だしぬけに彼に手を取られてびくりとする。茨の指輪がついた左手だ。ルーツィエは、小指と彼を交互に見やる。

「……ひと月後に何があるの？」

「ルル、早くこの茨を外さなければね」

　彼は問いには答えず、静かに言う。

　いざとなると、茨のことを聞くのは怖かった。けれど、臆病になっているのも違う気がして覚悟を決めた。

「この指輪は何？　あなたは知っているのでしょう？」

　翳る彼の顔からは、感情が読めない。

「知っている」

「教えて、フランツ」

すると彼はルーツィエの肩に顔を埋めた。そのため声はくぐもった。

「呪いだ」

——呪い。

普通なら、その恐ろしい言葉に取り乱すだろう。けれどルーツィエは妙に納得していた。

「だからわたしは突然眠るのね」

頷きが返されたので、重ねて問いかける。

「わたし、毎日長く眠っていると思うの。多分……起きていられる時間が短いのだわ。そうでしょう？　これも呪い？　記憶がないのも、身体があまり動かないのも」

彼の腕に力が入り、さらに胸に頬を押しつけられたので、ルーツィエは肯定だと受け取った。

「わたしは何か悪いことをしたの？　だから呪われた？」

「違う。君は悪いことなどしていない」

「本当？　邪悪だったのではないの？」

「君が邪悪？　ありえない。君は僕の自慢の妻だ」

緑の目を彼に向けると、後頭部に手が添えられて、短い髪を撫でられた。

「大丈夫、必ず助けるから」

ルーツィエは、彼の背に手を回しながら、ぼんやり思った。

——いいの。それよりもあなたは逃げて。

……逃げて？

なぜそう思うのか。何から逃げるのだろうか。わからずに、彼女はゆっくり目を閉じた。

その後もルーツィエは覚醒(かくせい)と昏睡(こんすい)を繰り返した。

一日の大半を抗えない眠りに費やし、起きていられる時間は五分だったり十分だったり、時には一時間など、まちまちだ。

孤独を感じる中、側にいてくれるのはフランツだけだった。

瞼(まぶた)を開ければ、彼は大抵書き物机で作業をしているか、椅子に座って本を読んでいた。たまに寝台に肘をついてまどろんでいるので、ルーツィエは息をひそめて、その綺麗な顔を窺った。

その視線に気がつくと、彼は優しい笑顔を向けてきてどうしようもなく胸が高鳴る。

彼との間に流れる時間は、穏やかであり緩やかだ。

ルーツィエは、目覚めるたびに、彼を強く意識した。共にいる時間が増えるほど、どんどん好きになっていく。フランツは、そんな素敵な人だった。

次にルーツィエが目を覚ますと、彼は書き物机で薔薇の束と向き合っていた。ルーツィエは不思議に思い、上体をゆっくり起こして問いかける。

「フランツ、何をしているの？」

　薔薇から手を離した彼が振り向けば、すでに優しい微笑みをたたえていた。よく笑う人だ。

「おはよう。棘(とげ)を取っているんだ」

　おはようと、挨拶(あいさつ)を返したルーツィエは、内心首を傾げる。薔薇は棘があるものなのに、どうして取ったりするのだろう。その旨を伝えると、彼は小さな棘をつまんだ。

「これで君の手が傷つくかもしれないからね」

「傷？　つかないわ」

　そもそも薔薇を持とうなどとは思わない。ルーツィエが「わたしのためなら取らないで」と伝えれば、彼は組んでいた脚を戻した。

「君をあらゆる危険から守りたいんだ。やらせて」

　その言葉に、ルーツィエは何とも言えない思いがして、こそこそ毛布をいじくった。

「君に伝えたいことがある。聞いてほしい」

「……何でも言って」

　彼は立ち上がり、ルーツィエのいる寝台まで近づいた。そして隣に腰掛け、こちらを見つめる。澄んだ氷の瞳に、頬を染めた自分が見えた。

「ルル、僕たちは夫婦だ」

改めて言われると照れてしまう。ルーツィエははにかみながら頷いた。

「僕は、君に僕を知ってほしいと思っている」

手を取られ、絡みつく指にどきどきした。それはまるで愛撫(あいぶ)のようだ。

「あの、わたし……知っているわ。あなたは教えてくれたもの。フランツ＝アーベル、十九歳。いつもは王都にいて……」

息ができないほどに脈打つ心臓を抱えて、ルーツィエは途切れ途切れに言う。

「それは〝知る〟の意味が違う。つまり、平たく言えば僕の身体を知ってほしいということだよ」

ルーツィエは黒い睫毛を跳ね上げた。彼の顔が近づいて、呼吸が耳元をくすぐる。

「君は僕を覚えていないから、知ってほしい。身体をつなげたいんだ。君と」

瞬時に顔を火照らせたルーツィエは、若干飛び跳ねた。

「身体をつなげば、ひとつになれる。一番互いを知れる行為だと僕は思う。君に僕を感じてほしいし、僕も君を感じたい」

ルーツィエが唇をわななかせると、その上に彼の熱がのる。やわらかい、触れ合わせるだけのキスだった。思わず顎を引いても、追いかけるようにくちづけられて、ルーツィエは身を縮こまらせた。

「恥ずかしい？　嫌？」

「ごめんなさい、嫌ではないの。……でも驚いてしまって」

「わかってほしい。夫とは、妻を知りたいものだし、妻にも自分を知ってもらいたいものだ」

ルーツィエは視線をさまよわせてから彼を見返した。フランツの言いたいことは理解はできる。それにルーツィエだって彼を知りたいとも思う。

「もちろんいますぐにではないよ。君には心の支度をしてほしい。でき次第教えてくれるかな」

「……でも、フランツ」

「ん？」

「わたしたちは、その、夫婦だから……………もう、ひとつに」

そわそわしながら問いかけると、額にそっとキスをされた。彼から与えられるものはなぜだかすべてが甘く感じられる。

「どうだろう。君はどう思う？　経験していると思う？」

まさか聞き返されるとは思わず、ルーツィエはこくりと唾をのみこんだ。

「え……。あの、……していると思うわ。だって、夫婦なのですもの。子どもを……」

言った途端に、眩しそうに、すうと水色の瞳が細まった。

「そうだよ、僕たちは夫婦だから」

意味深長に微笑む彼は、ルーツィエの肩を抱いた。

「早く子どもを作らなければね」

2章

『今後、貴女はわたくしのためだけに生きなさい』

それは若い声か老いた声かは判別がつかなかった。けれど、聞き覚えのある声色だった。

『生きて、生きて、生きて、死ぬの』

ちりり　ちりり
揺らぐ振り香炉が鈴の音を奏で、中では乳香が灰とともに燻(くすぶ)った。

『貴女は贄(にえ)。そして糧(かて)』

艶めく赤い唇が、歌うように言葉を刻む。

眠れ…　眠れ…

命じられるがまま落ちていくのは深い闇。夜よりも暗い淵(ふち)。そこには何も存在しない。

『いい子ね、ルーツィエ。長い、長い、夢を見るのよ』

そして——二度と目覚めるな。

＊＊＊

「おれの未来の嫁は野蛮だな。とても女の行動とは思えないぜ」

四方を幕壁に囲まれた前衛塔(バービカン)付近にて、黒髪の少年はからかいまじりに、幼い少女の行く手を遮(さえぎ)った。少女は「どいてよ」と唇を曲げるが、彼は引く気はないらしい。少年は、ズボンを穿(は)いた少女がポニーに跨(また)がるたびに目ざとく見つけ、いつもこうして邪魔をしにくるのだ。

少女はポニーを走らせて彼を振り切ろうとしたけれど、あいにく中庭に向かう途中だ。通路は狭く、左右に高い壁があるため難しい。方向転換も然(しか)りだ。

「おまえ、もう九歳だろ。少しは女らしくしろよ」

「何よ」

「女はポニーに乗るな。外に出ずに男に守られてろ」

少女は頬を膨らませ、ぷいとそっぽを向いて言う。

「わたし、レオなんかと結婚しないわ。すごく横柄な男だもの」

「ルーツィエに決める権利はないさ。伯には息子がいないだろう？　従兄弟のおれがおまえと結婚して跡を継がないと」

ルーツィエは、ぎっとレオナルトを睨みつけ、にやりと口の端を持ち上げた。

「ばかね、どうしてレオが継ぐのよ。お父さまの跡を継ぐのはわたしに決まっているわ」

「ばかはおまえだ。クライネルトを女が継げるわけがないだろう？　戦場で常に前線に立つんだぞ。それに、国王が女伯なんか認めるわけない」

　その言葉に激昂したルーツィエは、腰に携えた剣を抜き、騎士さながら切っ先をレオに突き出した。彼女の幼少期からの目標は、父の跡を継いで立派に領地を治めることなのだ。

「レオはわたしよりも弱虫のくせに、国王が認めるわけないなんて、なんてことを言うの！」

「何だと？」

　同じく激情に駆られたレオも、負けずに腰から剣を抜き出した。

「聞き捨てならない。なんでこのおれが、ちびなおまえよりも弱虫なんだ！」

「ちびですって？　どうして同じ歳のレオからちびなんて言われなくちゃいけないの！」

「ちびだからちびと言ったまでだ！」

　ルーツィエは、奥歯をぎりりと噛みしめた。早く大人になりたい彼女にとって、『ちび』は禁句だ。

「決闘よ！」

　ポニーからぴょんと飛び降りたルーツィエは、首元のブローチを外し、半円型の緑のマントを放った。膝丈の上衣（コット）とズボンを穿く彼女は、まるで少年そのものだ。

　対するレオも、ブローチを引きちぎり、青いマントを投げ捨てた。それは戦いを挑まれた騎士が、受けて立つという意思を示すものだ。

「いざ！」

「やめないか！」

　ふたりが剣を構えて突進しようとした時だ。ルーツィエの父親の叱声が飛ぶ。威圧感のある鋭い声に、幼い騎士たちはすくみあがる。

　国一番の猛者として名を馳せるルーツィエの父、クライネルト伯は、ただ立っているだけでもその気迫で人を尻ごみさせるほどだ。ルーツィエはそんな父に憧れ、尊敬し、畏怖の念を抱いている。

　もっとも、伯に仕える騎士たちによれば、そんな評価が形無しになるほど妻と娘に甘いらしいが。

「まったく、喧嘩ばかりせずに少しは仲良くしろ。お前たちはいずれ夫婦になるのだぞ」

「でも……お父さま」

「でもじゃない。ルーツィエは城に入れ。いま手掛けている刺繍が途中だろう。仕上げるまでは外出禁止だ。レオナルトはいまから剣の稽古だろう。グントラムのもとへ行け」

　ルーツィエにもレオにも伯の指示は絶対だ。慌ててマントを拾ったふたりは、小脇に抱えてそれぞれ従った。しかし、ポニーに跨がろうとしたルーツィエの背中に、父が追い討ちをかけてくる。

「ルーツィエ。今後、男のなりをするな。禁止だ」

「そんな、お父さま」

「まったく。おまえは皆から〝姫〟と呼ばれているだろう。少しはその名に恥じぬ装いをしようと思わないのか」

　確かに騎士や召し使いたちから「姫さま」と呼ばれている。しかし、それは親しみをこめたもので、装いにはまったく関係ないとルーツィエは思う。

　反論しようとした時だ。父は、「それに」と言葉を続けた。

「前に話しただろう。明日には王子がいらっしゃる。男のなりで出てみろ、家の恥だ」

　ルーツィエは下唇に歯を立てた。くるぶしまである女の装いは動きにくくて嫌いだ。ポニーに乗れないし、剣もうまく扱えない。一日でも早く、立派に父の跡を継げると周囲に知らしめたいのに。

「ルーツィエ、早くディートリンデのもとへ行け」

　父の追撃にルーツィエは、思わず唇を尖らせた。

　ディートリンデはクライネルト伯夫人、つまりルーツィエの母親だ。母は王宮からこの城に来る王子のために、数日前から忙しい。その母のもとに行けだなんて、父は暗に手伝えと命じているのだ。ルーツィエは、母と悠長に迎えの花など飾っていたくないのに。

「返事をしないか！」

　ルーツィエは、不本意な思いを噛みしめながら、肩を落とした。

「……はい」

「しっかり励め」

　父を窺えば、すでに広い背中を向けていた。これから父は、すでにこちらへ向かっているという王子を領境まで迎えに行くのだろう。

――王子なんて、来なければいいのに。

ルーツィエは悔しさを押し殺し、広大な城を見上げた。威厳のある石壁ごしにのぞむ城は、いくつもの重厚な円柱城塔がそびえ立ち、鋭利に尖った屋根が空を威嚇する。この勇壮なドーフライン城塞は、敵の侵入を許したことがないし、今後も決して許さない。きっと、国王のいる王城に引けを取らないし、この城のほうが偉大に違いない。その主にふさわしい女伯に、ルーツィエはなるのだ。

袖の中でこぶしを握り、自身を鼓舞したルーツィエは、主塔の屋根にはためくクライネルトの旗を誇らしい気持ちで仰いだ。そして、女伯にふさわしい装いをした自分を脳裏に描き、満足そうに頷く。

――わたしは誰よりも強くなるわ。絶対に。


ルーツィエとて本当は知っていた。女の自分が父の跡を継ぐ資格がないことを。

けれど、努力せずにはいられなかった。

男に生まれてくればよかったと、どれほど思ってきただろう。力では決して男に敵わない。だが、ルーツィエはそれを口にしたことはない。どれほどもがいても自分は女だ。不自由を感じても、最善を尽くすのみ。

もしも男だったらと、〝もしも〟を想定してはいけない。無意味で虚しいだけだから。もしもを思う暇があるのなら、現状を改善する方法を模索するほうがずっといい。

それは父、クライネルト伯の座右の銘が、ひとり娘のルーツィエにしっかりと引き継がれているからでもある。

『後悔するな。常に最善を尽くしていろ』

いついかなる時も、その時できる精一杯のことをしていれば、後悔などは生まれない。ルーツィエは後悔は恥だと考えていた。

しかしながら、あくる日の彼女はため息ばかりついていた。最善を尽くせずに、後から後からこぼれ出る。

ルーツィエは母の指示で薔薇の棘を取りながら、落胆せずにはいられなかった。棘を取る作業が何かの役に立つとは思えない。どうしても理解できずに歯がゆくて、お腹の底がぐつぐつ煮えたぎる。しかも、やってもやっても棘はあるし、まだ薔薇はたくさん控えている。

抗議をこめて母を見やれば、背筋を正して椅子に腰掛け、色味で薔薇を分けていた。クライネルト伯領は鉱山や葡萄酒で有名だが、薔薇の産地としても広く知られる。その上、品質も最高で、おかげで父は通称〝薔薇伯〟と呼ばれているほどだった。

だとしても。

ルーツィエは、もはや鬱々と蓄積された疑問を抱えていられなくなった。薔薇をぶちまけて、踏みつぶしたい衝動に駆られる。

「あら、どうしたの？」

何も知らない母が手を止めた娘におっとりと問いかける。母の緑の瞳は常に優しいが、感情が高ぶるルーツィエは、それすら我慢ならなかった。

「お母さま！」

母の目が細められた。母は薔薇を揃えてリボンで束ねていたが、そっと台の上に置く。

「そのような大声を出さなくても聞こえていますよ。落ち着きなさい」

「わからないわ。なぜ棘を取らなくてはいけないの？　薔薇には棘があって当然なのに」

「前にも話したはずです。今日の午後に王都からヘルムート王子がいらっしゃるのよ」

王子はそんな名前だったかなと思いながら、ルーツィエはしかめ面で頷いた。王子が来るのはもちろん知っている。

「貴女が棘を取った薔薇はね、王子の部屋を飾るためのものなのです」

ルーツィエは鼻をつんと上向けた。自分の部屋にも乾燥させた薔薇の束がいくつもある。けれど華やかな生花はないし、特段飾りたいとも思わない。なのに男が花だなんて。

「わかっているわ、お母さま。でも、どうして棘を取るの？」

「それはね、王子が薔薇に触れるかもしれないでしょう？　棘で怪我をしないようにするためよ。我が城の薔薇が王子の肌を傷つけては大変ですからね」

その言葉を聞くなり、ルーツィエの顔に朱が走り、こめかみがぷっくり膨らんだ。到底納得できないものだ。自分の面倒くさい作業は『かもしれない』の上にある。王子は棘で怪我をするかもしれないが、しないかもしれない。――否、それ以前にそんな過保護を必要とするなんて、王子はいくらなんでも愚鈍で軟弱過ぎだ。

「怪我の予防だなんてばかげているわ！　王子はわたしよりも二歳も年上なのでしょう？　そんな愚かな男は一度怪我させてしまえばいいのよ。人は身を以て物を知り、知識を増やすものだもの。王子に身を以て知ってもらえばいいのだわ」

「ルーツィエ、不敬ですよ。おやめなさい」

「こんなちんけな棘で怪我するなんて、不注意だし自業自得よ。だいたいなぜわたしが棘を取らなければならないの？　わたしはいままで棘なんて取ったことがないんですもの。慣れていないわたしよりも、器用な召し使いたちのほうが速いし、うんと効率的だわ」

　母は咎めるように眉間にしわを寄せると、ルーツィエ以外には聞かれないよう声をひそめる。

「まったく貴女は。ヘルムート王子はね、おかわいそうに、幼少のころから命を狙われ続けているのです。このドーフライン城塞での滞在は、建前は静養だけれど、御身をお守りするためなのよ。何が凶器になるのかわからないいま、危険はすべて取り除かなくては」

　ぱちぱちと瞬いたルーツィエは、「薔薇の棘すらも？」と眉をひそめた。

「もちろんです。棘に毒を塗られるさまを想像してごらんなさい。これはね、考えたくないことだけれど、王子を狙う間者がこの城にいないとは言い切れないの。ですから王子の身の回りの世話は召し使いではなくわたくしとルーツィエ、ふたりでするのよ」

ルーツィエは、母譲りの緑の目をまるくする。

「そんな……王子の世話？　わたし、召し使いらしいことなんてしたことないわ」

それに、父や母以外の誰かに傅くなんて考えたくもなかった。

「嫌よ」

「嫌でもするのよ。貴方の失敗は、お父さまの失敗です。クライネルトの恥にならないように、誇りを持って立派に務め上げなさい。いいですね？」

剣の稽古をしたいというのに。

彼女は憮然としつつ、ヘルムート王子なんて大嫌いだと思った。


鏡の中の自分は、まるで自分ではないようだった。

ルーツィエは、顔をしかめてみたり、軽く笑ってみたりして、着飾った自分を凝視する。

父譲りのブルネットの髪は、召し使いが器用な指先で結いあげてくれて、その上に薄いレースがベールのように垂らされた。城の礼拝堂にある聖母像に似た仕上がりだ。

母が選んでくれた水色のドレスは、唇に薄く紅を差されたせいもあるけれど、大人っぽくてどきどきした。少しだけ母に近づけたような気がして背筋が伸びる。

女の装いは好きではないのに、満更でもない自分がいる。相反する思いに戸惑い、落ち着きなく行ったり来たりを繰り返す。あまりにそわそわするものだから、母に「もうじき王子がいらっしゃるのよ。おしとやかになさい」と注意を受けてしまったほどだ。

主城門付近には、王子を迎えるために、城に仕える騎士が十名ほど集まっていた。

ルーツィエは、城塔の窓から階下を窺いながら首をひねる。いくらなんでも、王子を迎えるには地味過ぎだ。騎士は他にもたくさんいるはずなのに。

「お母さま、王子がこの城に来るのは秘密なの？　騎士たちがこそこそして見えるわ」

「そうよ、身を隠すためにいらっしゃるの。華やかにお迎えするわけにはいかないのよ」

「身を隠すのね。だったら、いつまでこの城に滞在するの？」

「そうね、少なくとも一年以上は」

「一年！」

ルーツィエの顔から血の気が引いた。まさか、一年以上も薔薇の棘を……

——冗談じゃないわ！

「お母さま、わたし、用事を思い出したわ」

居ても立ってもいられなくなり、ルーツィエはドレスの裾（すそ）を軽くつまんで走り出す。母から「どこへ行くのです、ルーツィエ！」と咎められたけれど、構わない。

外へ出る扉を開けば、石壁に沿って階段が続いている。彼女は城外の様子を目で追いながら駆け下りた。ちょうど城門前の跳ね橋が下ろされて、列をなす騎士たちに続き、勇ましく騎乗する父が入ってくるところだった。後には簡素な輿（こし）が運ばれる。その慎（つつ）ましやかな隊列は、知らぬ者が見れば、どこかの商隊だと思うだろう。

息を切らしたルーツィエが主城門に辿り着いたころには、輿が下された後だった。目をさまよわせると、一行は大ホールを目指して歩いていた。

父に先導される人物がヘルムート王子なのだろう。周りの騎士たちよりも華奢だし、配置がいかにも貴人だ。歩き方も武骨ではなく、王城での作法なのか洗練されている。

ルーツィエは背伸びをして王子を確認しようとしたけれど、彼は黒いローブを被っているため、顔を見ることは叶わない。もっと近づこうと列に近づけば、父に鋭く睨まれた。

「なぜここにいる」

父の眼光に圧倒されて縮み上がったルーツィエは、説明しようとしたけれど、うまく声が出なかった。

「ルーツィエ、まあいい。こちらに来なさい」

言われるがまま、父の差し出す分厚い手に自分の手をのせると、強く引かれて黒いローブの者の前まで連れられた。

王子の被るフードは深く影を刻みこみ、顔は隠れていた。命を狙われていると聞くが、逆に誰かを狙いそうな出で立ちだ。ルーツィエは、ごくりと唾をのみこんだ。

「ヘルムート王子、我が娘です。まだ幼いゆえに作法がなっておらず、少々お転婆が過ぎますが、必ずや殿下の良き理解者となりましょう」

果たして良き理解者になるだろうか。ならない気がする。なる気がないとも言えるが。

ルーツィエは儀礼的に膝を折った。

「ようこそおいでくださいました。クライネルト伯の娘、ルーツィエです」

少し待ってみたけれど、反応はない。王子は無視を決めこむことにしたようだ。

なんて不気味で陰気なの、と思いつつ、「わたしの失敗は、お父さまの失敗」と心の中で言い聞かせ、切り出す。

「あの、薔薇はお好きですか？」

それは思いもよらない問いだったのか、王子はわずかに首を傾げた。

「……別に」

「本当？　お好きではないのですね？」

「しつこい。おまえ、ルーツィエと言ったな」

あまりの傲慢さに、ルーツィエは鼻にしわを寄せた。彼に「そうです」などと答える気にもならない。

「水を持て」

この王子の発した一言に、なぜか周囲がどよめいた。はじめはわからなかったが、どうやらこの王子は、道中水や食べ物をすべて拒絶し、飲まず食わずでいたらしい。

ひとりの騎士が杯になみなみと水を注ぎ、王子に差し出すと、彼は受け取ろうとせずに「娘に渡せ」と吐き捨てた。

「わたし？　お水はいらないわ」

「おまえのための水ではない。ひと口飲め」

――何よ、こいつ。

訝しみながらルーツィエが嫌々従い、水を飲むと、見届けた王子に「よこせ」と言われて、すかさず杯を横取りされた。

「何をするの」

「黙っていろ」

そして、彼はあろうことか、ルーツィエが口をつけたところをわざわざ選び、水を一気に飲み干した。ルーツィエが唖然とする中、王子は空になった杯を騎士に放ると、父である伯に向けて言い放つ。

「クライネルト伯、今後、私はおまえの娘が口にした物以外は一切摂取しない」

「え、どういうことなの？」

慌ててルーツィエが父に視線を向けると、父が首を縦に振る。つまり、ルーツィエは王子の毒見役に決定したというわけだ。

たまらず、ぎろりと王子を睨めば、黒いフードの隙間から水色の瞳が見えていた。人をまるで信用していない、野生の動物めいた目だ。けれど、その存在感は周囲の騎士たちをもかすませる。それは憎たらしいほど美しく、ルーツィエは苛立ちを募らせた。

「王子、貴方は丸二日、まったく食事を摂っておられません。すぐに用意させますが、その前にお召し替えを。部屋にご案内します」

王子はルーツィエに向けて顎をしゃくる。

「娘、ついて来い」

「なぜわたしなの」

「おまえがちびだからだ」

ルーツィエはぐつぐつと腸が煮えくり返る思いがした。

――いやなやつ！

反抗心から、ここから絶対動くまいと足を突っ張ると、王子に「ぐずぐずするな」と腕を摑まれ、ぐいっと引かれる。

「安心しろ、私は長生きしない。だが、それまで尽くせ」

「長生きしない？　まさか。このドーフラインは鉄壁だわ」

「いくら場所を変えてもどうにもならない」

王子はこちらを見ずに、ぽつりと言った。

「私は近々死ぬ」


ルーツィエには、ヘルムート王子に近づきたくないわけが三つあった。なるべく彼から逃れたくて、度々レオのもとへ向かった。レオにも近づきたいわけではないけれど、それでも王子よりもましなのだ。

ベルクフリートに続く歩廊に、面倒くさがるレオを誘導し、ルーツィエは早速すらりと腰から剣を抜いた。すると、彼の顔がうんざりしたように歪められる。

「また剣かよ。おまえ、おれに勝てたことないくせによくやるぜ」

「決闘の勝負がついてないんですもの」

「決闘？　は！　ばかだな。おまえ、意味がわかってないだろう？　決闘はな、生命をかけて戦うことだぞ。つまり、どちらかが死ぬまで終わらない」

ルーツィエは、「そうなの？」と目をまるくする。

「これからは言葉の意味をちゃんと把握してからしゃべれよな。で、おまえがおれに会いに来たのは、決闘がしたかったからなのか？　本当は、他に用事があるんだろ？」

さすがは幼なじみだ、鋭い。ルーツィエはうんと頷いた。

「レオにわたしの仕事を代わってほしいの。わたしの代わりにヘルムート王子のお世話をしてちょうだい」

「は？　なんでおれなんだよ。ふざけるな。そもそもおまえはおれの代わりに何をするんだ」

「剣の稽古よ。立派な騎士になるわ」

「ばかだろ。だいたい、おまえは王子に指名されたんだ。代われるなんて思うなよ」

「だって、王子がわたしを奴隷に指名したのは、ちびだからだもの。だったらレオだって資格があるわ」

「レオはちびだもの」

堪忍袋(かんにんぶくろ)の緒が切れたレオが、「もう許さねえ！」と剣を抜くと、ルーツィエも剣を構えて受けて立った。ふたりの身長差はこぶしひとつ分程度である。「おまえがちびだ！」「レオこそちびよ！」「だまれちび！」と、いがみ合っていると、城塔の貴賓室の窓から鋭い声が降ってきた。

「娘、何をしている！　側を離れるなと言っただろう！」

ルーツィエが側を離れると癇癪(かんしゃく)を起こすヘルムート王子だ。くしゃくしゃと泣きそうな顔をした彼女は、貴賓室を振り仰ぐ。

「早く来い！」

「……わかったわよ……」

ルーツィエはからかいの眼差しを向けてくるレオを威嚇し、剣を収めて踵(きびす)を返した。

彼女がヘルムート王子に近づきたくない三つの理由。それは――

一つ。王子がルーツィエを片時も離そうとはしないこと。まさに奴隷という言葉がふさわしい。眠る時すらふたりは一緒で、王子が城に滞在してからというもの、毎晩彼の隣で眠らされる。おかげで寝不足だ。その上、昨夜、王子はひどくうなされていたため、かわいそうだと思って抱きしめてあげたのに、気づいた彼に「何をする！」と手酷く叱られ、親切心がこっぱみじんに砕かれた。よってルーツィエは今朝からとても気分が悪かった。

二つ。王子は幼少のころより命を狙われているせいか、「どうせ死ぬ」などと端々で生を諦めるような発言をする。ルーツィエはそれが許せない。努力して、挑まないなんて理解できない。どうして現状を受け入れているのかわからなくて、見ていて苛々してしまう。

そして、最後の三つめ。それは、黒いローブを脱いだ王子の姿を見た途端、心臓がどうにかなりそうで、自分を保てなくなるからだ。恐ろしい。だから側にいたくない。それを王子に告げてしまったばかりに、慣れるためにも、夜ごと、彼の隣で眠らされるはめになったのだ。

階段を上り、王子との距離が刻々と縮まる中、ルーツィエはどこか遠くへ逃げ出したくなっていた。王子は初日、部屋に着くなり「大人は信用できない」と母を遠ざけ、ちびという理由だけで、自分の世話をルーツィエひとりに押しつけた。

誰かの世話をすることは、世話をされた経験しかないルーツィエには至難の業だ。気がきかないと罵られるたびに腹が立つし、同時に自分の無力さを思い知る。

この数日、特に苦労したのは食事だ。ルーツィエは、大勢で料理を囲み、敬愛する父の武勇伝を聞くのが好きなのに、大人嫌いの王子が人を拒絶したため、毎回ふたりきりで摂らされる。その上、偏食の王子は食べられる料理の種類が異常に少なく、塩漬け豚などルーツィエの大好物はことごとく苦手だった。おまけに宣言どおりに、水やスープはルーツィエがひと口飲んだものしか飲まないし、りんごや塩漬けの魚もまずはかじらされ、その食べかけしか口にしない。最も我慢がならないのが、ルーツィエの大嫌いなザワークラウトを王子が好んで食べることだ。夢にまで見てしまうほど嫌いなのに、いちいち味見させられる。ルーツィエは、そんな王子をいやなやつだとしか思えない。

一度、父と母に王子のお世話は荷が重いと訴えてみたけれど、返って来た答えは「仕方がない」というものだった。王子は命を狙われているから仕方がない。よって、人を信用できないのは仕方がない。王子は大人の犠牲者だ。むしろ信用してもらえるルーツィエは光栄に思うべきだ。――等々、まさに八方塞がりで、埒があかない状況だ。

どんよりとした心模様のルーツィエは、ふたりの衛兵が立つ扉をくぐり、その先にある階段を進むと、ふたつめの扉の前に行き着いた。中には王子が控えている。音を立てないように用心深く扉を開いて、こわごわ中を窺った。するとそこには、大人さながらに足を組み、椅子に座る王子の姿があった。本を読んでいるようだ。黒いローブを着こんでおり、その点に関してはほっとする。彼の顔は深いフードで隠れているから、対面した時に緊張しすぎる恐れは免れた。

王子に声をかけるころ合いを見計らっていると、こちらを見ずに彼は言った。

「娘、こそこそせずに側に来い！」

驚いて飛び跳ねたルーツィエは、額に汗を浮かべながら、警戒する猫のようにおそるおそる王子のもとに近寄った。彼は「長い厠だな」と嫌味を言うのも忘れない。ルーツィエは、化粧室に行くと言って、レオのもとに行ったのだった。

王子は本を傍机に放棄して、「おまえというやつは」と、ルーツィエの腕を強く摑んだ。

「痛い」

「呆れた娘だ。寝ぼけたおまえは枕と勘違いして、この私にしがみつき、睡眠を妨げたばかりか、嘘までついて逃げようとしたのだからな。簡単に許されると思うなよ」

「そんな……枕となんて勘違いするはずないのに。寝ぼけていると思っていたのね」

「黙れ。あれが寝ぼけていないのなら何だというのだ。私は寝つきが悪いのだぞ。起こすなどどうかしている。その上、嘘までついて火種を増やすやつがあるか。私は嘘が嫌いだ」

「……ひどいわ。あなたはわたしの心を踏みにじるのね。わたしはただ、あなたがうなされていたから抱きしめてあげただけだわ。親切にしただけなのに」

ルーツィエは理不尽さに憤慨し、あまりの悔しさに目に涙をにじませた。

「だからあなたと一緒にいたくないのよ……」

「おい、泣くな！」

「どうしてなの……わたしばっかり。もういや」

「うじうじするな。私はおまえの希望を叶えて、こうしてローブを着こんでいるのだぞ。おまえも少しは我慢しろ」

うつむくルーツィエは下唇を噛みしめる。頬を伝って落ちた涙は彼女の衣服にぽたぽたと染みを作った。

「わたし、我慢ばかりしているわ。なのに、これ以上もっと我慢しろと言うの？」

「まだ泣くつもりか。しつこいぞ！」

「こんなの、おかしいもの。あなたってひどい」

「面倒な」と舌打ちした王子に脇の下に手を入れられて抱え上げられた。びっくりして緑の目が大きく開かれる。

「何をするの」

「いいから黙れ。おまえは泣きやむことだけを考えろ。これだから子どもは」

「あなたも子どもだわ」

「うるさい。抱っこしてやっているんだ。早く泣きやめ」

王子の膝の上にのせられても、涙が止まるわけではない。余計に感情が揺さぶられ、ルーツィエの泣き止む努力は実にならない。ただ彼の膝は温かかった。

「……どうしてちびというだけで」

「何の話だ」

「わたしが王子の側にいるのは、ちびだからだわ。だったらレオが適任よ……」

「そんなわけがあるか。おまえは頭が悪すぎる。だいたい私はレオなど知らん」

王子はため息をつきながら、深く被った自身のフードを鷲掴(わしづか)みにすると、ぐいと下ろした。彼の見事な白金の髪と、氷のような水色の瞳が現れる。その顔立ちは欠点がなくて、ルーツィエは涙をこぼしながら首を振る。

「やめて、ローブを取らないで」

王子の金の睫毛が跳ね上がる。

「おまえ、この私に向かって……何様だ！」

「取っちゃだめ」

「うるさい。おまえを気遣うのはやめだ。ばかばかしい。なぜ私がこれほどまでに……」

「だって……王子の顔を見るとどきどきするもの……。わたしらしくない」

言葉のとおり、彼の美貌のせいでルーツィエの心臓は破裂寸前だった。

「何がどきどきだ。いい加減私に慣れろ」

「慣れっこないわ。……もう、嫌。こんなの、わたしじゃない」

さらにルーツィエが、うっ、うっ、と泣くので、王子の眉間にしわが寄る。

「くそ！　泣くなと言っているだろう！　わけがわからない娘だな。なぜ泣く」

「わたしだって、泣きたくて泣いているわけじゃないわ。止まらないだけだもの」

「だったらどうすれば泣きやむ」

くしゃくしゃとした顔で、ルーツィエは手の甲で両目を拭(ぬぐ)った。

「わからないわ……」

「わからないわけがあるか。自分のことだろう！」

「全然優しくない」

「……何だと？」

しばらく口元にこぶしを当てて考えこんだ王子は、いきなりルーツィエの髪を撫でてきた。優しさを表しているつもりだろうが、ルーツィエは騙されない。

「優しくない。偉そうだし、命令ばっかり」

「私は偉そうにはしていないだろう」

「嘘よ、常に偉そうだわ。わたしに怒ってばかりだもの。好き嫌いも多いし」

しかめ面で目を険しくした王子は尊大に顎を持ち上げた。

「言いたい放題だな！　だが、寛大な私は愚かすぎるおまえの無礼を仕方なく許してやる。娘、私に関して思うことがあるのなら、いますべて吐き出せ。特別に聞いてやる」

その言葉に対して、ルーツィエは臆することはなかった。ぐすぐすと洟をすすりながら意見をぶつけはじめる。

「王子は優しくないし……偉そうだし、命令ばっかり」

「それはいま言っただろう。二度も繰り返すな。他のことを言え」

「王子は横暴で横柄だわ。ザワークラウトを食べてばかり。酢漬けのキャベツの何がいいと言うの。どうしてお肉を食べないの？　王子が『野蛮な食べ物を出すな！』って怒るから食事にお肉がまったく出なくなってしまったわ。牛も豚も羊も鳥もだめだなんて……王子はお肉を拒否するから筋肉がないのよ。部屋に閉じこもってばかりで不健康だわ。わたし、外に出たい。きっと、王子はわたしに剣の勝負で勝てっこないわ。お肉を食べないから軟弱そうだもの。それから長く生きられない、すぐに死ぬなんて、どうしてそんなことを言うの？　聞いていて気分がよくないわ。はじめから勝負を投げるなんて、そんなの」

「おい、娘。そこまでだ！　おまえはしゃべり過ぎだ！　人が下手に出ればぺらぺらと」

王子は真っ赤な顔でルーツィエの肩に手をのせた。

「何なんだおまえは。相当なわがまま娘だな！」

「あなたほどじゃないし、まだあるわ……」

「は。何だ、言ってみろ！」

「わたし、娘だなんて言われたくない」

露骨に顔を歪めた王子は、蔑みまじりに鼻で笑った。

「ふん！　まさかおまえ、この私にまで城の騎士たちと同じように『姫』などと呼ばせるつもりではないだろうな。おまえが姫とは腹がよじれる。娘で十分だ」

「娘は嫌。だって、わたし……名前がちゃんとあるもの」

唇を曲げたルーツィエの目から、雫がすじを作って流れる。

「ああ、くそ。泣くな。わかったから泣きやめ」

額に手を当てた王子は、「泣き虫め」と、深々と息を吐いた。

「…………ルル」

ルーツィエは涙を袖で拭っていたが、はたと止まった。

「え？」

「ルルだ。私はいつもおまえを心の中でそう呼んでいる。それでいいなら呼んでやる」

意外な言葉にきょとんとしながらも、ルーツィエは頷いた。

「ルルでもいいわ」

「ただし、おまえも王子と呼ぶのをやめろ」

目前に王子の水色の瞳が迫り、ルーツィエはまごついた。

「私はヘルムートと呼ばれているが、正しくは違う」

「ヘルムート王子ではないの？」

「ヘルムートではあるが。真名はフランツ＝アーベル。フランツ＝アーベル・エクムント・アダム・バウスネルン・ビンデバルト・エーベルスト・バルツェルだ」

フランツ＝アーベルまでは聞き取れた。ルーツィエが瞬くと、涙が周りに飛び散った。

「長すぎて、とてもじゃないけれど覚えられないわ」

「覚えなくていい。フランツ＝アーベルだ。フランツでもアーベルでも、好きに呼べ」

「……わかったわ」

王子は「決まりだ」と宣言すると、早速ルーツィエを「ルル」と呼んだ。けれど、ルーツィエはすぐに王子に呼びかけられず、もじもじと袖をいじくった。

「おい、なぜ呼ばない」

「だって、呼び慣れないもの」

「いいから呼べ」

「……フランツ」

言えば、彼がじっとルーツィエを見つめてくるから、目を離しづらくなってしまう。

ルーツィエは居たたまれずに、話題をひねり出そうと言葉を探した。

「あのね、あの……フランツ。あなたもわたしに関して思うことがあるのなら、すべて言って。わたし、あなたに正直に、たくさん言ってしまったわ。だから、あなたも……」

「ああ、おまえは不敬罪になるほど並べ立てたな。ここが王城なら牢獄行きだ」

「そんな……」

しゅんとルーツィエが目を伏せると、王子は人差し指で彼女の鼻を押し上げ、笑った。

「は！　豚みたいだな」

「何よ」

彼の瞳は、心なしか暖かな色を帯びている。

「だが、私への無礼はおまえだから許される。ルル、他に私に言いたいことはないのか」

「ないわ」

「では、次は私の番だ」

ルーツィエはいまだに豚のように鼻を押されながらも、王子を神妙に見返した。

「私がおまえに言いたいことはひとつだ」

「ひとつだけ？　たったそれだけ？」

王子はようやく鼻から指を離すと、ルーツィエの頭にそっと手をのせた。

「そうだ。たったひとつだけだ。いくら聞き分けのないおまえでも聞けるだろう」

ルーツィエは大きく頷く。先ほど王子に対してたくさん不満をぶちまけてしまい、言い

過ぎて悪いことをしたと思っているのだ。何だって彼の言うことを聞こうと思った。

「聞くわ。何でも言って」

「ルル、私の側にいろ」

王子はルーツィエの瞳を強く見据えてそう言った。

＊＊＊

夢を見ていた。

父がいて、母がいた。ポニーに乗って駆けていた。手には茨の指輪など存在しない。

これが自分の過去ならば、自分はなんてお転婆で、背伸びをし、生意気で、そして前向きだったのだろう。

睫毛を薄く開けたルーツィエは、差しこむ光の眩しさに、手の甲を両目に押し当てた。

赤い指輪が輝いた。今日は寝台を囲む布が開け放たれていて、いつもと様子が違っていた。

幾度も瞬き、目を開ければ、視界に天井が広がった。アラベスクに葡萄と蔦の彫刻の、異国の職人が内装を手掛けた、父のお気に入りの部屋。母とふたりで薔薇を飾った貴賓室。

棘を取る作業が納得できなくて嫌だった。

思い出せば、ぞわりと肌が粟立った。

ここは、絵画のための部屋ではない。王子を招いた貴賓室だ。あの頃は、絵画もタペストリーも無かった。

――ヘルムート王子。

目覚める時にはいつも側にいたフランツは、いまは不在のようだった。彼と、夢で見た王子の容姿はそのまま重なるけれど、性格や目つきの鋭さ、纏う雰囲気はまったくもって別人だ。

これはどうしたことだろう。考えをめぐらせたルーツィエは、夢で見た場所に直接出向いて確かめたくなった。可能な限り歩きたい。夢が現実だったら、すべてが一致するはずだ。

ルーツィエは、寝台の上で早速とばかりに身じろぎした。しかし、いきなり膝を曲げたからだろう、痛みが鋭く貫いた。

「……………う」

「ルル？」

声に気づいたフランツが、どこからか足早に歩み寄ってきた。めずらしく腕まくりをしている彼は、濡れた手を布で拭きながら言った。

「いまの声、どうした？」

氷のような容姿にもかかわらず、気さくに接してくる彼に、動悸を抑えこむのに苦労する。焦る姿を見せたくなくて、無理やり平静を装った。

「もしかして、身体をほぐそうとしていた？」

「ええ、そうなの。行きたい場所があるから……」

「どこだろう、連れて行くよ」

穏やかな面差しの彼が頭を撫でてくる。しかし、目を閉じれば、眼裏（まなうら）に浮かんでくるのは皮肉げな少年だ。黒いローブは脱がないでって言ったのに。

ルーツィエは瞼を上げた。

「……………王子」

呟いた瞬間、彼の瞳の色が深くなった気がした。しばらく無言でいた彼は、わずかに首を傾げた。

「思い出したんだね」

その時ルーツィエは、あの夢は現実に起こったことなのだと悟った。身体に震えが走って止まらない。彼になだめるように触れられても。

「あなたはヘルムート王子？」

「そうだ。君には王子と呼ばないように言ったはずだけれど、覚えているかな」

覚えている。ルーツィエは、混乱しながら目を泳がせた。

「ルル、言えるよね」

「フランツ」

幼い彼の姿が脳裏をよぎる。彼は、すべてに対して大きな怒りを抱えていた。あらゆる人を遠ざけて、ルーツィエに側にいろと。

「君はどのくらい思い出したの」

「あまりわからないわ。わたしは九歳で、かわいげがなくて、無茶ばかり。男勝りで」

ルーツィエは何度も瞬きをして、自身の中の記憶を探す。

「わたしの知るあなたは、自分のことを『私』と言っていたわ。それにもっとあなたは」

「横暴で横柄だった？」

ルーツィエは彼のマントを握りこみ、わずかに上体を持ち上げた。すると、微笑む彼に背中を支えられる。

「あなたはいまのように穏やかではなかった。わたしに優しく笑いかけたりなんてしなかったわ。いまのあなたは別の人みたい」

「君は当時の僕が当たり前だと思っていた行動を横暴で横柄だと言ったんだ。でも僕は自分のどこがそうなのかわからなくてね、気づくのには苦労した。それに君はこうも言った。『まだ子どもなのに〝私〟だなんて、さすがに王子ともなると気取っているのね』って」

あまりの不躾（ぶしつけ）な言葉に、ルーツィエは青ざめる。

「本当？　……そんなにひどい言葉を、わたし」

「ひどいなどとは思っていない。だから僕は、君の前では『僕』になった」

「…………わたしったら、どうしよう」

ルーツィエは困惑ぎみに眉根を寄せて、自らの頬を包んだ。

「ごめんなさい。あなたではなく、わたしこそ横暴で横柄だわ。でも、どうして直したの？　直す必要なんてないのに。あなたは王子なのだから……ちびなわたしのことなど無視すればよかったのだわ」

「そんなこともわからない？」

寝台に腰掛けた彼は、隣のルーツィエを覗きこむ。

「僕は君を妻にした。それが答えだ」

「わたしが妻」

ひとりごちた彼女は首をひねり、やがて疑いの眼差しを向ける。

「おかしいわ。わたしは王子のあなたとは結ばれない……伯の娘だもの。外交上意味のない結婚を王子がするはずがない。それに、わたしにはお父さまが決めた婚約者のレオがいるわ」

言葉の途中で、フランツの唇が綺麗に弧を描く。

「かつての君も同じことを言っていた。でもね、確かにいま君は僕の妻だ」

「お父さまに確かめてみればわかることだわ。聞いてみる」

「ルル」

だしぬけに彼に手を重ねられ、固く握られた。その力強さに鼓動が跳ねる。

「伯には会えない」

ルーツィエの緑の瞳が、みるみるうちに大きくなる。

「会えないんだよ」

「どうして？　ここはドーフライン城塞だわ。お父さまの城よ」

「答えは君の頭の中だ」

意図がわからなくて、気難しげに考えこんだ彼女は、やがて力なく首を振る。

「ないわ。わたしには何もないもの。九歳までの記憶とあなたが教えてくれたことがすべてだわ」

続けて発言する前に、フランツに強く抱きしめられる。励まされているようだった。

「君は必ず思い出す。けれど答えを急いではだめだ」

「急ぐも何も、わたしはただ、お父さまに会いたいだけだもの。お母さまにも……」

「君は現実を受け止めなければならない。だが、それはいまではない」

とても嫌な予感がする。ルーツィエは、不安に苛まれながら彼を見返した。

「わけがわからないわ。どうしてそんなに遠回しに言うの？」

「わかってほしい。君の感じること、経験こそすべてだ。焦らず、ひとつひとつ嚙み砕いて受け止めて」

彼の指がルーツィエの顎に触れ、そのうつむき加減の顔を上向けた。

「幼いころを思い出した君は知っているはずだ。いつだって、君は前を見ていた」

ルーツィエの鼻にしわが寄り、顔が歪んだ。肩も震える。

「買いかぶりだわ。前を見ていられない。怖くてたまらないもの。記憶がないのも、指輪も、呪いも……眠りたくない。本当は、泣きわめきたい。閉じこもりたい。何もかもがわからなくて、不安なの。とても、情けないくらいに弱い。こんなわたし、悔しい」

とめどなく溢れる涙を、フランツが唇で受け止める。

「だからこそ僕がいる。君が前を見ていられるように、負けないように僕がいるんだ。君は後ろ向きにならずに前を見続ければいい。僕が助ける。君は思うとおりに君らしくいればいい」

ルーツィエの後頭部に触れた彼は、自身の胸に誘導する。従う彼女は顔を埋めて泣いた。

「どうしてあなたは、わたしに……そんな言葉をくれるの。あなたは怒ってばかりだったのに、どうしてこんなにも優しくしてくれるの」

「過去の僕はそうだった。でもね、ルル。僕が夫だからというのは答えにならない？」

「夫だからって優しくしないで。わたし、あなたを頼ってしまう。甘えてしまう」

——騎士らしくいられない。

「君はわかっていないね。僕が優しいのは妻限定だ。だから頼ればいい。甘えればいい。

……ああ、いけないいな。湯が冷める」

いきなり彼に身体を持ち上げられて、その膝に座らされた。

「いまね、隣に浴槽を用意してあるんだ」

すんと洟をすすったルーツィエは、涙を手で拭った。

「お湯？」

「湯の中でほぐせば、少しずつでも身体が動かせるようになるからね。君の状態は目覚めたころよりもずいぶん改善しているはずだ」

　さも、湯でほぐした経験があるような口ぶりに、ルーツィエは「まさか」と動転した。

「フランツ、あなたがわたしを……お湯で？」

　顎で肯定を示したフランツは、ルーツィエの前髪を後ろに撫でつけた。

「君を怖がらせないためにも言っておくよ。眠る君の世話をしているのは僕だ。他人に触れさせたくないからね。つまり、僕は君の身体を知っている。黒子の位置もすべて。こう言えば、程度はわかるかな」

　かあっと頬が紅潮する。ルーツィエは、己の身体を見下ろした。いままで気づかずにいたけれど、亜麻布の肌着ははだけて小ぶりの胸が見えかけていた。恥ずかしくて胸に手をやれば、彼の手がお腹にのって、服の紐を外される。唖然としている間に前がすべて開かれて、ほどなく肌着は、服のていをなさなくなった。ルーツィエは裸だ。

　彼女は信じられない思いで、震えながら彼を見上げた。

「怖くない。湯に入れるだけだから。肌着のままじゃほぐせないよね。それに、近いうちに僕たちは身体をつなげるのだから慣れてほしい」

　彼の水色の瞳が、楽しげに細まった。

「君は妻になった日から僕のものだ」

　ルーツィエの太ももに大きな手が置かれ、その熱が剝き出しの肌を焼く。

「……あ……」

彼の手は上に向けてすべってゆく。薄い下生えをゆっくり通り抜けてお腹へ、そのままおへそにとどまり続けて、指をくぼみに入れられる。くるくるとほじくられれば、身体の奥がうごめいた。

「やめ……」

「眠る君の身体を、いつも隅々まで清めていた」

ルーツィエはごくりと唾をのみこんだ。その音を聞いた彼は、小さく笑った。

「以前君は薔薇の香りがすると言っていたね。あれは君の肌に香油を塗っているからだ」

おへそを解放した彼は、次に左の胸に触れてきた。ささやかな膨らみをそっと包む。

「鼓動が速いね。緊張している？」

彼の一糸乱れぬ装いを前に、裸でいるルーツィエが平然としていられるはずはない。しかも、人間離れした美しい彼の視線に晒されているのに。

「……嫌」

「嫌がらないで。綺麗だ」

水色の宝石みたいな虹彩に裸身が映りこんでいて、ルーツィエは思わず涙ぐむ。裸でいるのは、死にたくなるほど恥ずかしい。

「いつもこうして鼓動を感じていると安心できた。君は生きているんだと。君が目覚めるまでの日々は、確かめていないと狂いそうだった」

ルーツィエは喉まで拒絶が出かけていたけれど、切実に訴えてくる彼に、何も言えなくなってしまう。ただ、胸に置かれた手が熱かった。とく、とく、と早鐘を打つ脈動が、身体にうるさく跳ね返る。

「ルル。君が生きている限り、僕は生きられる」

彼の頬が寄せられて、ルーツィエの額に押しあたる。やわらかな頬ずりだ。大切にされていると強く感じた。

そのぬくもりに、息遣いに、何かが一気にこみ上げて、鼻がつんとした途端、また涙がこぼれた。

「やっぱり嫌？　僕が怖い？」

彼の指が濡れた瞼に触れた。

「嫌じゃないし怖くないわ。……ただ、驚いて……慣れていないだけなの」

「よかった。じゃあ湯に入ろうか」

寝台から立った彼に抱き上げられて、ルーツィエは彼のマントを摑んだ。

「フランツ。聞きそびれていたことがあるの」

「何？」

「わたしはいま、いくつなの？」

「十七だ」

「……大人なのね」

ルーツィエは姿見で見た自身の姿を思い出す。自分は彼にとってどんな娘なのだろう。

「十七歳になるまでのわたしは、いい娘でいられた？」

歩きながらフランツは、ルーツィエの額にくちづける。

「いつでも君は立派な騎士だった。不屈の精神を持つ君はあらゆる問題に立ち向かっていたよ。この小さな身体はいかなる時もくずおれなかった。僕の輝かしい騎士だ」

あまりな賛辞に照れてしまい、ルーツィエは頬を真っ赤に染めた。

「それはいくらなんでも褒めすぎよ。あの王子の言葉とは思えないわ」

「過去の僕は忘れてほしい」

「だって、とてもじゃないけれど、褒めてもらえる状態じゃないもの。わたし、呪われているのでしょう？　とどのつまり負けたのだわ。きっと、長く眠っていたと思うの。一週間？　二週間？　それとも三週間？　わたしはどのくらい眠っていたの？」

フランツは微笑んでいるけれど、目は笑っていなかった。どこか仄暗さを秘めている。

「二年だ」

「え？」

「君は二年以上、眠り続けていたんだ」

ルーツィエは、裸でいることを忘れるほどに愕然とした。気もそぞろで、フランツに浴槽につけられたことも、彼が手足をさすってほぐしてくれたことも覚えていない。それほど、二年という言葉に強く打ちのめされた。

考えが及ばないほど異常な事態だ。二年も眠り続けるなんてありえない。

しかも、いま、まったく飢餓を感じていないし、痩せてもいないのだ。二年も眠っていたのなら、普通、身体はミイラのように骨と皮になるだろう。

疑問がうずまく中、急に胸がしぼられるような痛みを覚え、血が、全身を駆け巡る。

ルーツィエは、どくんどくんと脈打つ身体の変化に追いつけなくて動揺した。しかし、気づいたことがある。血が向かう先にあるものを。

ざあざあと流れる血潮は、ある一点に集中しているようだった。

左の小指につく赤い指輪が、妙に熱くてじくじくした。血は、茨に集まった。

──吸われている。

ルーツィエは、間違いないと確信した。

血が、茨の指輪に吸われている。

「ルル？」

ルーツィエは、怖くて仕方がなくなって、覗きこむ彼にぎゅうと抱きついた。

たくましい腕が抱きとめてくれたけれど、怖さは収まりそうにない。全身がわなないて、がちがちと歯が鳴った。

指輪の呪いは、こんなにも得体が知れない……

「震えている。どうした？」

ルーツィエは彼の胸に顔を埋めた。

「何でもないの。すぐに、前を見るからお願い。しばらくこうしていて」

3章

ヘルムート王子がドーフライン城塞に匿(かくま)われてから三週間。ようやくルーツィエは、彼の整いすぎた顔を見ても平静を保てるようになっていた。

椅子に座って難しげな本を読む王子の側で、頬杖をつく彼女は視線をゆっくり移動させる。

ため息が出てしまうのは、仕方のないことだった。

ロンデル窓から見える外は、煌々とした光に満ちていた。三日続いた雨は上がり、さわやかな陽の帯が明かり取りから降り注ぐ。だが、彼女の表情は対極だ。なぜなら王子はただ本を読んでいるだけなのに、変わらずルーツィエを側に置いている。今日はポニーで駆け回るにふさわしい日であり、剣の稽古日和(びより)だというのに、これでは晴れの無駄遣いだ。

「わたし、外に行きたいわ」

「だめだ」

「どうして？　こんなにも城にこもっていたら、身体に苔(こけ)が生えてしまうもの」

「生えるわけがないだろう。だめなものはだめだ」

王子は本から目を離さずに言った。その態度はルーツィエを苛々させる。

「あなたはこのまま本を読んでいればいいじゃない。その間に外へ行ってくるわ」

「しつこい。だめだと言っている。私の言うことを聞け」

納得できないルーツィエは、ついに我慢ならなくなった。このわからず屋に目にものを見せてやろう。

「まだ子どもなのに〝私〟だなんて、さすがに王子ともなると気取っているのね」

ぎろりと睨まれてもルーツィエは動じない。すでに睨まれ慣れているのだ。王子の『私』が特別変だと思うわけではないけれど、無意味な拘束をする彼をぎゃふんと言わせるべく続ける。

「あなたは気取り屋だから外に出たくないのね。そうやって足を組んで憂鬱に本を読みふけり、その白肌を焼かずに保っていたいのだわ。でもね、王都ではその白い肌が流行りなのかもしれないけれど、残念ながらわたしたちクライネルトでは無価値に等しいの。陰気に苔むした鼠よりも、外で明るくはしゃぐ犬のほうが好まれるでしょう？」

するとたちまちものすごいしかめ面が返された。

「何だその頭の悪い言いがかりは。呆れたやつだ」

「どうしてあなたは外に出ないの？　あなたも鼠より犬のほうが好きなはずよ」

「くだらないな。答える気にもならない。私はこれまで常に命を狙われてきた。外に出ては、敵に標的はここだとわざわざ知らしめるようなものだ」

「どうしてあなたは命を狙われるの？」

「わたしが世継ぎだからだ。敵は国内外にいる。……それに、おまえは知らないことだが、私は度々毒を盛られて身体が弱い。外に出て刺客に襲われようものなら抵抗できないどころか、簡単に死に至るだろう。おまえごとな」

「死ぬわけないわ。ドーフラインは鉄壁だし、外と言っても中庭に行くだけだもの。うんと固く守られているわ。それに身体が弱いのならなおさら体力をつけるべきだと思うの」

王子は短く舌を打ち、ルーツィエを鋭く射ぬいた。

「黙れ、いらつく。何が体力だ。絶望を味わったことがあるか？　死んだほうがましだと思ったことは？　おまえはぬくぬくと生きてきたからそう軽々しく言える。それに、どうやら理解できていないらしいが、おまえはただの人質だ」

聞き捨てならない言葉に、ルーツィエの眉間にしわが寄る。

「どこへ出向いても狙われ続けてきた。取り巻くすべての者が敵だ。ひとり娘のおまえを側に置けば、伯は私に手出しはできない。敵に売ることもないだろう。そういうことだ」

顔をくしゃくしゃにしたルーツィエが言い返す前に、王子はすかさず口にした。

「くそ、このようなことを言いたいわけではない」

彼は、目を泳がせてから弱々しく睫毛を伏せた。

「私はおまえを信用することに決めたのだ。おまえの食べるものなら食べる。おまえが眠るのなら眠る。おまえが、死ねというなら死ぬ。だから側を離れるな」

それは、命令というよりも懇願に聞こえた。彼の見えない孤独や不安が伝わってきたし、年上でも全力で守ってあげたくなるような呟きだった。

ルーツィエは彼を注視する。すると、美しいけれど、痛々しそうにも見える身体の線の細さに気づく。

――なんてことなの。王子ともあろう人が周りに味方がいないのだわ。わたしひとりしかいないいないなんて。……だったら。

己に向けて、うん、と頷くと、ルーツィエは自分の今後を心に決めた。

「フランツ、わたし、あなたの側を離れないわ」

もとより、彼のことは嫌いではないのだ。

彼の一番の理解者に、最大の味方になりたい――

「あなたの騎士になるわ」

ルーツィエは暖炉に歩み、火かき棒を剣に見立てて王子に向けた。

「こう見えてもわたしは強いの。それに、これからもっともっと強くなる。だからあなたは外に出られるわ。太陽をたくさん浴びられるの。もしも刺客が現れたとしても平気よ。あなたが襲われる前にわたしがこてんぱんにやっつけるから。返り討ちにしてやるわ」

「おまえ……」

一瞬、顔を歪めた王子は、目を隠すように瞼を閉じた。

自分よりも小さな娘に胸を張って言われたからだろう。次第に口元に笑みを浮かべる。

「ばか、相手は手練れだ。ちびのおまえに何ができる。無残に殺されるのが落ちだ」

けなしながらも嬉しいらしい。目を開けた王子は手を差し出して、ルーツィエに優しく「来い」と言った。その言葉に従いつつ、彼女は切り返す。

「殺されるだなんて、勝手に決めつけないで。負けない。いつも努力をしているわ。強くなるためにごはんをたくさん食べているし、剣の稽古もしているもの。わたしね、将来は女伯になりたいの。お父さまの跡を継いで、立派に領地と領民を守り抜く騎士になるわ」

数々の武勲を持つクライネルトの後継者になると言えば、大抵はせせら笑いをされるのに、彼は茶化すことはなかった。黙って聞いてくれている。その態度がさらに彼女を突き動かした。

ルーツィエは、椅子に座る王子の足元に騎士さながらにひざまずいた。まさかそうされるとは思っていなかったのだろう。王子は顔をしかめた。

「何をしている。立て」

「あのね、わたし……身を清めて礼拝堂で一晩中祈りを捧げたわけではないし、いまは吟遊詩人も音楽もないし、それに、わたしは男じゃないし、ぴかぴかな武具も馬も用意していないけれど、あなたの騎士になると決めたの。してくれる？」

「は。何だ、騎士の叙任式のつもりなのか」

「そうよ。あなたは主君でわたしは騎士。あなたを命がけで守ると誓うわ。許可してくれるのなら、わたしに抱擁と額への接吻を。これはね、ドーフラインでの叙任式の習わしなの。主君が若き騎士に対して祝福を与えるのよ。その後コレーをしてちょうだい」

　王子は『コレー』と聞いた途端に、目を剝いた。

「コレーだと？　正気か？　この私に、女のおまえを思いきりこぶしで殴れと言うのか」

「ええ。騎士が叙任の誓いを忘れないために必要だわ。わたしは痛みを身体と記憶に刻んで、あなたに宣誓するのよ。いい？　手加減しようだなんて思わないで」

「……ルル」

　額に手を当てて、しばらく物思いにふけった王子は、ルーツィエが待ちくたびれたころにようやく椅子から立ち上がった。その顔には、戸惑いも迷いも一切見当たらない。

「おまえを私の騎士にする」

　それは、ふたりだけの儀式だ。

　王子は屈むと、ルーツィエの小さな身体を抱きしめた。叙任の抱擁だ。

「だが、戦うことは許さない。生涯、私に守られていろ」

　驚いたルーツィエが顔を上げると、王子と視線がかち合った。眼裏に焼きつくほど、これまで見たこともない真摯な瞳だ。目を離せないでいると、彼の熱が降りてくる。額ではなく、唇に。

　経験したことのないやわらかな感触に、ルーツィエは目を瞠った。

「これ、違う……」

「違わない。ルル、おまえに誓う。私は変わる。おまえに優しくする。強くなる。ふさわしくなる。可能な限り、生き抜く」

彼はまた、角度を変えてルーツィエの唇を塞いだ。ルーツィエは、頭が熱にうかされて、抵抗できない。

「おまえは側で私を見届けろ。おまえが生きている限り、私は生きる」


ヘルムート王子は有言実行の人だった。目に見えて、彼は日ごと変わっていった。

まず、彼はルーツィエに毒見役をさせなくなった。自分が率先して食べて、安全を確認してから彼女に食べさせた。苦手なものでも何でも口にするようになった。肉も嫌がることなく、時間をかけて平らげた。ただ、豆だけはだめらしい。気づけばルーツィエの皿の豆が増えている。ルーツィエは、そ知らぬふりでぱくぱく食べた。

王子は穏やかになった。ルーツィエにも滅多に怒らなくなったし、命令口調も少しずつ無くなっていった。その上彼は、体調の悪い時以外は外に出て、木陰で本を読んだり、クライネルト伯に教えを乞うて、体力を作る努力をしはじめた。それは生きるための努力とも言えるものだった。実際、日増しに血色が良くなり、身体も不健康ではなくなった。二か月が過ぎたころには、どういう風の吹き回しか、剣の稽古をしはじめたほどだ。

変わらないことももちろんあった。夜はそれまでどおりルーツィエとともに眠りについたし、食事も彼女としか摂らなかった。ずっと側にルーツィエを置いて、召し使いをはじめとする他人を部屋に寄せつけようとしなかった。

そのうちに、王子の側にいて、ルーツィエがどきどきしない日はなくなった。階段などの段差ではこちらを気遣い、手を差し伸べてくれて、椅子に座る時には、座りやすいように引いてくれる。ルーツィエを『おまえ』ではなく『君』と呼び、自分を『私』ではなく『僕』と言う。彼の急な変化はルーツィエを戸惑わせ、彼女にも急な変化をもたらした。

王子はルーツィエに、朝、おはようのキスをして、夜にはおやすみのキスをする。唇は毎日二回熱を持ち、それはルーツィエの心を激しく揺さぶった。

彼を意識してしまえばもうだめだ。友愛が恋になるのは早かった。

ルーツィエは、気づけば王子を目で追うようになっていた。

彼の横顔が好きだった。こちらに微笑む顔も好き。視線が合えば胸はざわめき、顔もかっかと熱くなる。

ルルと呼ばれれば嬉しくなって、彼に迷惑をかければ落ちこんだ。そして、『後悔しない』を胸に、より一層努力した。

ルーツィエに起きた変化は、騎士の誓いを立てたあの日、彼が額ではなく唇にキスをしたことが引き金になったのかもしれない。それとも、あのとき彼がくれた言葉だろうか。とにかくルーツィエの頭の中は王子でいっぱいで、「わたしがフランツを守るの」と、これまで以上に剣と騎士に執着した。

でも、恋を自覚していても、ルーツィエは知っていた。王子との未来がないことを。世継ぎの王子は国のために他国の王族と結ばれる。だから、これは誰にも打ち明けられない秘めた想いだ。きっと、自分は将来王子とその家族を守るために、命を賭す騎士になる。形はどうあれ、王子の側にいられたら幸せだと彼女は思っていた。

鏡に向かったルーツィエは、はじめは真面目な顔をしていたけれど、緑の目をぱちぱちさせたり、口を引き結んだり、かと思えば笑ってみたりと、表情をくるくる変えた。しかし、以前とは特に変化は見当たらない。あまりの期待外れにがっかりして深い息を吐き出した。

今日、ルーツィエは十歳から十一歳になったのだ。

収まりのつかないため息が、もう一度こぼれる。

そんな娘の様子を見かねて、クライネルト伯夫人は刺繍をしている手を止めた。

「ルーツィエ、百面相をして落ちこむなど、一体どうしたというのです」

母の居室にいるルーツィエは、再び鏡を見てから、母にちらと目を向けた。

「お母さま、わたし、十一になったわ。でもね、前とちっとも変わらない気がするの。まだ子どもみたいで、本当に大人に近づいたのかわからないわ。胸も小さいもの」

「わからなくても着実に近づいていますよ。知らずに成長してゆくものなのです。見てみなさい、貴女のそのドレス、似合っていてとても素敵よ」

ルーツィエは、先ほど母が着つけてくれた服を見下ろした。繊細な縦のドレーパリーを持つ長い女性服だ。袖口がじょうご型に大きく開いて洒落ている。その上に羽織っているのはアーミンの毛皮がついた短いマントで、これらは両親からの誕生祝いの贈り物だった。確かにドレスは大人っぽいけれど、肝心なルーツィエの身体や顔は、嫌になるほど子どもだ。

——早く大人になりたいのに。

ルーツィエは、早く王子に追いつきたかった。最近さらに背が伸びて、精悍さを増していく彼に対し、自分はちびのままで顔も身体も幼い。このままでは、ますます差は開き、呆れられてしまいそうで不安だ。

もちろん努力は怠らない。食事の量を倍にすることで成長を期待したこともある。けれど、お腹がぽっこりと出てしまうばかりか、体調を崩し、寝こんで彼に迷惑をかけただけだった。

彼女が焦って大人になりたいのにはわけがあった。とうとう王子が、ひと月後に王城に帰ってしまうのだ。健康を取り戻した彼は二か月ほど前に、国王直々の手紙ですみやかな帰還を命じられた。それを王子が交渉し、引き延ばした結果があとひと月なのだった。

残りの時間を考えると、ルーツィエは彼に会いたくて居ても立っても居られなくなった。

「フランツのところに戻るわ」

「またこの子はフランツだなんて。ヘルムート王子とお呼びしなさい。不敬ですよ」

母の言葉を最後まで聞かずに、ルーツィエは裾を持って駆け出した。おめかしした自分を早く見せたいのもあった。やがて王子のいる部屋まで行き着くと、ルーツィエは扉を開けて飛びこんだ。

「フランツ、見て！　お父さまとお母さまが仕立ててくれたの」

一瞬目を見開いた王子は、勢いよく駆けてきたルーツィエを軽々受け止めた。十三歳の彼は日々鍛(きた)えていることもあり、しっかりとした身体つきになっていた。

「よく似合っている」

ルーツィエは彼のマントを握って顔を上向けた。嬉しくなって、笑顔になる。

「本当？　大人っぽい？」

「どうだろう。君は大人っぽいと言うよりもかわいいと言うのが正しいと思う」

不服そうに唇を尖らせたルーツィエに、王子は「褒めているんだよ」と付け足した。

「かわいいは褒め言葉ではないと思うわ。幼いということですもの。わたしは早く大人になってあなたに追いつかなければならないのに。そうじゃないと、あなたはどんどん大人になってしまうもの。いまじゃあなたが遠くてとても複雑だわ」

それに、王城には勇ましい騎士たちも美しい婦人たちも多数集結している。ルーツィエは急いで大人にならないと、王子は他の女性に目移りしてしまって見切りをつけられるだろう。

「君はわかってない。僕は最高に褒めているんだ。来て」

差し出された彼の手に手をのせると、王子はうっとりと微笑んだ。

「僕が君をかわいいと言う時は、キスをしたいと思っている時だ。君はキスをしたくなるほどかわいい。するよ？」

頬をぽっと赤らめたルーツィエは、小さく「いいわ」と言って、彼の唇に口を運んだ。すぐにちゅっと音がする。ふたりで口を押し当てて、その後、啄むように唇同士でつつき合う。

出会いから二年を経たいま、ふたりの関係は大きく変化していた。言葉や交わす行為は、以前とは比べものにならないくらい甘いものになっていた。

「ルル、手伝うから、そのドレスを着替えて夕日を見に行こう。あとひと月後には簡単に行けなくなってしまうからね」

頷いたルーツィエがマントを脱ぐと、その間に王子は彼女の紐締めに取り掛かる。するすると外していけば、ルーツィエはたちまち亜麻布の下着姿になった。

「僕の以前の服が着られるんじゃないかな。この城に来た時、僕も十一歳だったから」

「あなたの服、前から素敵だと思っていたの。着てみたいわ」

「いいよ。ああ、僕も君にプレゼントがあるんだ。でもまだ王城から届いていないから、まずはこれをあげる」

王子は自身の首から鎖を外し、ルーツィエの首にかけた。その先には複雑な模様が描かれた金色の指輪がぶらさがっている。真ん中には大きなサファイアがはめこまれ、両端を小粒のエメラルドが彩った。

首飾りは大人にこそふさわしいと思っていたので面映ゆく、ルーツィエはもじもじと身体をよじった。そのたびに指輪も鎖も胸の上できらきら光り、彼女は嬉しそうにはにかんだ。

「あなたがいつもつけている素敵な首飾りね。……もらってもいいの？」

「いいよ」

彼は、過去に着ていた服の一揃えを衣装箱から取り出しながら付け足した。

「それは君が十五歳になるまで君のものだ」

「え？　十五になるまで？　四年間だけわたしにくれるの？」

「そう、四年間。後で返してもらう。でもね、代わりにもっといい指輪をあげる」

ルーツィエは王子の指示どおりに、手伝われながら上衣(コット)を身につけた。

「僕はひと月後、王城に帰る。もちろんまた会いに来るけれど、たまにしか来られない。だから指輪は僕の代わりと思って大切にして」

寂しさを噛みしめて、ルーツィエは「大切にするわ」とうつむいた。

「しばらく離ればなれになるけれど、僕は四年後、君を迎えに来る。王城に連れて行く」

その言葉に、ルーツィエの憂いが霧散(むさん)した。

「本当？　王城にわたしを？　じゃあ、それまでにあなたの騎士としてうんと強くなっておくわ。あなたを襲う野蛮な輩は、わたしが倒してあげる」

王子は肩を竦めて唇を震わせた。笑いを堪えているのだ。

「君らしい。騎士の誓いを守ろうとしてくれているんだね」

「もちろんよ。わたしはあなたの一番の騎士でいたいもの。いつでも駆けつけるわ」

「でもね、騎士としてじゃない。僕は、君を妻にするためにこの城から連れて行くんだ」

彼がさらりと、何でもないことのように言う。

「僕は四年後、十五の君と結婚する」

これは、誕生日が見せる夢だろうかと思いながら彼女は笑った。

「素敵ね。でも、不可能だってわかっているわ。あなたは王子さまなのですもの。わたしは妻にはなれない。それに、わたしにはお父さまが決めたレオがいるから。だからわたしは騎士になって生涯あなたを守るのよ」

「君はつくづく権力というものが、どういうものか知らないよね」

ルーツィエは彼に下衣を穿かされ、腰の部分を紐で結んで固定される。

「僕が結婚すると言ったら、それは真実になる。求婚しているわけじゃないんだよ。だから返事もいらない。決定していることを、ただ伝えているだけ」

「あなたこそ知らないのだわ。王子や貴族の結婚は、自分たちでは決められないもの。わたしは理解しているわ」

ルーツィエは目標を持ったら、それに向かって邁進する強さを持ち合わせているが、無理だと知っているものに対しては、はなから執着しない面を持つ。女伯という目標は、父や王が認めればなれる可能性があるが、王子との結婚だけはどうにもならない。この国では、将来王になる者が、国内の貴族の娘と結婚することはないからだ。王子は王に命じられ、国になにかしらの利益をもたらすしかるべき相手と結婚する。

彼を窺うと、にっこりと笑顔が返された。

「ほら、できた。かわいいね、鏡を見て」

王子の言葉に従い、姿見の前に立ったルーツィエは、最初は自身の王子然としたパープル染めの最高級の服の手触りや、帽子を小粋に被った格好良い見た目に「素敵ね！」とはしゃいだけれど、鏡ごしに水色の瞳を認めた途端、彼から目が離せなくなった。

視線が濃密に絡みつく。

彼が、背後からルーツィエを抱きしめた。目は合ったままだ。

「ルル、四年の間に大人になって。見た目じゃない。心だ。僕を兄や友としてではなく、男として見て。君と離れたくないけれど、四年の冷却期間を持つことは、最近ではいいことではないかと思うようにしている。君の中での僕を変えたい」

彼の言葉の意味を、ルーツィエは理解できないでいた。彼を兄だとも友だとも思っていないし、当然男だと思っている。自分の中での彼を変えるなど以てのほかだ。この二年の間に培（つちか）ってきた大切な思い出なのだから。

ルーツィエが彼を振り仰ぐと、だしぬけに口を吸われた。その激しさに、感じる熱に、ルーツィエの胸が打ち震えた。

「早く十五の君に会いたい」


ドーフライン城塞の西側には、ひときわ大きく、存在感を放つベルクフリートがそびえ立つ。その窓のない円筒状の塔は堅牢堅固で、万が一敵の攻撃を受け、城壁内に侵入されても、避難して、籠城しつつ戦うことができる、いわば最後の砦だ。その入り口は、いくら背の高い騎士でも見上げるほど高い位置にあり、おいそれと敵の侵入を許さない。

　そんなベルクフリートをルーツィエは王子と頻繁に訪れた。通常、塔の中に入ることはできないけれど、晴れた日はベルクフリートに続く歩廊で彼と駆け比べをし、その後肩を並べて夕日を見るのが、以前からのお気に入りだ。

　ルーツィエは目をきらきらさせて、隣に立つ彼を見上げる。変わらず綺麗な横顔に、知らずため息がこぼれた。

　そのラピスラズリ色の衣装は、彼の白金の髪と水色の瞳を引き立てていて、いつにも増して精悍に見えた。彼に関することを、自分のことのように誇らしく思うルーツィエは、やっぱりフランツは誰よりも素敵だわ、と胸を張る。

「フランツ、絶対に手加減しないでね。絶対。約束よ」

「君は駆け比べと夕日とどちらが好きなの」

「どちらもよ」

歩廊での駆けっこは、二年前からやっている。はじめはルーツィエが勝っていたけれど、王子が鍛えはじめてからは、一度も勝てたためしがない。勝てるとしたら、彼が力を抜いて、勝利を譲ってくれた時のみだ。

年下のルーツィエの相手をするのは大変だろうに、彼はおくびにも出さない。

「じゃあ走ろうか。君が声をかけて」

「わかったわ。——いまよ！」

ルーツィエのお願いを守って、王子は手加減なく前を駆けていく。「勝てないのになぜ駆け比べが好きなの？」と聞いてくる彼には話したことはないけれど、ルーツィエは彼の走る後ろ姿が大好きなのだ。西日を浴びて光る髪も、躍動する力強い足も、背後に落ちる影も。だから、負けても悔しくない。ルーツィエはそのすべてを見逃すまいと目を大きく開けた。

最初は低かったのに、背がずいぶん高くなった彼を思う。最初は痩せていたのに、程よく筋肉のついた彼を思う。かつて身体が弱かった彼は、熱で幾日も寝こんだことがあった。激しく咳きこみ、血を吐いたこともある。けれどそれら全部に打ち勝ち、克服した。ルーツィエは、その経緯をすべて知っている。一緒に成長してきた、大好きで、大切な人。

本当はまだ肉が好きでないことも知っている。特に羊肉を食べる時には、一瞬嫌な顔をする。豆料理は主食だから種類もたくさんあるというのに、肝心の豆は二年経ったいままでも克服できずじまいだ。同じく、人嫌いもあまり克服していないように思う。

夜眠る時、彼はいまもうなされることがある。抱きしめれば治るけれど、もう、隣で抱きしめてあげられない。あまりうなされることがないといいけれど、それが少し心配だ。

彼の前途が、後悔のないものであるといい。

息を荒らげて、ルーツィエは、必死で彼を追いかける。だが、どんどん差が広がり遠ざかってゆく。彼との距離が、まだ見ぬ未来を示唆しているようで、ルーツィエは首をぶるりと横に振る。

いつだって、未来はわからない。

この先、王子がひと月後に帰ったきりドーフラインに来なくても落ちこまないように、無様に追いかけてすがりつかないように、泣かないように、騎士として背筋を伸ばしていられるように、いまのうちに彼の姿をたくさん記憶にとどめたいと思う。

ルーツィエは、彼との未来がどんな状態になろうとも、後悔だけはしないと心に決めている。そう思えるほど、彼との二年の歳月は、すべてが最高のものだった。

少し、感傷にひたってしまったからだろうか。

その後ふたりで見た赤い夕日は、変わらず綺麗なものだったのに、終わりを告げているようで寂しく思えた。どうしてか、ルーツィエにはひどく物悲しく見えた。

＊＊＊

深い眠りから覚めたルーツィエは、しばらく天井を眺めていた。不安から、左の手を目の前に掲げると、小指の赤い茨が光る。それは硬質で、まるで金属のようだった。

どうすれば外せるのかと考えはじめると、どんどん気分が落ちこみ、途方にくれるだけだった。ルーツィエは、指輪について考えるのはやめにした。いま解決できないものは、いくら考えても無駄なのだから。

彼女はゆっくり身を起こした。今回は、これまでよりも楽に動かせた。まだぎこちないけれど、二年も身体を動かしていないと思えば、この不自由さにも合点がいく。

肘と膝を曲げては伸ばし、腕を上にあげてみる。少し軋むが、動かせないことはない。続いて床の上に立ってみる。膝ががくがくと震えるけれど、何とか歩けそうだった。

嬉しくなったルーツィエは、辺りを窺い、フランツを探した。が、彼は不在のようだった。会いたいのに会えなくて、しょんぼりと項垂(うなだ)れた。

そこでふと顔を上げれば、タペストリーの下にある絵画の自分と目が合った。

たちまち、当時の記憶が蘇(よみがえ)る。赤いドレスは、十一歳の誕生日を祝ってフランツが仕立ててくれたものだった。誕生日から遅れること五日、王都からドレスとともに画家がやってきて、ルーツィエは恥ずかしがりつつ絵のモデルになったのだ。彼は王城に置いておくと言っていたはずだが、現在その絵はここにある。斜め下にある金の文字は、あの時の高名な画家のサインだ。

ルーツィエは、そっと歩んで姿見の前に立った。鏡の中の自分の姿はいまだに見慣れないものだった。たどたどしく手を頬に当て、指を目から額へとすべらせる。彼が度々「かわいい」と言ってくれた顔だ。しかし、彼女はそうは思わなかった。猫のように少しだけつり上がる目は生意気そうな気がするし、鼻も唇も女性というより少年的だ。続いて虚ろな視線は頭部に移動する。絵画と違い、顎の位置までしかない黒い髪。以前の長い髪の毛は、しきりに彼が、綺麗だと褒めてくれた。

突如、喪失感に襲われる。どうして髪が短いのかまったくわからない。乱れた息を整えて、彼女はロンデル窓に歩み寄り、ベルクフリートに続く歩廊を見下ろした。

かつてフランツと駆け比べをして夕日を眺めた場所だった。十一歳の誕生日を最後に、駆けずじまいなことを思い出す。その日の夜に、ルーツィエは転んで足の骨を折ったのだ。彼はかいがいしく世話をしてくれたが、最後まで迷惑をかけてしまったことに、彼女は目を伏せ、うつむいた。

思えば彼には迷惑をかけてばかりだ。目に見えて実力差があるのに、駆けっこをせがんだり、剣の稽古に付き合わせては、自分の世話を押しつけた。

そうして過去を振り返っていると、夕日を見ながら、彼に歌ってほしいと度々せがまれたことがふと浮かぶ。ルーツィエは父や騎士たちが出征するたび、願いをこめて歌っていたのだ。

――どうか、生きて息災でありますように。

旋律を頭に描いて息を吸う。声はすべるように、かすれることなく歌になった。目を閉じれば、涙が頬にぽたりと伝う。なぜ泣いてしまうのかわからないけれど、無性にこみ上げてくるものがあった。うまく歌えなくなるけれど、それでも止めずに歌い続ける。

最後まで歌いきった時だった。背の高い影がロンデル窓に映りこみ、背後からぬくもりに包まれる。ルーツィエがいま一番会いたい人だ。

「……フランツ」

「歌、懐かしいな。六年ぶりに聴けて嬉しい」

「うまくないから恥ずかしいわ」

「素敵だよ、とても」

こちらを見下ろす顔が近づいて、その唇が降りてくる。すぐに唇に熱が灯った。

キスが終わった後、金の睫毛が上げられて、美しい氷の瞳が現れる。見つめていると、無性に謝りたくなった。

「……ごめんなさい」

「ん？」

彼に「謝る必要はないのにね」と頭を撫でられて、ルーツィエの目から雫が落ちた。

彼といると、弱くなってしまう自分がいる。甘えているのだ。こんなの、だめなのに。

「君は、いくつまでの記憶を思い出している？」

「十一歳よ。あなたは王都に帰っていったわ。でも、その先はまだ……」

「そう……。君の歌を聴きながら、王城に帰った日は忘れられない。僕が馬車に乗った後に、君は歌ってくれたね。僕はずっと聴いていたくて、君が小さくなって見えなくなっても城のほうを見つめていた。城塞が遠ざかり、見えなくなっても、なぜだか君の歌が聞こえる気がして見ていたんだ。——ねえ、ルル」

　フランツの手が、ルーツィエの肩を抱く。こちらを見る目は静かだ。

「この先、辛くなっても忘れないで」

　見返すと、彼は手を伸ばし、ルーツィエの耳に黒い髪をかけて、言い聞かせるように囁いた。

「君には僕がいる」

「……フランツ」

「僕との約束を覚えている？」

　ルーツィエは唇に笑みを浮かべて頷いた。

「覚えているわ。あなたの側にいる約束も、騎士の誓いも」

　彼の腕に囲われて、その熱が伝わった。

「ルル、一生僕の側にいて」

　目を閉じたルーツィエは思う。過去も、いまも、変わらず大好きで、大切な人。過去の彼が太陽ならば、いまの彼は月のようだ。それほど印象に違いがあるけれど、どちらの彼も好きだと言える。過去の自分と、記憶のないいまの自分。二度も彼を好きになれて、その分好きが二倍になって、信じられないくらいに幸せだ。

「フランツ……あのね」

「ん？」

彼が首を傾げると、白金の髪がきらめいた。彼の髪は絹のように繊細で、光線のあたり具合や光の強弱により色味が変わる。いまはまばゆい銀色だった。髪だけではない。いつだって、彼は眩しい存在だ。

ルーツィエは緊張しながらも勇気を出し彼の背に手を回し、ぴたりと身体をくっつけて、ふたりの隙間を埋めた。

「……わたし……」

声が震えてしまった。ルーツィエは、言葉をのみこみ、言い直す。

「わたし、心の支度ができているわ」

「それは……」

切れ長の目に、涼やかな光をたたえて彼が言った。ルーツィエが一度瞼を伏せて見上げれば、水色の瞳は打って変わって燃えたぎるような熱を秘めていた。

「……いいの？」

彼の手がルーツィエの背筋を這い上がる。それはゆっくりと腰から上に優しく流れ、黒い髪をさらりと撫でた。

ルーツィエは、せつなさに胸を締めつけられて彼に身を任せようと目を閉じた。

彼との未来が閉ざされていたとしても、いまだけは、彼とつながり、彼を自分のものにしたかった。

それに、ルーツィエはそれとなく悟っていた。彼が言ったひと月という言葉の意味を。自分はきっと指輪に血を吸われている。だからこの血がすべて吸い尽くされてしまう前に、彼を強く感じたい。この身に深く刻みたい。

不思議と、生きていたいという願望よりも、彼には一刻も早く逃げて無事でいてほしいと祈る自分がいる。それは奇妙な感覚で、なぜそう思うのかはわからないけれど、ルーツィエは、呪いの影響か、過去の自分の想いなのだと考えた。

「ルル、目を開けて」

彼の言うとおりに瞼を開ければ、情欲に染まる瞳とかち合った。彼に愛され、求められている気がして、心が沸き立った。

明かり取りから光の帯が降っていて、その光を背負った彼の面差しに、ルーツィエは胸を打ち震わせた。なんて神々しい人なのだろう。

「いまからのことはすべて見ていてほしい。君は、僕の想いを知るべきだ」

彼の薄い唇がぴたりとルーツィエのそれに重なって、割られた唇から肉厚の舌がしのびこむ。歯をひとつひとつ確かめるようになぞられ、上顎も下顎も味わい尽くされる。息がうまく吸えずに苦しいけれど、それは幸せな苦しみだ。自分の舌が彼の舌に弄ばれて、互いの唾液がまじり合う。丁寧で穏やかな接触だったが、どこか激しくさえあった。現に、奥には火が灯されて、いまにも勢いを増しそうだ。彼の顔がわずかに離れれば、ルーツィエは、あえかな吐息を漏らした。

深いくちづけは一度では終わらなかった。次に施されたのは貪るような、飢えた獣(けもの)じみたキスだった。彼の激情を強く感じてルーツィエの身体を歓喜が貫いた。次第に息が荒くなる。

軽々と抱き上げられて、どこかへ移動させられる。その間も唇は離されることはなく、ルーツィエは与えられる熱に溶かされた。

寝台に横たえられれば、彼は慣れた手つきでルーツィエの肌着の紐を解いていく。すぐに焼きつくような眼差しに貫かれ、肌がぞわりと粟立った。纏っていたものはあっという間に、なくなった。

思わず、小さな胸を隠そうと手で押さえれば、彼にそっと阻まれた。ルーツィエの顔の横に手をついて上から見下ろす彼は、眩しげに目を細めて「綺麗だよ」と囁いた。

「そんな……あまり見ないで……。すごく、小さいの」

「僕はこの胸が世界で一番好きだよ」

とたん、胸がきゅうと締めつけられて、喘(あえ)いで息を求めれば、彼はルーツィエの気持ちを察したように穏やかに言った。

「優しくする。……努力するから」

心臓が破れるくらいに動悸が激しくなり、緊張しきっていたルーツィエは、彼の「努力」の言葉に力を抜いた。思わず小さく笑ってしまう。

「努力？」

しなくてもいいのに。欠点などない完璧な人なのに。

すると、彼はどこかあどけなく微笑した。

「うん。しなければ君を壊してしまいそうなんだ。いつも自分を抑えつけていたからね。暴れ出したらどうなるか予測できない」

また、唇が降りてきて、ルーツィエは唇で受け止めた。

角度が変わり、互いのやわらかさ、厚みを確かめながら彼の手が肌を優しくすべってゆく。鎖骨から胸の膨らみを辿って腰のくびれを通り抜け、お腹にとどまり、そのまま太ももへ。彼から与えられるぬくもりは、真心が感じられるものだった。「怖くない、怖くない」と未知への不安をほぐされているようだった。

ルーツィエはキスに夢中になりながら、彼の手を受け入れた。両手に脚を割り開かれても、恥ずかしさを噛み殺し、それに応えて大きく開く。間に彼の身体が収められると、りんごのように真っ赤になったが、何でもないふりをした。しかしながら、己のはしたない格好と秘部をあらわにしている事実に、全身が羞恥にわななないた。

重なる唇が、絡み合う舌が、擦り合わされて淫らな音を立てている。その合間に聞こえるのは衣擦れだ。

フランツが、マントを放り、腰紐をするりと解いた。見た目はしなやかな体軀（たいく）だけれど、はだけたコットから見える裸身は、しっかりとした筋肉を纏い、記憶にあるものとは違う強さを持っていた。

彼は一気に下衣まで脱ぎ去り、ルーツィエの秘部に下腹を押し当てた。硬く滾ったものの感触に、ルーツィエは目を見開いた。

唇を離してキスを終えたフランツは、彼女の手を取り、その甲に口を押し当てた。

「君の脚の間に触れているもの。これが君の中に入るから」

あまりに想定外なものに唖然としていたルーツィエは彼をただ見返すことしかできない。

「ルル？」

「……どうしよう。すごく……大きいのではないかしら。心の準備が」

「そうでもないよ、見てみる？」

返事をする間もなく誘導されて、たどたどしく目を向ければ、彼の容姿には似つかわしくないものがそそり立っていた。それは太い血管が這う奇妙なもので、しかしながら強い生を、欲望をまざまざと見せつけるような雄々しさがある。

こんなの無理、入らないと思い、こくりと唾をのみこめば、だしぬけに彼に唇を塞がれ、また、深いキスがはじまった。

「ん……う」

彼の鍛えられた剝き出しの肌がルーツィエの柔肌に合わさった。腰に手が回されて彼の熱を押し当てられる。恐れを抱いたルーツィエは、浅い息を繰り返した。

「ルル……」

早鐘を打つ小さな胸が、彼の手に包まれた。直後、指で捏ねられ、はじまる愛撫に、ルーツィエはこんなにも敏感な部分があるのだと知った。

「……あ」

ため息まじりに出た声の甘さに、慌てて唇を引き結ぶ。こんなのは自分じゃない。

すると、胸の先をいじくる手とは別に、大丈夫とでも言うように、お腹を撫でられた。

続けていたくちづけを中断したフランツは、ルーツィエの耳元で小さく言った。

「声を出していいんだよ」

「でも……すごく変な声だわ」

「変じゃない。かわいいよ」

耳たぶが食まれて、ルーツィエはまた甘やかな声を出してしまう。満足そうに微笑んだ彼は、耳をくまなく舐めまわし、やがて舌をべろりと這わせて首筋に降り、鎖骨に到達すると、そこに、ちゅっと短く吸いついた。白い肌に赤い所有の花が咲く。

その花を嬉しそうに見つめた彼は、次々と跡を残していった。

彼の唇は、ルーツィエのささやかな胸にある薄い薔薇色の突起に辿り着き、そこにキスをした後、口腔に誘いこむ。舌で先を転がして舐れば、彼女の細い腰がびくんと跳ねた。

「あっ。待っ……」

「待てない」

それは驚きと戸惑いの連続だった。経験したことのない類の刺激に、身体の奥がじくじくと熱を持ち、胸に触れられているにもかかわらず、下腹が疼いた。

「んっ、んっ」

未知の感覚を恐れて逃げを打つ身体を、彼は自身の身体で固定する。快楽に慣れずに震える胸は、やわやわと甘噛みされて、もう片方は、挟んで爪にいじられる。

可憐な粒は形を変えて熟れていき、ルーツィエは身体の奥に溜まった熱のやり場がなくて、腰を艶めかしくくねらせた。

「そろそろかな」

名残惜しそうに胸を解放したフランツは、ルーツィエの揺れる腰に手を添えた。

「脚はそのまま開いていて」

はじめての交合にぼんやりしている彼女は、様々な場所にくちづけられても、彼が下にずれても、素直に脚を開いたままで、彼を待つ。そして次の瞬間、鋭く息を吸いこんだ。

彼の唇がありえない箇所――秘部にあったからだ。

「嘘っ。あ、……だめ、そこ、あ」

腰を引こうとすれば、ますます彼の腕にかいこまれ、雁字搦め(がんじがらめ)にされてしまう。

「……は、だめっ」

「だめじゃない。それに、はじめてではないから大丈夫だよ。君を清めている時に、ここには触れたことがある。こうして……君のすべてが知りたくて、確認したんだ」

秘部に彼の唇の動きと、息が伝わってくる。

「そこで話さないで……」

信じられない思いで脚の間に目をやれば、下腹部は彼の白金の髪で隠されていた。しきりにまさぐられておののいていると、閉じた襞がぱくりと開かれ、縦に沿って舐めあげられる。ルーツィエは、顎を上向け、嫌、嫌、と首を振った。

嫌だけれど、とんでもなく気持ちいい。そんな思いが湧いてきて、また違う違うと否定する。

「前に言ったよね。黒子の位置を把握しているって。君の大事なところにも黒子がひとつある。……僕だけしか知らない、小さなこれ」

いきなり、強い刺激を感じる箇所を舌でぴんと弾かれ、ルーツィエはかっと目を瞠った。彼は、執拗に舐めたり口に含んでは、そこばかりに触れてくる。優しく、真綿で包むような攻めにもかかわらず、疼く強い官能に、ルーツィエの白い肌はじわりと汗ばんだ。

けれどそれで終わりではなかった。彼の指が膣にゆっくり侵入してくる。くち、くち、と淫靡な水音を伴って、かき回したり穴を広げる動きをしてみせた。その間も、彼の唇と舌は、快楽の箇所に執着して離れない。

内側からも外側からも攻め立てられて、ルーツィエは無意識に腰をくねらせていた。

「あ……あ」

まるで自分じゃなくなるようだった。

「…………怖い」

「大丈夫。優しくするから、怖がらないで」

ずくずくと腰の奥に蓄積された熱がいまにも暴れ出しそうで、抑えきれずに、ルーツィエは足をぴんと突っ張った。頭が弾けそうだった。

「ああ、——っ、あ！」

「……すごいね、ルル」

ずるずると彼が何かを飲んでいる。

ルーツィエの秘部は脈動し、何かを切望しているようだ。

彼は腕で口を拭うと、ルーツィエの汗ばむ肌に自身の身体を這わせ、そのまま顔を覗きこむ。目と目を合わせたのちに、軽く唇にキスされた。

「入れるよ。……はじめは痛いと思う。君を苦しませたくないから一気に入れるけれど、これは一生で一度きりの痛みだから、耐えてほしい。僕を思って我慢して」

ルーツィエは瞼をぎゅっと閉ざして、こくこくと頷いた。——彼のためなら耐えられる。

「だめ。目を開けて」

彼はルーツィエの視線が秘部に下りるのを待っているのだろう。目を開けていなくても、強烈な視線を向けられているのが、瞼ごしにわかるほどだった。

「ルル、一緒に見るんだ」

はあ、はあ、と喘ぎながら、ルーツィエはゆっくりと目を開け、彼の凶暴な猛り(たけ)を見つめた。それは飢えているかのように、先からとろりと雫が滴っている。

固唾をのんで見守る中、両手で腰を固定され、彼の切っ先が自分の秘部に当てられた。

「いくよ」

刹那、ぐっと腰が押し進められ、彼が秘部にめりこんだ。

「……あ、……ぅ」

逃げようとしても無理だった。逃げ場はない。経験したことのない痛みに襲われる。だが、苦痛に顔を歪める彼女が視線をずらすと、彼もまた、端正な顔を歪めていた。

――フランツも痛いのだわ……

ぐっ、ぐっ、と楔が奥へ奥へと穿たれていく中、ルーツィエは彼のことだけを考えた。

黒いローブを着こんだ子どものころの彼を。ルーツィエを騎士と認めてくれた彼を。そして、記憶を失ってからの、かいがいしく世話をしてくれた彼を。

いつだって、彼は優しい。

そしてふと思い至る。もしかして、うぬぼれかもしれないけれど、彼の中心には自分がいるのではないかと。彼は自分を犠牲にしてまで、ルーツィエに合わせてくれているのではないかと。

世継ぎの王子である彼が妻と呼び、側にいて世話をしてくれて、こうしてつながろうとしている。その重みは計り知れない――

なんて罪深いことだろう。でも、好きで、好きで、仕方がない。離れたくない。

「フランツ、……う……わたし……」

額に汗を浮かべた彼は、白金の髪をざっくりとかきあげた。

「もう少し……いくよ」

「ん……」

彼はルーツィエの太ももを抱え直し、一気に腰を突き出した。

焼けつく痛みの中で、彼の下腹がルーツィエの秘部に隙間なく重なった。ひとつになった瞬間を、彼女は見た。

感極まって視界がにじむ。彼に目を向ければ、何かに耐えるように唇を噛みしめていた。

「……入ったね」

ルーツィエは動かないように腰を押さえつけられたまま、上半身をぐっと引き起こされる。汗がとろとろとこぼれ落ち、互いの肌をすべりゆく。

お腹の中に彼を感じながら、彼の上に座る形で向かい合った。視線が交われば、彼がうっとり微笑した。強く身体を抱きしめられる。

「辛くない？」

と聞く彼のほうこそ苦しそうだった。

「少し痛いけれど、大丈夫。でもフランツ、あなたのほうが辛そうだわ」

「僕は……いまはね。予想以上に君が狭いから」

「………狭くてごめんなさい」

フランツはいかにもおかしそうに顔を崩し、ふっと短く吹き出した。

「謝ることじゃないんだ。むしろ、僕にとってはいいことだから。気持ちいいよ」

「辛いのに気持ちいいの？」

「君の中から二度と出たくないくらいにね」

額に彼の唇が押しつけられる。

「ルル、こうしているから僕に慣れて。……君が落ち着くまで話をしようか」

「でもわたし、あなたにたくさん聞きたいことがあるのに、いまは何も考えられないわ。夢みたいなの。あなたとこうして……」

ルーツィエが彼の背に手を回し、ぎゅうとしがみつくと、頭上に頬ずりが返された。身体をつなげて彼を知ること。ルーツィエは、その幸せを噛みしめる。

「フランツ……わたし」

「そういえば、君は行きたい場所があると言っていたね」

口から出かけていた『あなたが好き』という言葉をのみこみ、ルーツィエは頭にドーフライン城塞内を描いた。かわいがっていたポニーのゲオルクは元気だろうか。

「あの時は、いろいろ歩き回りたかったの。中庭も、お父さまとお母さまがいる主塔も。それから、礼拝堂には必ず行きたい」

「……礼拝堂？　それはどうして？」

ルーツィエは脳裏に礼拝堂を浮かべた。夢か現（うつつ）かわからないが、振り香炉の鈴の音を聞いた場所だ。

「わたしね、突然眠るでしょう？　その時に必ず鈴の音が聞こえるの。乳香の匂いもするわ。あれはおそらく司教が持っていた振り香炉だと思うの。音が同じだもの。だから礼拝堂で確かめてみるわ」

　彼の手が肩にのり、気難しい顔が寄せられる。

「僕は大抵君の側にいるけれど、鈴の音も乳香も知らない。本当に聞こえるんだね？」

「聞こえるわ。あと、『眠れ』って囁かれるの。紅をつけた赤い唇としかわからないのだけど、誰なのかしら。お母さままでも召し使いたちでもないはずよ。ドーフラインでは、お父さまが濃い化粧を好まないから皆薄化粧なの。濃い紅をつけようものなら、問答無用で落とせと命じられてしまうわ。お父さまはあなたには甘かったけれど、本当は厳しいの」

　黙りこんでしまったフランツの胸に、ルーツィエは頬をすり寄せた。

「ねえフランツ、お腹の中にあなたを感じるわ。……熱い」

　切れ長の目が驚いたように瞬いた。その時、体内の彼がうごめいた気がして、彼女はうつむく。すると、ぴく、と彼が反応した。

「あ……」

「君はいますぐ子どもがほしい？」

　きょとんとしたルーツィエは、フランツを振り仰ぐ。

「ほしいといえばほしいわ。……そうね。がんばって、いい母親にならなくちゃ」

　とろけるような笑みを浮かべたフランツは、「ねえ、ルル」と首を傾げる。

る」

「君ははじめてなのに余裕があるんだね。僕はまったく余裕がない。まさか今日、君とつながることができるとは思っていなかったから、うまく入れられてよかったと思ってい

いきなり唇を貪られ、ルーツィエは睫毛を跳ね上げた。

「このまま作ってしまおうか」

「わたしたち、はじめてなの？」

ルーツィエはまさかと思って、驚きに口をぽかんと開けた。

「気がつかなかった？　僕は下手だったと思う。途中から自分のことばかりで、君に優しくできなかった。反省点が多いな」

彼から目を逸らしたルーツィエは、きまりが悪そうにぼそぼそ言った。

「そんな……あなたは余裕があるようにしか見えなかったわ」

「だったら成功したのかな。君には無様なところを見せたくないからね」

「その……信じられない。あなたはすでに他の女の人とつながっていると思っていたわ。だって、あなたはとても素敵だし手慣れているし、それに、世継ぎの王子なのですもの」

フランツは、かつての黒いローブの彼を思わせるように、皮肉げに鼻の先を持ち上げた。

「僕が他の女と性交するはずがない。考えただけでもぞっとする。君は知っているはずだ。僕は君以外、誰のことも信用していない。それに、他人の身体に触れたり触れられたりするなど以てのほかだ。汚らわしい。僕は潔癖(けっぺき)なんだよ。知らなかった？」

さも、「触れていいのは君だけ」「君は他人じゃない」と言われている気がして、ルーツィエの胸はきゅうと鳴く。

「……締まったね」

「え？」

「続きをしようか」

彼はルーツィエの腰を支えて、彼女の身体を再び寝台に押し倒すと、猛った楔の先端が出る寸前まで腰を引く。けれど、離れるのが嫌だと言わんばかりに、またルーツィエの奥にぐぅっと突き進む。水色の眼差しは、常に緑の瞳に注がれている。

「あっ」

彼が触れた箇所からしびれるような刺激がもたらされ、ルーツィエは思わず声をあげた。顎を持ち上げ、眉根を寄せる彼女の頬を、彼の両手が包んだ。

「ルル、平気？　いまの感じで動くけれど耐えられる？　無理そうなら、もう少し待つ」

「……ん。平気よ」

「ゆっくりする。辛かったら言って」

「わかったわ」

彼は優しい。思いのままに見つめれば、愛おしそうに唇を塞がれる。手を取られ、両手を重ね合わせて十指を絡め合う。

やがて寝台は、緩やかに軋みをあげはじめた。

4章

泣かないと決めたのに、全然決まりを守れない。

ルーツィエは、王子が王都に去ったその日から、隠れて泣いてばかりいた。気づけば涙がこぼれてしまうし、特に夜はだめだった。二年の間、毎晩彼の隣で眠っていたために、寝台の広さが身に染みる。いつの間にか、彼の気配、その体温や呼吸の音も無くてはならないものになっていた。

食事も辛くなっていた。彼と交わしたたわいのない会話が、これほどまでに大切なものとは思ってもみなかった。同じ料理のはずなのに、ちっともおいしく感じられず、徐々に食は細くなった。夕暮れ時も辛かった。夕日を見ると、胸がぎゅうと苦しくなって、うつむかずにはいられない。そして頬が濡れていく。

ルーツィエを泣き虫に変えたのは王子だ。感情を揺さぶり、弱くするのは王子だ。

それでも彼女は、両親の前では平気なふりを装った。心配されて声をかけられてしまっていたから、隠しきれてはいなかったけれど。

そんなある日のことだった。ルーツィエは窓を開けて、自室で頬杖をついていた。思い浮かべるのは王子のことだ。元気にしているだろうか、怪我をしていないだろうかと、彼の無事を天に祈る。

　するとその時、遠くのほうからこちらに向けて鳩が飛んでくるのが見えた。鳩は騎士たちの好物だから、きっと誰かが射るだろう。そんなことを思っていると、どうしたことか、ルーツィエの近くまでやってきて、窓枠に止まった。見れば、足に紋章つきの金属の筒がついている。伝書鳩だった。

　ルーツィエは鳩の前に豆を撒き、つついている隙に筒から紙を取り出した。くるくると巻かれた紙を伸ばして、文面に目を走らせる。途端、ぱあと緑の目は輝いて、顔には満面の笑みが刻まれた。

　それは王子からの手紙だった。〝忙しくてまだ会いに行けないけれど、いつでもルルを想っている。落ち着いたら必ず会いに行くよ〟と、流麗な文字で書かれていた。

　早速、彼女は返事をしたためる。〝フランツ、会える日を楽しみにしているわ〟

　彼女はペンを動かしながら、王子への手紙に弱音や愚痴を書かないでおこうと決めた。自分は王子の騎士なのだ。彼を支える立場なのだから、控えたほうがいいと思った。

　書き終えるとすぐに丸めて、鳩の筒に押しこんだ。ご褒美として、山盛りの豆を鳩の足元に置いてやると、五つほど食べたのちにまた空へと羽ばたいた。

　それからというもの、ルーツィエはみるみる元気になっていった。鳩はだいたい五日おきにやってきて、王城とドーフライン城塞を往復する。白い鳩、灰色の鳩、茶色の鳩が代わる代わる現れて、ルーツィエはそれぞれ「アマデオ」「ベルント」「オイゲン」と勝手に名づけ、豆を盛ってかわいがった。鳩が運ぶ王子の手紙は、天気の話題からはじまり、馬に子どもが産まれたといったたわいない日常的なものだったけれど、かけがえのないつながりだった。何と言っても、最後は必ず〝ルルに会いたい〟と書かれているから、心の底から笑顔になれた。

快活さを取り戻したルーツィエは、ポニーに乗って駆けたり、剣を持ち稽古に勤しんだ。体力をつけるため、何でも口にした。王子に呼ばれたら、すぐに駆けつけ、守れる自分になるために。

そんな日々が日常と化し、時は流れて、ほどなく一年が経過しようとしていたころだ。ドーフライン城塞を揺るがす出来事が起きてしまう。

この日のことを、ルーツィエは一生忘れることはない。

母、ディートリンデが、突然儚(はかな)くなったのだ。

当たり前にあると思っていた幸せが、あっけなく壊れてしまうなんて想像だにしていなかった。それでも変化は訪れて、たやすく幸せを奪い去る。

その日は風がいやに強い日で、ルーツィエは、王子の手紙が無事届くだろうか、オイゲンは大丈夫だろうかと、鳩の心配ばかりしていた。

午後のことだ。ばたばたと、城じゅうにせわしない足音が響いた時に、ようやく異変に気がついた。「どうしたの」と見かけた召し使いに訊ねたルーツィエの表情は、いたって呑気で無邪気なものだった。ルーツィエは、問いに返った答えを聞いて愕然とした。

母が、歩廊で強風に煽(あお)られて転落した――

美しい母の亜麻色の髪が赤に染まり、地面にも見慣れぬ赤があるのが見えた。もっと近くに駆け寄りたいのに、脚ががくがくして動いてくれず、側に行けない。騎士に助けられ、ようやく辿り着いた時、鮮烈な赤色が目に焼きついた。そんな色、見たくはないのに。

どんな時にも毅然と前を向き、立ち続けていた父の慟哭(どうこく)をはじめて聞いた。そしてルーツィエも、枯れ果て空っぽになるほど涙に暮れた。

後悔しないと心に決めていた。けれどルーツィエは、大切な人を失えば、そこには後悔しか生まれないと思い知らされた。

もっと母の側にいればよかった。もっと抱きしめればよかった。もっと抱きしめてもらえばよかった。もっと言うことを聞けばよかった。もっとお話しすればよかった。もっと、もっと、と思いはつきない。後悔が後から後からやってくる。

この日、母の命が消えたと同時に、ルーツィエの世界は暗転した。母のぬくもりが消えたと同時に、ルーツィエを取り巻く世界は冷えきった。

生気のない顔をした父が、仄暗い眼差しで命じる。

「ルーツィエ。おまえはもう外へ出るな」

彼は、娘まで失いたくないと、ルーツィエを高い塔へ閉じこめた。

それは緩やかな狂気だった。絶望を知った父は、二度と後悔しないために、ルーツィエを支配するようになった。外に出さないばかりか、誰にも会わせようとしなくなった。旧知の騎士や、レオにすら滅多に会えないほどだった。窓が閉ざされているので鳩による王子の手紙も届かない。ルーツィエは堅牢な箱庭に囚われた。

というのも、とある噂が囁かれていたからだ。クライネルト伯夫人は、いくら突風が吹いたとはいえ落ちるはずのない場所から転落した。つまり、誰かが突き落としたのではないか、といったものだ。それが、父から理性を奪った。

のちに出征した戦場では、その残虐さから、父は魔王と恐れられた。周囲に行き場のない怒りを撒き散らし、敵を執拗に追い詰めて、地獄のような恐怖を味わわせたのだ。レオから聞いた話によると、三百人近い騎士を槍で串刺しにした上に、それを掲げて死体を晒し続けたという。これまで戦いに身を置く者に対しては敵味方関係なく敬意を払ってきた父は、向かいくる敵のことを妻を奪った悪しき輩に置き換えるようになった。

以前のクライネルト伯はもういなかった。心の有り様が変化し、漆黒の髪は急速に白いものがまじって灰色になり、目はいつの時でも鋭く血走るようになった。近くへ寄れば酒の臭いが鼻をつくようになり、〝薔薇伯〟にふさわしい華やかな出で立ちは、跡形もなく消え去っていた。

だが、それでも父は父だった。酔いつぶれていない時には、夜、ルーツィエのもとを訪れて、頭を撫でてそっと抱きしめ、両頬におやすみのキスをする。左頬は父の分で右頬は母の分だ。その時だけは、ルーツィエはかつての幸せを感じられた。

新たに与えられたルーツィエの部屋には窓がなく、明かり取りから光が差しこむことで、朝と夜を判別できた。その幅は狭く、王子の鳩は通れない。時々、鳩がこちらに入ろうとしているのに気づいたけれど、手紙を受け取れないでいた。ルーツィエはその閉じられた部屋で、十二歳と、十三歳の誕生日を迎えた。

もちろんこのままではいけないと父に意見した時もある。すげなく却下されてしまったけれど、ルーツィエにも父の気持ちは痛いほどわかるのだ。父は、母を愛している。ルーツィエのことも愛してくれている。自分が父や母を愛しているのと同じように——否、それ以上の強さで。だから、最終的には抗うのはやめて、従うことにした。

ルーツィエが自分を保っていられたのは、後悔しないために最善を尽くすという信念と、母を亡くしてから一週間後、忙しい合間をぬって、王子が会いに来てくれたからだ。

寝ずに馬を駆って来た彼は、泥だらけになりながら、過去にルーツィエがこっそり教えた抜け道を通り抜け、城塞内で騎士を捕まえ、尊大に彼女のもとへ連れて行けと命じた。そしてふたりは約一年ぶりに再会した。

彼は背が伸びて、また大人に近づいていた。鍛錬を怠らなかったのだろう、雄々しさが増し、水色の瞳はかつてよりも威厳に満ちていた。けれど、心労もあるのか顔には少し翳りがあった。常に命を狙われてきた彼にとって、王城は、戦場そのものなのだろう。

王子はルーツィエを抱きしめて言った。

『忘れないで。君には僕がいる』

それは、わずか二時間の滞在だったが、その言葉にルーツィエは救われた。


十三歳の誕生日から一週間ほど経ったある日、王子からの贈り物が城に届けられた。それは緑色の綺麗なドレスで、一緒に届いた緑を纏う彼の肖像画と対になっていた。背が伸びた凛々しい立ち姿に、時間を忘れて見惚れてしまったルーツィエは、同じ生地の衣装だなんて夫婦みたい、とはにかみながらうつむいた。

ずいぶん長く王子に会っていないし、手紙のやりとりもできていない。そんな彼女にとって、ドレスと肖像画は大切な宝物になった。とはいえ、ルーツィエはそのドレスに一度も袖を通せなかった。彼女を取り巻く環境が急速に悪化したからだ。

最初の変容は、国でも名高い武人の父が、戦地に行かなくなったことだった。代わりに父の右腕であるグントラムが出征した。父は酒に溺(おぼ)れ、ルーツィエのもとにも一切訪れなくなった。そして、ほどなくルーツィエ付きの召し使いが全員いなくなり、部屋から出ることすらも固く禁じられ、彼女は誰の世話も受けられない状態に陥ることになった。そのため、着るには召し使いの助けを必要とする王子のドレスは纏えずに、眺めることしかできないでいた。そんな中でも王子の肖像画はルーツィエの心を癒やしてくれた。彼女は絵画を見つめ、ひとり、彼と揃いのドレスを着る自分を想像しては、寂しさや辛さを紛らわしていた。

彼女は不自由になってはじめて、これまでの自分がいかに恵まれ、わがままであったかを痛感した。

決定的な環境の変化を知ったのは、劣悪な日々を送るようになってから半年後のことだった。

その日、幼なじみのレオが召し使いの格好をして、ルーツィエの閉じこめられている部屋に現れた。

最初、レオはルーツィエを見て絶句しているようだった。無理もない。綺麗な服を着て、艶やかなブルネットの髪を結いあげていた彼女はもういない。いまのルーツィエは、髪の手入れも行き届かず、着用する服もみすぼらしい。村人のほうがよっぽど小綺麗だろう。

「くそ」と舌打ちをすると、レオは苦しげに額に手を当てた。

「ルーツィエ、急いでこれを着ろ」

彼に渡されたのは、レオと同じく召し使いの服だった。誰にも会えない環境で、わずかな食事のみ供されていたルーツィエは、レオに問う気力もなく大人しく受け入れた。

「なんでおまえがこんな目に」

レオは袖で両目を拭うと、「ついて来い」と顎をしゃくった。彼の後ろを歩いていると、いまの状況を説明される。

「大変なことになっているぞ。いいか、何も質問せずにただ聞けよ？　信じられない話だからな。おれだって信じたくない。でも事実なんだ」

ただごとではないレオの口調に、ルーツィエは黙って頷いた。

「すべては半年前のある出来事がきっかけだ。伯の馬の前に女が飛び出してきたんだ。かすり傷だったらしいが、伯は女の介抱を命じて城に引き入れた。それがはじまりだ」

レオは、「女の名前はオクタヴィアだ」と言い足した。

「クライネルト伯はオクタヴィアにすぐさま溺れるようになった。いつの間にかあの得体の知れない女の言いなりになっていて、いま城はひどい有り様なんだ。地獄と言っても過言じゃない」

ルーツィエはかっと目を見開き、「うそ！」と頭の中で叫んだ。父が誰かの言いなりになるはずがない。婦人に溺れるはずがない。だって、ルーツィエの尊敬する父は、母をいまでも心から愛しているからだ。

「信じられないって顔だな。……来い。現実を見せてやる」

城塔から外につながる扉を開いたレオは、ルーツィエを先へと促した。強風に煽られたスカートが捲れて慌てて押さえる。これが半年ぶりの風だった。塔を見上げて目を閉じれば、風の音が耳をつく。こんな時でもルーツィエは、やはり外が好きだと思った。

レオは屋外階段をしばらく下りたところで、「下を見てみろ」と言った。そこからは、柱と屋根のみで構成された、ギリシャ風のホールの中を窺えた。ルーツィエは、そこを覗いた途端に言葉を失った。目の前に広がるのは、現実とは思いたくもない光景だった。

ホールには大勢の裸の男と女が絡み合っていた。皆、酒をのみ、くねくねとうごめいている。父と、亜麻色の髪の女の姿もある。ルーツィエの敬愛する父の広い背中に、女の手が這わされる。父は、女の裸身の上で腰を振っていた。

どく、どく、と心臓が嫌な音を立てた。鈍い汗が、肌という肌から噴き出した。

ごうごうと鳴る風の合間をぬって、いくつもの嬌声(きょうせい)がルーツィエの耳に届いた。人の声ではないようだった。

見慣れた城のはずなのに、別世界。まさに悪夢だ。

「…………何を、しているの……」

茫然(ぼうぜん)とルーツィエが呟くと、レオは琥珀(こはく)色の目を伏せて言った。

「性交さ。伯以外のあの男たちはな、おれたちも知る騎士だ。一昨日、伯はとうとうオクタヴィアを正式な妻にした。あれはその宴らしいぜ。ずっと続いているから、おれはおまえのもとに行けた。普段おまえの部屋の警備は特に厳重なんだ。オクタヴィアは、おまえに誰も会わせるなと命じている。理由はわからないが……放置しておまえの精神を壊すためだろうな」

レオは、茫然自失のルーツィエの手を引いて、来た道を戻り、塔の部屋に入った。

「半年前、オクタヴィアの一声で、おれとおまえの婚約が解消された。伯は変わってしまった。いまではオクタヴィアがこの城の主人だぜ。……くそ、蛮族をことごとく退けて来た鉄壁のドーフラインが、ひとりの女にここまで脆いとはな。……なあ、ルーツィエ」

ルーツィエの両肩にレオの手が置かれた。こちらを見る目には懇願の気持ちがこめられている。

「伯の右腕のグントラムはいま、北のベッヘム城にいる。おまえを救出したいそうだ。おれもいまベッヘムにいる。だから、おまえも来てほしい。見ただろう？　伯はもうだめだ。おまえなら、王城に出向いて国王に会う資格がある」

話を聞いている間じゅう、ルーツィエの膝はがくがくと震えていた。これが現実であると信じたくなかった。

「国王に報告するしかないと思う。もしくは伯を討たなければ……。そうしないと大変なことになる。すでに、領内に影響が出はじめているんだ。輝かしい、クライネルト領が」

「……でも」

「でもじゃない。いまの伯をかつての父と思うな。伯とオクタヴィアは逆らう者は容赦なく手にかけている。長年、共に戦ってきた騎士たちをだぞ？　伯に諫言した老フゼイフも殺された。この半年の間に城内で消された者は百人をゆうに超えている。それに、ホールでの惨状はお前も見ただろう。あんな場所で次々と相手を変えて性交するなど異常以外の何物でもない。あいつら、一昨日からずっと続けているんだ。邪教の使徒としか思えない。……ドーフラインは陥落したんだ」

ルーツィエが緑の目をさまよわせると、レオに腕を掴まれた。

「ルーツィエ、何を迷う必要があるんだ。領民のことを考えろ。いまのままでは民はどうなる？　出征していた者とこの城からかろうじて逃げられた者のみがいまベッヘム城にいる。おまえを待っているんだ。なあ、ルーツィエ、決断しろ」

目頭が熱くなり、ルーツィエは顔を歪めた。着ている服にぼたぼたと涙が落ちる。脳裏に浮かぶのは父の姿だった。ホールにいた裸の父ではなく、かつての勇壮な甲冑姿の父だ。

「どうしよう、わたし…信じたくない。現実とは思いたくない。お父さまがあんな……」

レオに強く手を引かれ、ルーツィエの身体が前に傾いた。

「しっかりしろ。おまえのいまの姿を見てみろよ。虐待じゃないか。おれはおまえを絶対にベッヘム城に連れて行く。いますぐここから逃げるんだ」

袖で涙を拭い、ルーツィエは洟をすすりながら言う。

「……わかった。ベッヘムに行くわ」

「急ぐぞ」

ルーツィエの頭に、笑顔の王子が浮かぶ。毎日眺めている肖像画の、少し大人になった彼だ。彼女は、「助けて、お願い……」と願いかけて、すかさず否定する。

――わたしは、騎士だ。

「……待って」

下に導こうとするレオの背に触れる。

「いますぐベッヘムに向かうのはだめよ」

「ばかを言うな。こんなところにこれ以上いられるか」

ぎっとレオに睨みつけられるが、ルーツィエは首を振る。その瞳に迷いはなかった。

「レオは一昨日からあの宴が続いていると言ったわ。だからこそ、この部屋に来られたのでしょう？」

レオは渋い顔をしてうつむいた。

「ああ。ひとりだけ見張りがいたが、倒した。おまえを助けるには仕方がなかった」

倒した——すなわち殺したということだ。レオの手を見れば、かすかに震えている。

ルーツィエと同じ十三歳の彼は、やむなしといえども、きっとはじめて人を殺めたのだ。

あまたの新米騎士を見てきたルーツィエは、その胸の痛みを知っている。だから、頷く。

「わたしがあなたでも同じことをしたわ」

レオはルーツィエの言いたいことがわかったのだろう。鼻を鳴らした。

「気を遣うな。慰めもいらない。おれは騎士になる男だからな。この先、数々の武功を立てていくんだ。遅かれ早かれこうなっていたから当然だ。……早く続きを言ってくれ」

「わかったわ、レオ」

それでも、ルーツィエは少しでもレオの心をやわらげたくて、彼の袖を摑んだ。

「いまのうちに、できうる限り状況を把握する必要があるわ。対策を立てようにも知らなくてははじまらないもの。そして、好機は、警備が手薄ないましかない」

レオは苦笑いをする。

「ここで怖気づかないとはさすがだな。おれの女だけのことはある」

ルーツィエは伏せていた睫毛を上げた。

「でも、わたしたちの婚約は解消されたのでしょう？　あなたは自由よ」

「おれは解消するつもりはない」

「だめよ。第一わたしは子どもを持てないわ」

眉をひそめて「どういうことだ？」と問うレオに説明する。

「わたしはフランツの騎士だからよ」

「おまえ、まだそんなことを言っているのか」

「ごめんなさい。わたし、フランツが好きだから……だからレオと結婚しても子どもを産めない。それはレオにとても失礼だわ。だからあなたは他の人と」

言葉の途中で遮られる。

「王子なんか忘れろよ。おまえがどんなに王子を好きだろうと、手が届く相手じゃない。おまえは知らないだろうが、今年に入って王子の妃候補が五人にしぼられた。あと二年もすればその中のひとりと結婚するさ。それに、あいつは一度もおまえに会いに来なかったじゃないか。王子なら簡単におまえを救い出せたはずだろ？　おまえは王子にとってその程度の存在だってことだ」

ずき、と胸に激しい痛みを覚え、ルーツィエは唇を引き結んでやりすごす。

「……わかっているわ。でも、わたしは誓ったの。騎士としてフランツを守りたい」

「は。おまえが耐えられるはずがないだろう？　言っておくが、おまえは矜持が高いんだ。目の前で好きな男が他の女と結婚して子を産ませるんだぜ？　それもひとりじゃない。何人も。つまり、先ほどの性交をやらかすわけだ。想像してみればいい」

ルーツィエは思わず「やめて」と両耳を手で塞いだ。

「手の届かない男を追うなんてばかのすることだ。背伸びをするな。現実を見ろ。分不相応だろ？　おれで我慢しておけよ。騎士になった後に正式に求婚してやるから」

肩を落として項垂れたルーツィエは、ため息をついた。

「わたしは納得しているもの。王子の騎士以外には、何者にもならない」

「何が納得だ。とにかく王子のことは忘れろよ。だいたい女が男を守ってどうする。女は男に守られるほうが幸せなんだ。おまえは一生守られていろ。わかったか」

ルーツィエはレオの言葉を振り切るように首を振った。

「やめて……もうこの話はおしまいよ。いまは目の前のことを考えなくちゃ」

歩き出したルーツィエの横に、レオが並んで口にする。

「どこに行くつもりだ」

「主塔のお母さまの部屋よ。確かめなくてはならないことがあるの。その前に一度、塔に入れられる前のわたしの部屋に行くわ。剣が必要だもの」

レオは眉間にしわを寄せた。

「剣？　おまえも戦うつもりなのか」

「もちろん戦うわ。部屋のなかでずっと鍛錬は欠かさなかったもの、負けない」

「稽古と実戦は違う。おまえに人が殺せるのか？　今後おれたちが相手にするのは見知ったやつかもしれないんだぞ」

その言葉に恐れを感じたが、必死に振り払う。ルーツィエは下唇を強く噛みしめた。

「必要ならやるわ。ただ怯えて後悔するくらいなら、最善を尽くす。臆さない、絶対に」

それはレオに対する答えというよりも、自分自身へ向けた決意だった。

「いまやらなければ、取り返しがつかないもの」

すでにルーツィエは、父のあの姿を見て、自分にも何かできることがあったのではないだろうかと後悔していた。これまでは、塔にいてただただ従っていただけだった。現実逃避していただけだ。

本当はとっくに怖気づいている。逃げ出したいし、いまにもくずおれそうだった。しかし、かつての父はどれほど深手を負おうとも、騎士たちの前に堂々と立っていた。主が立ち続けていれば、皆の希望になる。ルーツィエも、父のようにこの足で立ち、前を見ていたいのだ。だからいま、震えてなどいられない。

レオを窺うと、真摯な瞳が返された。ふたりは大きく頷き合った。

ドーフライン城塞は濠に囲まれているが、ベッヘム城は自然を生かして切り立つ崖の上だった。

に建っている。そのため、跳ね橋を上げてしまえば難攻不落になり、籠城戦ではドーフラインと並ぶ強さを誇る城だった。ゆえに、父の右腕であるグントラムがドーフラインに戻らずベッヘム城に入った意味は大きい。それは彼の、クライネルト伯との決別を表すものだった。

不気味なほどに、月は大きく照っていた。満月だ。夜の帳が下りたベッヘム城は、当然ながら跳ね橋は上げられ、重厚な扉は格子状の落とし扉で二重に固く閉ざされている。だが、ルーツィエがレオの操る馬に乗り、城門塔前に辿り着くと、合図とともに鈍い音を響かせて道が開かれた。

大勢の味方を殺した伯の娘を、騎士たちはどう思うだろうか。ルーツィエは、仇（かたき）として殺されてもおかしくないと覚悟を決めた。何があろうとも恨まない。願わくば、遠くの彼にひと目だけでも会いたいけれど。

石畳にかつんかつんとふたりの足音が響く。それはルーツィエの脈打つ鼓動と重なった。等間隔に灯るろうそくの先にある、ふたつめの跳ね橋に差し掛かれば、前方に、騎士が数名立っていた。表情は闇に隠されていて窺えない。やがて、ひときわ身体の大きな男が現れる。強面のグントラムだ。

ルーツィエは、その姿を認めた途端、堪えきれずに涙をこぼし彼のもとに駆けて行った。いかめしい顔のグントラムは、目がなくなるほどくしゃりと笑い、ルーツィエの身体を軽々持ち上げた。彼は、幼少期より彼女をかわいがってくれている。

「姫さま、よくぞご無事で。お会いできなかったこの半年、気を揉んでいましたぞ」

「わたしは元気よ。それよりも、レオから聞いたわ。蜂起するって本当？」

何も言わずにこちらを見つめるグントラムの目は静かだ。そこから彼の覚悟を感じ取り、ルーツィエは強い心でその目を見返した。

「わたしね、この半年の間にドーフラインで何が起こっていたかを知ったわ。お父さまも、何も知らずにいたわたしも罪深い。でもね、蜂起は絶対にだめなの。何があっても、どんな理由だとしても、お父さまを…領主を討つのはあなたたちの罪になるから。関わった者は皆、間違いなく処刑されてしまうわ。そんなの耐えられない。わたしの命でいいならあげるから、お願い、いまは堪えて。あとね、国王のことだけれど、わたし、会えないと思ったの」

ルーツィエの言葉にしかめ面で反応したのはグントラムではなくレオだった。

「何を言っているんだ！　おまえ、ドーフラインを敵と定めたんじゃなかったのかよ！」

「ごめんなさい」と顔を歪めるルーツィエに、レオはさらに激昂した。

「ふざけるな！　いままでどれだけの騎士が殺されたと思っているんだ。息子や父親を失った騎士がベッヘムには大勢いる。母親や妻や娘を殺された者もいるんだぞ！」

グントラムは、ルーツィエに詰め寄るレオを手で制した。

「レオ殿、落ち着きなさい。姫さまが手を下したわけではないでしょう。むしろこの方は被害者でいらっしゃる。真っ先にこの方の救助を志願した貴方が一番ご存知のはず」

「わかっている！　けれど、おれは」

ルーツィエは、こみ上げてくる涙がこぼれないように顎を上向けた。しかし、まなじりからひとすじ伝い落ちてしまう。

「レオ、もちろんドーフラインは敵よ。でもね、あなたはわたしに言ったわ。領民のことを考えろって。そのとおりだと思ったの。わたしは伯の娘だもの、義務がある。領民だけじゃない、騎士も大切。だから、蜂起も国王に会うのも絶対にだめだと判断したの。疲弊するのは領民だもの。騎士だって血を流してしまう。もっといい方法があるはずよ」

ルーツィエはポケットをまさぐって、中からきらりと光るものを取り出した。その手にあるのはクライネルト伯の指輪だった。レオとグントラムは息をのむ。

「おまえ、それ……」

レオが問えば、ルーツィエはぎゅうと父の指輪を握りしめた。

「わたしたち、ここへ来る前に主塔のお母さまの部屋に立ち寄ったでしょう？　わたしね、この指輪に賭けていたの。いまこうしてわたしがこの指輪を持っているということはね」

言葉を切って、ルーツィエはグントラムとレオを交互に見つめた。

「お父さまが皆を裏切ってない証拠なの。少なくとも、いまの状況はお父さまの意志じゃない」

『ディートリンデ、ルーツィエ、来なさい』

　あれは六年前、ルーツィエが七歳のころだった。父は出征前に母の部屋にふたりを呼び寄せた。当時、国王は領土拡大に勤しんでいた。その中で、次の戦は特に熾烈を極めるものになるだろうと言われていた。代々クライネルト伯はどんな戦でも先陣を切り、騎士を率いて果敢に戦う役目を負っている。ゆえにその時父は万が一を考えていたのだろう。

　勇ましく甲冑を着ている父をルーツィエが眩しげに仰ぐと、優しい手に頭を撫でられた。ルーツィエは、父に頭を撫でられるのが大好きだった。

『私は二度とおまえたちに会えないかもしれない。だが、悲しむな。皆の手本となり、振り返らずに前を見続けろ。……おまえたちにこれを託しておく』

　震える母の白い手にのせられたのは、クライネルト伯に代々伝わる指輪だった。それは主が肌身離さず持つのが習わしだったが、父はこの時そのしきたりを破った。

『各地の長たちにはすでに言いつけてある。私が生きていようがいまいがその指輪を持つ者の言葉は絶対だ』

　それは父の遺言のようで、ルーツィエは素直に頷けず『いや』と硬い腰にしがみついた。

『ルーツィエ、忘れるな。おまえは私とディートリンデの愛する娘である前に、クライネルト伯の子だ。生まれながらにその責任と義務を負っている。どんな時でも感情に流されず、理性的でいろ』

　当時の小さなルーツィエには理解できなかったが、いまは父の思いがよくわかった。

父は、自身が儚くなろうとも、捕らえられて自由を奪われようとも、第三者の欲望に屈して、この領地が害されることがないように、守ろうとしていた。人々の生活が保障され、それまでどおり営まれるように。元々クライネルト伯領は百年ほど遡(さかのぼ)れば、ひとつの国であったのだ。そのため、領民の多くは国王よりも領主を敬愛している。父はそれに応えようとしていた。

『この先、おまえたちふたりでこの指輪を管理するのだ。……そうだな、とりあえず』

父の視線は、家族を描いた肖像画に留まった。

『あの額縁に挟んでおけ』

そして、時は過ぎ、ルーツィエは指輪が当時のまま額縁にあるのを確認した。

グントラムとレオにあらましを伝えた彼女は、手のひらにある指輪をじっと見つめた。

「わたし思ったの。お父さまが皆を裏切っているのだとしたら、真っ先にこの指輪を回収しているわ。各地の長たちと交わした約定は本当なの。一度、お母さまと一緒に引き合わされたことがあるから断言できる。その時、改めてお父さまは彼らと話していたわ。自分にもしものことがあった時、この指輪を持つ者の言葉をクライネルト伯の言葉とすることって。いまのお父さまは正気じゃない。だからこの指輪の存在を気に留めないのよ」

ルーツィエは洟をすすりながら、グントラムの武骨な手に手を重ねて指輪を置いた。

「グントラムとレオに伯領を任せるわ。このベッヘム城で周辺地域を治め、人心を捉えてお父さまを超える力を持つの。わたしはその間にお父さまを救う道を探すわ。お父さまが支配されたままだなんて耐えられない。解放が、娘として最後にできることだから」

　レオは伏せていた目を上げた。

「ねえ、レオ。お父さまは正気を失っているのと、いないのと、この先どちらが幸せだと思う？　わたしには、どちらも地獄に思えてしまう。……お父さまには地獄しかないわ」

　たとえ父が正気を取り戻せても、深い自己嫌悪に陥るだろう。決して己を許さないに違いない。

　――お父さまは、こんな目にあうためにこれまで自分を律し、鍛えてきたわけじゃないのに。

　ルーツィエはぼたぼたと涙をこぼし、声をあげて泣き出した。失うものの大きさを前に、自分のふがいなさを呪った。力がないからこのざまだ。何も守れていないし、無為に時間を過ごしただけだ。

　父を、母を、愛している。だからこの先を思えば辛すぎた。

　涙はとめどなく溢れて止まらない。ルーツィエは、その日泣き止むことはなかった。


　ルーツィエが、ベッヘム城に落ち着いてから三日が経った。

　彼女は紙に何度も文字を書こうとしてはペンを置く、という動作を繰り返していた。王子に手紙を出したいのに思い浮かぶ言葉は自分勝手なものばかりだったからだ。心が弱っている時は、文面にも表れる。ただでさえ彼は命を狙われ続けているというのに、ルーツィエは自分の境遇を嘆いてばかりで、すがりつきたくなっていた。会いたい。しかし、重荷にしかなれないいまは、最も会ってはいけない人だった。

首を振ったルーツィエは、花瓶に生けてあった花を押し花にして王子に送ることにした。誕生日に彼がくれたものと比べれば貧相だけれど、心をこめて作業した。文字は書かずに、花言葉に思いを託す。——あなたが幸せでありますように。

朝方、中庭に立ち、剣を思いきり振ってみた。やけにずっしり重く感じて、体力の低下を知る。こんなに無様でも、それでも騎士でいたいだなんて、情けなさに視界がにじむ。溢れる涙を、こんなのは自分らしくないと拭う。意識して背筋を伸ばして前を見る。けれど、次第に視線は落ちていく。強くあらねばならないのに、床に雫が滴った。

軟禁生活が長く、これまで与えられた食事が少なかったせいもあり、ルーツィエの食は細くなっていた。肉を食べるのはずいぶん久しぶりだった。本人はお腹いっぱい食べているつもりだが、それはグントラムから心配される量だった。

総じてルーツィエは、ベッヘム城に温かく迎え入れられた。とはいえ、グントラムの加護があるいまは、反目していても誰も何も言えないというのが正しかった。それでも彼女はありがたいと考えた。この城で辛くあたられていたら、耐えられなかったかもしれない。ルーツィエは、心の準備を余儀なくされていたのだから。

近い将来、父を失う。生きていてほしいとどんなに願っても、父の未来を彼女は見ずともわかっていた。他殺か、自死か。せめてその時に父に誇れる娘でいなければと思った。

一日、何度も口から出るのはため息だ。ルーツィエは、願望と義務と責任がごちゃまぜになり、押し潰されそうだった。

ルーツィエは、母に思いを馳せて窓を見た。どうか、時がきたなら父を優しく迎えてほしい。ふたり幸せでいてほしい。どこまでも広い空を眺めて、そして、森に目を向けた。するとそこには、騎乗姿の黒い人影があった。途端、彼女は固まった。

父だった。父は、まっすぐこちらを見ていた。

ルーツィエは、足を踏み出さずにはいられなかった。姿を見てしまっては抑えきれなかった。十三歳の娘が父を振り切るには早すぎたのだ。

一歩、一歩と歩み、ついには駆け出し、父のもとへ向かう。冷静でなどいられなかった。走れ、走れ、と己に命じてひたすら足を動かした。

転んで泥だらけになりながら、父のもとへ辿り着いたルーツィエは、おののきながらその目を見上げた。

がらんどうだ。

瞳に感情らしきものはなく、以前の父のそれではない。

目の下にはどす黒い隈が刻まれて、白髪まじりの黒髪は整えられずに荒れている。頬は痩せこけ、あまり食べていないようだった。ルーツィエが覚えている父は酒を浴びるほど飲んでいたけれど、以前のほうがまだましだ。かつての勇壮さはかけらもない。

父からは、酒の臭いはしなかった。しかし、乳香がほのかに香るし、どことなく生臭(なまぐさ)い。

「お父さま……」

返事はない。父はおもむろに馬から降りて、ルーツィエに手を差し伸べた。

足はまるで地面に縫(ぬ)いつけられているかのように動かなかった。

なぜだろう。あんなに求めていたのに、抱きつきたいとも、手をのせたいとも思えずに、ルーツィエは首を振る。

心臓が嫌な音を立てていた。

――恐ろしい。

ルーツィエが動けずにいる中、父がゆらりと近づいた。刹那、鋭い痛みが走る。

視界はたちまち暗転した。

＊＊＊

「ルル、どうした？」

それは深みのある声だった。透き通る、男性の。

肌と肌を擦り合わせるとぬくもりが直接身体に伝わってきた。隔(へだ)てるものは何もない。

ゆっくりと瞼を開けば、こちらを見ていた彼と視線が交わった。水色の瞳は暗がりにいるので灰色だ。その瞳に自分が映るさまを見て、ルーツィエは息をつく。

――フランツ。

「ずいぶんうなされていたよ。悪い夢を見た？」

彼は滅多に表情を崩さない。けれど、心配してくれているのだろう。形のいい眉が歪められている。

「ええ。夢を、見たわ」

呟いたルーツィエは、遠くを眺めた。彼の後ろに見えるロンデル窓の外は暗く、辺りをおぼろに浮かび上がらせるろうそくが、いまは夜だと告げている。

「わたしはどのくらい眠っていたの？」

「四時間ほどかな。先ほど日が沈んだよ。君には無理をさせたから、いまはもう少し眠って。僕が悪夢から守ってあげる」

額にやわらかな唇がつけられて、ルーツィエは目を閉じたが、眼裏に父の姿がこびりついている。あの後ルーツィエは気絶させられ、ドーフライン城塞に連れ戻されたのだ。この城だ。

ルーツィエは、彼の胸に頬ずりをして、そのすべらかな背中に手を這わした。

「フランツ……わたし、あなたに会いたかったの。とても……。だから、会えて嬉しい」

「突然どうしたの。いけないよ、この状態で言われるとまた君を抱きたくなる」

「いいわ」

そう言うと、ふっ、とルーツィエの髪に短く彼の息が吹きかかる。笑ったのだろう。

「冗談だよ。ゆっくり休んで」

――もっと、抱いてくれたらいいのに。

無性に寂しくて、不安で、ひとつになりたくて、ルーツィエはぎゅうと彼にしがみついた。すると、背中から腰にかけて、労わるようにそっと撫でられる。

「大切にしたいんだ。僕はいつも君に優しくありたい」

「フランツ、……でも、わたし」

さらに彼に身体をぴたりと押し当てると、形の整った唇が寄せられて、薄く開かれる。

ルーツィエは、彼が動く前にその唇に自身の唇を合わせた。

「……じゃあ、キスだけさせて」

触れただけのくちづけは、どちらからともなく深くなる。互いの舌がとろけるくらいに交わって、身体の奥に火が灯る。

ぴちゃぴちゃと水音が立ち、その音と、熱と、肉厚な感触が、ルーツィエを淫らに急き立てた。けれど、どうやらフランツも同じらしい。彼の昂りが剝き出しの肌にあたっていた。それがルーツィエの箍を外し、普段では考えられないくらいに大胆にさせた。

ルーツィエは腰を浮かして、彼の猛りに自身の秘部を擦りつけた。直前の行為の残滓で、ルーツィエのそこは濡れていた。

何度かぬるぬるとすべったけれど、どうにか彼の先端を自身に収めることができた。ふう、ふう、と息を吐く。緊張するけれどルーツィエは、彼がほしくてたまらなくて、少しでも身近に感じていたくて、止められなかった。

彼の先に中を浅くこすらせて、ぎこちなく腰を動かした。

「ん……」

唇を離した彼は、熱いため息を落とし、息と同じほどの熱さで彼女を見つめた。

「ルル、これじゃあ生殺しだ。この状態だと優しくできない」

「優しくしないで」

彼は苦しげにうめいた。

「覚悟して」

ルーツィエの丸い小さなお尻を両手で摑んだ彼は、一気に腰を押し進めた。ルーツィエに深々と楔が穿たれる。

内壁がこすられて、あまりの官能に顎を上向けたルーツィエは、か細く嬌声をこぼした。彼は、すでにルーツィエの感じるところを知り尽くしているようだった。

小刻みに揺すったり、大きく抽送したり、とどまり続けては、ルーツィエの快感を引き出した。ルーツィエの中は応えるように収縮し、彼を締めつけ、形を覚えこむ。

彼の手がルーツィエの腰を摑み、奥に先端を突き当てるたびに、華奢な身体がびくりと跳ねる。

毛布が床に滑り落ち、寝台が軋みをあげる。

ふたりの汗ばむ肌は、ろうそくの明かりできらきら輝いた。身体がこすれるたびに、しっとりと吸いつくように張りついて、肌までもがひとつになりたいようだった。

唇からこぼれる甘やかな吐息は、大抵彼に食べられた。口を重ねて、舌を絡めながらも彼は下腹の動きをおろそかにはしない。

ルーツィエと彼のまざり合った液が掻き出され、お尻のあわいを伝って落ちる。じくじくと溜まった熱がいまにもはじけそうになり、ルーツィエが足先をシーツにすべらせれば、彼は彼女の両脚を抱えて、真上から強く打ちこんだ。

ぐちゅ、と淫靡な音が立つ。深い、身体の奥の奥にあるくぼみに彼が突き刺さる。

「あっ！」

こちらを覗きこんでくる彼の悩ましげな面差しを目に焼きつけながら、ルーツィエは抱えた熱を手放した。

「ルル、かわいい」

艶めかしく額の汗を拭ったフランツは、ルーツィエが達している間も、腰の律動をやめずにいた。ひくつく中が容赦なくこすられて、彼女はぎゅうと目を閉じ、鼻先を上げる。すぐに、余裕のないくちづけが降ってきて、奥に収まる彼がぴくぴくとうごめいた。

ルーツィエは、そろそろあれが来ると思った。

「んっ」

彼の脈動後、熱いものが注がれて、満たされる。ルーツィエの奥にじわりと浸透していった。

「は。ルル……」

「フランツ」

「……ん？」

「わたしね、この瞬間が好きだわ」

——いまだけは、この人が自分のものだと強く感じられるから。

果てたばかりで息を乱しながら、彼はルーツィエの頬にくちづける。

「そんなことを言うと、わかってる？　やめてあげられなくなる」

横を向いたルーツィエは、彼と目が合った瞬間に、ちゅ、とその唇にキスを返した。

今日、はじめて彼を受け入れたばかりのルーツィエは、快感を得ながらも秘部に切るような痛みも感じている。でも、それ以上に、彼を放したくなくて、側にいたくて、痛みはもうどうでもよくなっていた。

「やめないで」

「君は」

言葉を切って、フランツは微笑する。

「やめないよ。少し、待って」

ふたりで息を整えながら、抱きしめ合った。その間もつながったままでいた。彼を感じていると、ルーツィエの中にうずまく黒い不安は、色を失い霧散した。彼と離れてしまうのが怖かった。とにかく一緒にいたかった。

　得体の知れない未来は怖い。けれど、彼といられるだけで幸せだ。

「震えているね。どうしたの？」

　ルーツィエに覆い被さっていた彼は、寝台の上で転がり、自身を下にした。

「ルル、言って」

「あのね、聞いてもいい？」

　ルーツィエは目を閉じて、彼の首筋に顔を埋めた。

「いま、ベッヘム城はどうなっているの？」

「かなり記憶が戻った？　いまのベッヘムの主はグントラム将軍だ。伯領は実質彼が治めているよ。四年前に君が指示したんだよね？　彼は忠実に守っているし、いい統治者だ」

「グントラムは、お父さまを討たなかったのね」

「もちろん討っていない。君があのころに下した判断は的確だった。知っている？　僕の父は、長年伯領を直接統治したいと狙っていたんだ。もし、騎士たちが領主を討ったり、父に報告しようものなら、処断され、いまこの伯領は存在しなかった。父はそうやって国や自治領を手に入れていたからね」

　目を開けたルーツィエは、フランツを見つめた。

「お父さまは討たれなかったとしても……もうこの世にはいないのでしょう？」

　ルーツィエは顔をうつむけた。灯りの加減で、より濃い影が差す。

「なんとなくだけれど、わかるの。このドーフラインには騎士が大勢いたはずなのに、窓の外を覗いても誰ひとりいなかった。見張りも立てずに閑散としているのは、いま、領主がいないからだわ。ずっとおかしいと思っていたけれど、そう考えれば辻褄が合うの」

　フランツの長い金の睫毛が伏せられる。

「……そうだ。伯は亡くなった」

　父は、やはりこの世界には存在しない。父は、地獄を終えたのだ。

　落胆と安堵がまざり合い、ルーツィエの胸に虚ろな思いが広がった。

「わたし、とうとうひとりになったのね……」

「ルル、僕がいる。僕たちは家族だ。ゆくゆく君は母になるし祖母にもなる。側にいる僕だって父になるし、祖父になる」

　彼はルーツィエの白い手を取って、その指先にくちづける。小指の先にもキスをして、赤い茨に対して「これは必ず僕が外す」と付け足した。

「子どもを作ろう。彼らの名前を子どもにもらう。君の父親のような勇ましい息子と、君の母親のようなたおやかな娘になるように」

　ルーツィエの唇は弧を描いた。彼は、優しい。騎士になれそうもない役立たずのルーツィエを、こうして側に置いてくれている。

「わたしはあなたの子どもをふたりも産むのね」

「ふたりだけじゃない、人数は決めないよ。たくさんほしいからね。きっと、君の取り合いになるだろう。とはいえ、僕は誰にも負けるつもりはない。君は一生僕のものだ」

ルーツィエは、思わず彼の白金の髪を撫でつけた。彼が過去の幼い王子に思えたのだ。

「……フランツ、あなた、子どもと競うつもりなの？」

彼は意地悪そうに口角を鋭く持ち上げる。

「当然だ。知らなかった？　僕は負けず嫌いだ。君に関しては誰にも容赦しない」

言いながら彼はルーツィエの額にくちづけた。続いて唇にも。

「子どもは、最低でも王位を継ぐ息子とクライネルト伯になる息子は必要だよ。……ああ、忘れていた。僕はエーベルスト侯でもあるから、その跡を継ぐ息子もいるかな。兼任でもいいけれど。もちろん姫もたくさんほしい。僕ではなく君によく似た娘がいいな」

「だめよ」

フランツは、「ん？」と微笑みながら首を傾げる。

「以前、言ったでしょう？　お父さまの跡はわたしが継ぐの」

「それはだめだ。許さないよ。クライネルト伯は国の将軍職を担うからね。君を戦場に送るなんて以てのほかだ。君が出征するくらいなら、僕が行く」

ルーツィエは目をまるくした。

「そんな……世継ぎの王子が前線？　だめよ」

「僕は出征したことがあるよ」

「だめ。……そうだわ、レオがいるわ。わたしが女伯になれなくても、レオがいるもの。

彼は立派にこなすわ。ええ、わたしよりもふさわしい」

「ルル」

「レオはどうしているのかしら。会いたいわ。いろいろ話を聞きたい」

フランツの手が、ルーツィエの短い髪を上からそっと梳いていく。

「レオナルト・デラー・クライネルトは戦場で散った。勇敢な最期だったと聞いている」

「……そんな……」

ルーツィエは、激しい動悸に襲われて、ぎゅうと胸を押さえた。

「レオが……戦死？」

「今年のはじめだよ。君と同じ、十七歳だった」

死をも恐れぬクライネルトの騎士が戦地で亡くなるのは、常に起こりうることだと理解している。しかし、それでも、従兄弟の死を受け入れられなくて身体がわななないた。

「……嘘でしょう？」

ルーツィエの目から涙がぼたぼたとこぼれ落ちると、フランツはその雫を指でそっと拭う。拭いきれない分は、彼の肌を濡らした。

「レオナルトは立派な騎士だった」

ルーツィエは「嘘」と繰り返し、しばらく認めようとはしなかった。が、やがて頷く。

「レオを誇りに思うわ。喧嘩ばかりでも好きだった。さすがだわ……騎士になったのね」

後頭部に置かれた彼の手が、ルーツィエを胸板に導いた。顔を埋めると、すぐに悲しみが深まっていく。声を上げて泣くルーツィエの髪を、彼は泣き止むまで撫でてくれた。

思い出が駆け巡り、幼なじみの姿が浮かぶ。レオの言葉をひとつひとつ思い出す。

洟をすすりながら顔を上げると、フランツが唇を寄せ、濡れた頬と目元の涙を吸い取った。その時、つながっていた彼が、ルーツィエの中から出て行こうとするので、咄嗟に離れる腰を押さえた。

「嫌」

「ルル」

「離れないで。あなたまで失ってしまったらと思うと怖いの。何もかもわからなくて、不安で……ごめんなさい。でも、いまだけでいいの。いまだけ、つながっていたい」

「大丈夫、側にいるよ」

彼はルーツィエの腰に手を回し、自身が抜けないように固定した。

「離れないよ。ほら。一晩中、こうして君を抱いているから」

ルーツィエは、「嬉しい」と目を細めた。

しかし、その時は突然やってくる。

こんな時にもかかわらず、ちりり、ちりり、と振り香炉の鈴の音が聞こえてきた。

途端に、背筋に悪寒が走る。

「……鈴、だわ」

ルーツィエの顔がくしゃりと歪んだ。

──眠りたくないのに。

「鈴？」

直後、乳香の匂いに包まれて、ルーツィエは意識を失った。

＊＊＊

寝台に腰掛けていたフランツは、二度響いたノックの音に、冷ややかな目で扉を流し見た。腕には華奢な裸身がぐったりともたれ掛かっている。

フランツは、眠るルーツィエを寝台に優しく横たえると、身を屈めた。その唇は彼女の唇に重ねられ、次第に深くつながっていく。水音が立つほど貪った後で口を離せば、つうと光る糸が引く。それを手の甲で拭った彼は、再び彼女に軽くくちづけ、毛布をかけると戸口のほうへと向かった。

途中、床に落ちていた黒いマントを拾い、肌を隠す。

ほどなく彼の瞳が青年を捉え、フランツは、無表情で近づけと顎で命じた。

「テオバルト」

フランツに従うテオバルトは、中性的な容姿の人懐こそうな青年だ。けれど、マントの下に着ている青い服には、どす黒い染みがついていた。鉄の臭いが漂う。

「血だな」

それは、傷を負った類のものではなく返り血だ。

テオバルトは、罪の意識などかけらも見せずに、飄々（ひょうひょう）とフランツを見返した。

「ああ、これですか。つい今しがた姿を見られましたので、やむなく処理しました」

「あまり派手に動くな。あの女が気づく」

「それは大丈夫かと。俺は、先ほどまであの女を抱きつぶしていましたからね。いまは失神していますよ。ですから何ら問題はない。事は秘密裏に」

軽薄そうな笑みを浮かべたテオバルトは、肩を竦めた。

「ですが、そろそろ俺もあの女には飽きました。言わせていただきますと、うんざりです。息抜きに娼婦を数名用意しても？」

フランツはかすかに眉を寄せたが、横柄に鼻先を突き出した。

「勝手にしろ。……進展は？」

「いいえ。この城は広すぎますのでね。古い城ですから見取り図にない部屋も存在するのです。何しろ物騒な城で、隠し扉や罠も多く、兵が数名犠牲になりましたよ。殺人孔までありますからね。しらみ潰しにあたらせていますが、もう少し時間が必要です」

「時間はない。手段を選ばず探し出せ」

テオバルトはまいったなとばかりに、こめかみを掻いた。

「フランツさま、このドーフライン城塞はクライネルトの者以外には脅威ですよ」

「何が言いたい」

「その点、クライネルト伯の娘は城内のすべてを把握しているかと。聞けば作業が捗ります。貴方のその様子からして、彼女は眠りから覚めていると思うのですが、会わせていただけますか？」

フランツは、凍てつくほどに鋭い視線をテオバルトに向けた。

「お前には関係ない。会えると思うな。会おうとすれば、お前の死期が早まると思え」

「貴方ときたら、召し使いすら寄せつけないのですから仕方がありませんね」

テオバルトは垂れ目がちな瞳を瞬かせた。無垢な灰色の瞳は、狡猾さを秘めている。

「では、ふたりほど拷問したい者がいるのですが。許可を」

不穏な言葉を口にするテオバルトの顔には、やはり罪の意識は見られない。対するフランツも同様だ。

「好きにしろ」

テオバルトは被っていた帽子を取って胸に当て、恭しく一礼した。

「仰せのままに」

用事は終わったとばかりに、踵を返したフランツに、テオバルトは重ねる。

「フランツさま。あの女は明日の晩餐を心待ちにしています。貴方の参加は免れません」

「……晩餐には出向く」

「くれぐれも、甘やかに振る舞ってくださいね」

金の睫毛を伏せたフランツは、何も答えずに扉を閉めた。

5章

目を覚ましたルーツィエは辺りを見回した。ベッヘム城にいたはずなのに、ドーフライン城塞の中にいる。窓がないため仄暗く、ろうそくが二本灯るのみだが、そこは、以前閉じこめられた部屋だったので彼女にはわかった。

身体に残る痛みが、父が自分を気絶させ、連れ戻したことを思い出させる。ルーツィエは、悲しくなるから考えまいと努力した。泣いても何もはじまらないし、沈んでなどいられない。窮地だからこそ強くあらねばと自分に言い聞かせる。

ふと、側に召し使いがいることに気づく。まったく気配がなかったのでしばらく気づかなかったが、おそらく監視のためだろう。名前を問えば「イルゼです」と短く告げられた。

イルゼは表情が乏しい上に寡黙で、得体の知れない人だった。当然、話し相手にはならず、けれどルーツィエの長いブルネットの髪を丁寧に梳き、器用に結いあげ整えてくれた。服も綺麗に着つけてくれる。ずっと世話されていなかったのもあり、ルーツィエは突然の待遇の変化に戸惑った。

イルゼはルーツィエの身なりを整えると「オクタヴィアさまがお呼びです」とにべもな

く言った。

〝オクタヴィア〟の名を聞けば、落胆せずにはいられない。この耳慣れない名前は、レオによれば、父が正式に妻に迎えたというドーフライン城塞を地獄に陥れた女。

ドーフライン城塞は、いまや他人の城のようだった。毒々しいようにさえ見える。輝かしく誉れ高い城だと誇らしげに眺めた景色は、色を失い、無駄に巨大な檻と化している。歩廊を吹き抜ける風は、寒さしか感じない。

イルゼの案内により通されたのは、城塞内でも新しい居館(パラス)だ。内装は貴賓室を手掛けた職人によるもので、異国情緒に溢れている。黄色のステンドグラスが光を落とし、空間を金色(こんじき)に染めあげるさまは神秘的だ。礼拝後、たまに王子と訪れていたお気に入りの場所だった。だからこそ、こみ上げてくるものがある。

光が降り注ぐその中央に、赤く豪奢(ごうしゃ)なブリオーを纏う女があでやかに立っていた。金銀刺繍の帯がきらめき、ドレスも色鮮やかで目を引いた。しかし、最も惹きつけられたのは女の美しさだ。豊かな亜麻色の髪を高く結いあげ、切れ長の大きな瞳に整った鼻、肉感的な赤い唇は、たちまち脳裏に焼きついた。

さらに近づいたルーツィエは、額に汗をにじませる。女の纏う服は、生地を重ねてはいるものの身体が透けて見えている。しかも女の肌に吸いつくようにぴったりで、身体の線はすべてがあらわになっていた。下生えすらもかすかに見える。遠目では服を着ているようでも、近くで見れば、裸を彩るために服があるのがわかる。神々しくて、淫らで、禍々しい。魔性とはまさしくこのことだろう。

母と同じ亜麻色の豊かな髪をしていても、母は光で女は闇だ。そして、この母と対極にある化粧の濃い女が父の新たな妻なのだ。

ふいに、父と女のまぐわいが思い出されて、胃液がせり上がる。

「ルーツィエ、来なさい」

女の赤い唇が、艶やかにうごめいた。

ルーツィエは、行くものかと足を突っ張るけれど、まるで魔法をかけられているかのように勝手に身体が動いてしまう。女の亜麻色の睫毛に縁取られた闇の目には愉悦の色が見て取れた。

静寂の中、ルーツィエの身体に鼓動がうるさく鳴り響く。

「貴女、ゲルトルーデによく似ていること。……けれど、いいわ」

ゲルトルーデは母方の祖母だ。なぜ知っているのだろうか。

「わたくしはオクタヴィア。貴女の母になったのよ。今後はわたくしに従いなさい」

足音を立てずにオクタヴィアはしゃなりしゃなりと歩み寄る。ルーツィエは、負けるものかとぐっと奥歯を噛みしめた。

「嫌よ！」

この女が憎かった。栄えあるドーフライン城塞を壊した女。

「あなたに従うくらいなら、いますぐ舌を噛み切って死ぬわ！」

「あらまあ、威勢がいいのね」

オクタヴィアは、嘲るように唇の端を上げた。

「死なれては困るわ。ルーツィエ、貴女はわたくしの大切な娘なのですもの」

白々しく言って、オクタヴィアは手を上げて指を鳴らした。

「さあ、お父さまにも挨拶なさい」

図ったように奥の扉がぎいと開き、父がこちらにやってくる。やはり、かつてルーツィエを竦ませた威厳はなく、瞳は空虚だ。

「お父さま……どうして？」

父にすべてを問いただしたいと思った。けれど、父はこちらに一瞥もくれず、ずっとオクタヴィアを見つめている。ルーツィエが、よろよろと父に近づけば、オクタヴィアはもう一度、ぱちんと指を鳴らした。

瞬間、全身に抗いきれない重さを感じて、ルーツィエは膝からがくりとくずおれる。

「……う」

あまりの重さに両手をつくが身体を支えるのが精一杯だ。声も出ない。

ルーツィエは、それでも何とか歯を食いしばり、首を持ち上げ、女を見据えた。

「生意気な目。でもね、素敵よルーツィエ。怯えた目よりもよほどいいわ。貴女を屈伏させた時、どんな顔をしてくれるのかしら。楽しみね」

オクタヴィアは、流れるように人差し指をルーツィエに向けた。

「ルーツィエ、貴女の憎しみが必要なの。わたくしを憎みなさい。殺したいほどにね」

言われなくても、とっくに憎んでいるし、恨んでいる。胸いっぱいに抱えた思いを、もうどうにもできないほどだった。

ルーツィエは一旦顔をうつむけて、また持ち上げた。強い怒りで、こめかみに血管が浮かぶ。

「うふふ、それじゃあだめなの。全然足りない。もっと、もっと、憎んでもらわなければね。わたくしたちはつながり合うの。だから、貴女にとっておきを教えてあげる」

オクタヴィアは前屈みになり、ルーツィエに低く囁いた。

「お前の母親、ディートリンデはわたくしが殺したのよ」

愕然と瞠目するルーツィエの耳元に、息がふうと吹きかかる。強い麝香（じゃこう）の匂いがした。

「わたくし、召し使いのふりをしたの。うまく騙されてくれたわ。でね、突き落とした時のあの女の顔ときたら……忘れられない。こう、びっくりした顔をして」

オクタヴィアはわざとらしく、わあと両手を広げて驚いて見せた後、「くくく」と肩を揺らした。

「時々思い出すとね、身体が疼くの。人の命の脆さに。ふふ、貴女にいいものを見せてあげる。人の命の営みを。ディートリンデの死の分、ひとつ生を産み出さなくてはね。わたくし、奪った命は新たに作り出すべきだと考えているの。――ねえ貴方、いつものように抱いてくださる？　娘に見せてあげたいの」

白い手が伸ばされた先には父がいる。父はオクタヴィアを抱き寄せると、赤いドレスの上からその肢体をまさぐった。ルーツィエは、大好きだった父の武骨な手を追わずにいられない。頭を撫でてくれた手だ。

女の股間で父の手がうごめくと、赤い唇が熱い吐息を漏らした。

「あ……ん。貴方、先ほどまでしていたでしょう？　前戯は必要ないの。早くほしいわ」

父はルーツィエの目の前で、豊満な乳房を布ごと貪った。その後、肉感的な太ももの間に顔を埋める。

「仕方のない人ね。そんなにわたくしを味わいたいの？　……いいわ」

身体も声も、自由がきかないルーツィエは、おぞましいさまをただ見ていることしかできなかった。悲しくて、悔しくて、信じられなくて、情けなくて、混乱する。

「あん！　……裂いてもいいわ。早く入れて激しくして！」

びりびりと強引にドレスを引き裂く音がする。半裸のオクタヴィアは床に寝そべると、妖艶に脚を開いて父を誘う。ルーツィエは、はじめて女の性器を見た。

獣のようになった父は、胸を弄びながら自身のコットを捲り上げると、自らの怒張を突き刺した。抽送がすぐにはじまって、肌と肌が打ち合わされる音が響く。

地獄の光景だ。母を殺した女を父が一心不乱に抱いている。オクタヴィアは恍惚としながら、嬌声を上げた。

あまりの悪夢に、ルーツィエは、ぎゅうと固く目を閉じた。

「だめよ。見なさいルーツィエ……あ。この愚かな男はね、妻がわたくしに殺されたのだと知り……あんっ……娘もわたくしに殺されたと思いこみ、心を徐々に壊していったの。わたくしを……激しく憎んでくれたわ。貴女のおかげよ。ふふ。貴女が従順に部屋にいてくれて……よかったわ。だから褒美に召し使いを……付けてあげたのよ。感謝なさい」

ルーツィエは、これ以上開けられないほど目を見開いた。

「伯はね、いまはわたくしのお人形。……あっ。あ。……とっても便利なお人形。この男、わたくしを抱いているとは……夢にも思っていないのよ？　あ。あんっ。……妻を、抱いていると信じて疑わないの。それなのに愚かよね。ふふ、命じられるがまま、わたくしを新たな妻にするなんて。わたくしの……言いなりなの。素晴らしいお人形でしょう？」

父は女の脚を高く持ち上げ、がつがつと腰を振り、行為に夢中になっている。

「ああ！　あ。愛しい貴方……わたくしの、名前を呼んで？」

赤く醜悪な唇に、父は熱をこめてねっとりとくちづける。愛していると言わんばかりに。

「……ディート……リンデ……」

ルーツィエはぶるぶると身体を震わせて、爪でぎりぎり床を掻きむしる。これほどまでに心を焼き尽くすどす黒い憎悪を、煮えたぎる殺意を持つのははじめてだ。

――殺してやる。

ルーツィエの噛みしめた唇は切れ、爪に鮮血がにじむ。

「なんて滑稽（こっけい）なの！　高潔なあの薔薇伯が、こんなふうに……あんっ……わたくしを貪るなんて。見て！　わたくしの胸、唾液まみれだわ。この人ったら豚みたい。貴女は豚の娘よ。ねえ……ルーツィエ。豚の娘は豚だわ。醜い下賤（げせん）の子！」

ルーツィエの視界が真っ赤に染まる。その中でオクタヴィアは、自身の唇に指をすべらせ、舌を這わせて舐めしゃぶった。黒い瞳はこちらをずっと見つめている。

「わたくしを憎みなさい。憎んで憎んで憎んで、憎んで……憎んで……」

高い天井に、オクタヴィアの高笑いが響く。

「そして、わたくしに焦（こ）がれるの。お前の父のように。わたくしの血肉になりなさい」


すべてが憎しみに染まる。

ルーツィエは、胸にうずまく憎悪をどうすることもできずに、壊れてしまったのだろう。このころから記憶が曖昧（あいまい）になっていた。

憎しみが増すほど冷静ではいられなくなり、真っ黒とも真っ赤とも言える激情に押し潰される中、誰かの悲痛な叫びが聞こえた気がした。

「ルーツィエさま、お願いです。どうかお聞きください」

最初はうまく聞けないでいた。

「憎んではなりません。あの女は憎まれれば憎まれるほど、その思いを糧として支配するのです。一旦支配を受ければ、逃れられなくなります。あなたの憎しみは当然です。ですが、あの女のことを思ってはなりません」

——糧。

「あの女を憎めば、強固な呪いによって囚われます。取り返しのつかないことになる」

声は、頭の中でぼやぼやと反響した。

「戦ってください、ルーツィエさま。私がお守りしますから」

手を取られ、ルーツィエの虚ろな目が揺れる。ぎゅっと握ってくれていたのは、あの寡黙で無愛想な召し使いのイルゼだ。

「しっかりなさってください。どうか心を強く持ち、あの女に抗ってください。あの女に植えつけられた感情に囚われてはならないのです」

イルゼは相変わらず無表情だったけれど、出まかせを言っているとは思えなかった。

「あなたは一体……」

「ようやく反応してくださいましたね」

イルゼは息をつき、そっと目を閉じた。

「私の以前の主は、あの女の餌食になったのです。聞いてくださいますか」

ルーツィエがたどたどしく頷くと、話がはじまった。

「あの女は元は召し使いとして、私の主エルデさまに近づきました。ですがほどなく豹変し、エルデさまの夫を誘惑して愛人に収まると、エルデさまを執拗に追い詰めました。それればかりではないのです。エルデさまの乳母を殺し、弟君を殺し、最愛のひとり息子を瀕死の状態にまで追いこみました。エルデさまに直接危害を加えるのではなく、標的とされたのは幼いご子息や周りの者たちです。あの女の数々の行いは、すべてエルデさまの憎しみを煽るためのものでした。……おわかりですか？　ルーツィエさまの状況は、エルデさまの時と酷似（こくじ）しているのです」

イルゼが手をゆっくりとさすってくれたので、ルーツィエはわずかだけれど落ち着くことができた。しかしその分感情が突き動かされる。強い怒りが後から後から噴き出した。

「オクタヴィアを憎めばどうなるの？　わたし、殺したい。どうしても」

「いけません、ルーツィエさま」

「殺せないなら死にたい。憎まないなんてできないわ。だって、お父さまとお母さまが」

声を詰まらせたルーツィエが片手で両目を隠すと、指の隙間から雫が滴った。

「悪魔だと言われてもいいわ。……あの女に地獄を味わわせてやりたい」

「ルーツィエさま、だめです！」

イルゼの腕が背中に回されて、抱き寄せられた。

「憎んではなりません。エルデさまはあの女を憎み続けた結果、糧にされ、呪いにかけられてしまわれたのです。エルデさまは、お亡くなりになる瞬間まであの女を憎み続けました。その時の光景を、いまでも昨日のことのように覚えています。エルデさまは、死を迎えると同時に灰になり、跡形もなく消えてしまわれたのです」

ルーツィエは顔を歪めた。

「……灰に？」

「はい」

「本当なの？　人が灰になるなんて信じられないわ」

「嘘のようでも真実なのです。エルデさまはあの女に導かれるままに憎んだ結果、灰になってしまわれた。エルデさまのお墓の中は空なのです。人として死を迎えられないなんて、どれほど無念なことか」

「……そんな」

「ですからルーツィエさま、あの女のことを考えるのはおやめください。憎み続ければ糧にされ、あなたも灰になってしまいます。あの女に死の呪いをかけられてしまうのです」

ルーツィエはごくりと唾をのみこんだ。

「死の呪い？　何のために？　人を呪い殺してまで、何を成就させたいというの」

「これは私の憶測に過ぎませんが」

前置きしてイルゼは続けた。

「あの女は異様に美に執着しています。現に、この城塞内の若い女の数は減り続けています。おそらく殺されているのでしょう。あの女が若く美しくあるための儀式に使われているとしか思えません。男たちのほうは、あの女に命じられれば、〝美の儀式〟として強制的にあの女を抱かねばなりません。おぞましい夜が繰り返されています。……エルデさまやルーツィエさまの場合は手がこんでいますので、他の目的があるのだと思いますが」

「オクタヴィアはそんなもののために人を殺しているの？」

あの美は造られたものだったのだ。ルーツィエはイルゼの服をくしゃくしゃと掴む。

「わたしはクライネルトの者だから命など惜しくない。でも、オクタヴィアの思い通りにはさせないわ。絶対に。だから……恨まないように努力する。難しいけれど」

にじんできた涙を袖で拭うが、すぐに溢れてきてしまう。

「お父さまを救いたい……。どうすればお父さまを元に戻せるの？　あまりにもひどすぎるわ」

イルゼは力なく首を振り、ルーツィエを窺った。

「わかりません。伯のお心は壊れてしまっています。それに、調べようにもあの女は常に伯と共にいるのです。少し探ってみますが……どうなるか」

イルゼは言葉を切り、しばし考えこんでまた口を開いた。

「ルーツィエさま、いまは伯のことはお忘れください。伯のことを考えれば、あの女を恨まずにはいられないでしょう。あの女は平気で嘘をつくし騙します。すべては計算の上にあるのです」

途方に暮れて、顔をうつむけたルーツィエは、ぽつりと言った。

「どうしよう……とても難しいわ。何もしなくても、憎くて仕方がないのに。どうすれば恨まずにいられるのかわからない。お母さまだって……」

「ルーツィエさまにはお好きな方がいらっしゃるのではありませんか？」

唐突な言葉に、ルーツィエは顔を上向けた。すぐに思い浮かんだのは王子だ。

「……いらっしゃるのですね？」

ずっと無表情だったイルゼは、はじめて口元を綻ばせた。

「人の感情で強いものをご存知ですか。憎しみと愛です。ですからルーツィエさま、あの女ではなく、お好きな方のことを考えてください。過去、現在、未来のこと。何でもいいのです。とにかくあの女に糧を与えないことが重要です。エルデさまは愛を壊されてしまい、憎むことしかできなくなりましたが、ルーツィエさまは違います。お好きな方を愛してください」

ルーツィエは、手の甲で目をこすると頷いた。

——フランツ、わたし、あなたを想うわ。


それからというもの、ルーツィエは一日中、意識して王子のことを考えた。元々彼が大好きだし、彼がくれた緑色の綺麗なドレスと肖像画を見れば頭の中は簡単に彼のことでいっぱいになった。会いたい気持ちが募ってしまい、けれど会えない現実に落ちこめば、横からイルゼが「必ず会えますよ」と慰めてくれた。その上イルゼは「ドレスを着てみませんか」と、本来なら三人がかりで着つけるそれを、てきぱきと形を整え、纏わせてくれたのだ。

緑色のドレスは身体にぴたりと合っていた。肖像画の王子とお揃いの緑の生地のドレスを纏っていると、彼に近づけた気がして、その時ばかりは心が晴れた。もちろん、父や母のことはずっと頭から離れないでいたけれど、少しでも落ちこむ様子を見せれば、察したイルゼが度々ドレスを着せてくれた。

「ルーツィエさま、私たちは極力話さないほうがいいでしょう。どこにあの女の目があるかわかりません。ですが覚えていてください。何があろうとも、あの女に命じられるがまどんな態度を取ろうとも、私はあなたの味方です」

イルゼは無口に徹して、無愛想を演じる。彼女は身の上を一切語ろうとはしなかった。また、ルーツィエも素性を問おうと思わない。彼女の目的を問わなくても、信用できたからだった。

ルーツィエは強い心でいようと努力しながら窓のない部屋に閉じこめられて日を過ごす。夜、眠りにつく際、夢の中でのルーツィエは、騎士になり、巨悪と戦った。栄えある王子の騎士として馬に跨がり、剣を握って敵に斬りこんだ。決して怯むことはない。

王子を思えば勇気が持てた。ルーツィエにとって、幼いころの彼との約束は希望だった。見事悪に打ち勝ち、彼に会いたい。彼の側で、彼を守る騎士になる。

過ぎし日の季節は感じられないけれど、その中で、ルーツィエは十四歳を迎えた。

＊＊＊

彼女は言った。

『ルーツィエさま、この先、私の身に何が起きようとも、どのような扱いを受けようとも気にしてはなりません。私は召し使いです。冷酷で、無愛想で、心を持たないのです』

彼は言った。

『おまえ、本当は違うんだろ？　あんなもの、おまえが出すはずがない。助けに来たんだ、来いよ』

そして、女はけたたましく笑う。

『ルーツィエ、わたくしを恨みなさい。憎んで憎んで憎んで身を焦がすの。貴女に味方する者は、すべてわたくしが殺してあげる』


はっと目を覚ましたルーツィエは、すぐに自分の頬が濡れているのに気がついた。様々な過去の記憶が絡まり合って混乱し、うまく状況が摑めない。けれど、精緻なアラベスクと葡萄の天井、それからロンデル窓をみとめて、自分は十七歳なのだと理解した。左手を掲げれば、小指にある赤い指輪は変わらず不気味な光を帯びている。

これは呪いだ。結局自分はオクタヴィアへの憎しみを抑えきれず、策略に負けたのだろう。

「わたしは、灰になるのね」

だが、不思議と怖くはなかった。自分が死ぬのは怖くない。騎士を夢見た時から覚悟している。一番恐ろしいのは、大切な人を亡くすこと。

身を起こすと毛布がすべり、剝き出しの肌を風がかすめる。秘部からは動いた拍子に何かがとろりとこぼれ出した。身体には、いまだに彼の優しい感触が残されている。

窓から陽が差しこんでいて、部屋はやわらかな光に満ちていた。

広い寝台の上、ルーツィエは、ぽつんとひとりでいる。

「フランツ」

呼びかけても返答はない。彼はいないようだった。

ルーツィエは、椅子に無造作に置かれていた亜麻布の肌着を纏い、辺りを見回した。無性に彼に会いたくてたまらず、いま、どうしても抱きしめてほしかった。

部屋の中をうろうろと歩き回って服を探す。けれど衣装箱の中は空っぽで、着替えは部屋にはないようだった。

仕方がないので、彼が置きざりにしていたマントを羽織る。黒い布地に金糸で凝った刺繍が施されてあるそれは、彼の身分にふさわしく、彼の容姿にぴったりだと思った。前のあわせをブローチで止め、ずれないように紐で結ぶ。そうしていると、かつてフランツの衣装を着て得意げになった自分を思い出した。

ルーツィエは、書き物机にある小刀を護身用に握りしめ、マントの内側にしのばせた。

過去のことを考えれば、城内は油断できないからである。

　膝は動かしにくいが、問題なく歩けそうだった。扉を少し開き、身体を隙間にすべらせる。壁伝いに歩いて、城塔の外に出た彼女は、ぐるりと周囲を見渡した。やはり、騎士の姿はひとりも見られない。

　いままでなら警備はどうなっているのかと不安に思っただろうが、過去を知ったいまは手薄なほうが安心できる。

　風に煽られ、髪とマントがはためく。

　閑散とした城内を、フランツを探してさまよう。途中で懐かしい場所を見つけては立ち止まる。あの頃は、父がいて、母がいた。母がいた時には薔薇と笑顔が溢れる城だった。ルーツィエは、歩廊やホールで思いをめぐらせ、過去のかけらを集める。そうしているうちに、気づけば窓のない自室の前に立っていた。十二歳から囚われていたあの部屋だ。

　暗い思い出しかないが、ここで、王子が十三歳の誕生日に贈ってくれた肖像画と緑色のドレス、そして、イルゼに救われたのだ。

　ルーツィエは意を決して扉を開けた。しかし、隙間から覗くなり、茫然とする。何もない。絵画もドレスも家具も何もかも、まるでルーツィエがいた事実を消し去るようにすべてが片づけられていた。がらんどうの、塵ひとつないさまを見て喪失感に苛まれる。

　ルーツィエは、慌てて暖炉の側に座り、レンガをひとつ外して手を入れた。指先に小箱があたり、すかさずそれを掴み上げる。両手で包んで息をついた。それは、絶対になくしたくなかった、王子がくれた首飾りを入れ、大切に隠した箱だった。

小箱を持ったまま部屋を出て、十一歳までの居室に向かう。その部屋もがらんどうだったらどうしよう。そこには失いたくないものがたくさんあるのだ。

部屋の扉を開く手は恐怖に震えるが、それでも何とか堪えて押し開ける。途端、ルーツィエは瞳を潤ませた。室内は埃まみれで蜘蛛の巣もはっていたけれど、十一歳の記憶のままの状態だった。

こもった空気を吸いこむとむせ返りそうになるけれど、構わない。陽に照らされて細かく埃が見えていたが、それすらも愛おしく見えた。

母が作ってくれたタペストリー、父が贈ってくれたポニーの鞍、それから、誕生日にふたりが仕立ててくれた綺麗なブリオーやマントがある。両親からの最後の贈り物だ。王都に帰る前に王子が贈ってくれたスカーレットのドレスもある。

膝を折り、ルーツィエはふたつの思い出のドレスを抱えてうつむいた。唇を噛みしめて、肩を小刻みに震わせる。生地の上にぽたりぽたりと滴が落ちて、色濃く染められていく。

ここに、確かな幸せの形がある。子どものくせに、背伸びをしていた自分がいた。早く大人になりたいと願っていたけれど、子どものころの自分は世界で一番幸せだったとさえ思う。

机の上にはルーツィエの描いた下手な絵が残り、手前には乾燥させた一輪の薔薇がある。母が作ってくれたものだ。側にはレオがくれた四つ葉のクローバーの押し花もあり、その隣には乾ききったインク壺。乱暴に扱ったのだろう、インクがあちこちに飛び散っていてペンがころりと転がっている。それは当時の無邪気な自分を表しているかのようだった。絵をめくれば、王子に宛てた手紙が途中で放棄されていた。彼への想いが募りすぎて、冷静になろうとペンを置いたのを思い出す。

部屋じゅうすべてが宝物だ。

机を指でなぞれば、埃が無くなり跡になる。指に付着する埃を見つめて、それをぎゅうと握りこむ。

あのころに戻れたらどれほどいいだろう。目を閉じれば雫が滴り、顎から下に消えていく。

よく泣くようになってしまったとルーツィエは思う。弱い自分は嫌だから、あまり泣きたくないのだけれど。

ひとしきり、戻らぬ過去に思いを馳せて、ルーツィエは窓辺に近寄った。階下にあるのは、記憶よりも黒ずんだ礼拝堂だった。

礼拝堂は、ルーツィエが行きたいと願っていた場所である。昏睡に陥る際、いつも耳にするのは鈴の音と乳香だ。あれは振り香炉だと確信できたし、香炉は司教が礼拝で扱う。どうしても、それを調べたかったのだ。

けれど、部屋から出ようとしたところで、人影を目にして固まった。誰かが近くを歩いている。ルーツィエは慌てて部屋へ戻ると身をひそめ、足音が消えてしばらくしてからこわごわ窺った。

　緊張でいまにも心臓が破裂しそうだ。しかし、小刀を手に持てば少しましになる。

　警戒しながら足音を抑えて階段を下り、ようやく礼拝堂に辿り着くころには疲労困憊の状態だった。二年ぶりの歩行は、身体が軋んで辛すぎた。

　力を振り絞り、礼拝堂の扉を開けようとした時だ。中から声が聞こえてきた。

「ねえ貴方、礼拝堂に何の用事があるというの？」

　その艶めかしい声に、ルーツィエは吐き気を催した。それは悪夢の声――眠れ…、眠れ…と、度々囁きかけたあの声と同じだ。ぞっとする。

　汗が身体じゅうから噴き出して、倒れてしまいそうになる。しかし、次の声を聞いた瞬間、ルーツィエは絶望の淵に叩き落とされた。

「この礼拝堂には司教がいないんだね。どうしてだろう」

　ルーツィエがこの声を間違えるわけがない。大好きな声だから。

　がたがたと震えが止まらず、それでも信じたくなくて、扉をわずかに開けた。

　緑の瞳は、たちまち目一杯に見開かれる。

　金の紋章を配した総柄の黒いコットを身に纏った、凛々しい立ち姿。白金の髪はいつもより整えられているように見える。そのしなやかな身体に寄りかかるのは、亜麻色の髪に金色のドレスを纏った妖艶なオクタヴィアだった。ふたりの頭上に、明かり取りの窓から、神々しい光が降り注ぐ。

オクタヴィアのドレスは相変わらず透けていて身体の線があらわになっている。しなだれかかっているために、豊満な胸は彼の腕に押し潰されていた。

どう見ても、恋人同士だ。しかも、この上なくお似合いの。

――嘘……

オクタヴィアは親しげに彼の腕に手を回し、赤い唇を耳に寄せる。

「フランツ、司教はいないのよ。このようなつまらない場所より、わたくしの部屋に行きましょう？　身体が疼くの。早く愛し合いたいわ」

フランツはついと鼻先を持ち上げた。水色の瞳は怜悧に光る。

「悪いねオクタヴィア。どうしても祈禱がしたいんだ。至急司教を手配してくれないか」

「あら、祈禱だなんて意外だわ。いままでしたことがあって？」

「少し思うところがあってね」

「何を祈るの？　もしかして、わたくしたちの未来かしら」

「そう取ってくれて構わない。……だめかな？」

オクタヴィアは顎を上向けると、あでやかに微笑んだ。

「もちろんよくてよ。愛する貴方の頼みですもの。でもね、貴方もわたくしの望みを聞いて。わたくしを愛しているのでしょう？」

フランツもまた、とろけるような笑みを見せた。

「愛しているよ。オクタヴィア、貴女の望みを言って」

オクタヴィアの両手が彼の首に絡みつく。そのままキスしてしまいそうな勢いだ。

「ここでこのまま抱いて。神にわたくしたちの愛を祝福してもらいましょう？」

「いいよ。その前に酒を用意する。貴女が美しすぎて緊張してしまうから」

「いやだわ今更、緊張だなんて。とっくにわたくしのすべてを知るのに？　また酒に頼るの？」

「酒がないと抱けない。いいよ、笑っても。貴女は自分を知らないね。私には眩しすぎるんだ」

オクタヴィアは黒い瞳で舐るように彼を見つめた。

「少し意地悪を言ってしまったかしら。よくてよ、飲みましょう？　そして、いつものように燃え尽きるほど愛し合うの。愛しているわ、わたくしのフランツ。貴方は？」

「もちろん愛しているよ」


どくどくと脈の音が治まらない。ルーツィエは、力なくその場に座りこんでいた。地面がぐにゃりと変形し、身体が沈みゆく錯覚に囚われる。

早くこの場を去らなければならないのに、混乱しきっていて髪を掻きむしることしかできない。何よりもルーツィエを奈落の底に突き落としたのは、彼の『愛している』の言葉だ。ルーツィエは、彼から「愛している」と言われたことがない。

フランツがオクタヴィアを愛しているなんて。

嘘だと思いかけて否定する。ルーツィエは、フランツを知っている。嘘が嫌いな彼は、絶対に嘘を言わない。その言葉は本物だ。

裏切られるのはもう慣れた。

ルーツィエの生まれ育ったドーフラインが敵になった時からおいそれと他人を信用できなくなっていた。でもまさか、小さなころから恋い焦がれてきたフランツからこのような仕打ちを受けるとは思ってもみなかった。彼の瞳は母亡き後の父のように空虚ではないと断言できる。彼は正気だ。

命よりも大切な過去が、思い出が、踏みにじられた。

好きだった。大好きだった。彼のすべてを愛していた。

ルーツィエは、胃からせり上がってくるものを堪えきれず吐いた。けれど、二年の間何も食していない身体から出るのは胃液だけ。

心は血を流している。袖で口元を雑に拭い、身体を引きずるようにして、来た道を引き返した。

しばらくあてどなく歩けば、二人組の騎士を見かけて、咄嗟に壁のくぼみに身を隠した。見つかって殺されてしまってもいいと思っているはずなのに、まだ生きていたいのだろうか。そんな、投げやりなことを考えた。

赤毛の騎士が、栗色の髪の騎士に問いかける。

「オクタヴィアさまは？」

その名を聞いて、ルーツィエの胸は軋みをあげる。お腹の底に、どろりと憎しみがうずまいた。

「用事か？　よせよ。いまあの方は愛しの恋人と一緒だからな。邪魔をすれば殺される」

それは間違いなく、フランツのことだ。

「あのえらく綺麗な男か」

「あまり公（おおやけ）に姿を見せないが、もう二年近く滞在しているのさ。男の俺でもどきどきするほど色気のある男だ」

赤毛の騎士は、「オクタヴィアさまは恋人がいるのに、なぜ俺に抱かせるんだ？」とひとりごつ。

「お前だけじゃない。オクタヴィアさまを抱いていない騎士はドーフラインにはいないぜ。気に入られてしまえば頻繁に呼び出される。俺はひと月に一度程度だが、四日おきに呼ばれる者もいる。とにかく美形がお好きなのさ」

「あの綺麗な男はオクタヴィアさまを抱かないのか？」

「当然抱いているさ。オクタヴィアさまの善がり声を部屋の外で聞いたことがある。かなり激しいぜ」

ルーツィエはぐっとお腹に力をこめた。自分を妻と言ったフランツを殴りたい衝動に駆られる。剣で決闘してもいい。怒りで打ち震える中、男たちの話は進められる。

「あの方は毎回失神しているらしい。相性は抜群というわけだ。だが俺たち男が達く回数は限界があるだろう？　その点、女はいつでも達ける。あの方は恋人だけでは足りないのさ」

　赤毛の騎士は、深々とため息をついた。

「なあゲルト。俺は二日前、オクタヴィアさまに命じられて抱いたんだが……。あの方を……その、おかしいと思わないか？　一日中行為に耽っている。それだけじゃない。挿入した途端、搾り取られるというか……出し尽くすまで放してもらえない。口でもおいしそうに吸われるし、とにかく普通じゃない。不気味すぎるよ。実は俺、イーダという恋人がいるんだ。結婚したいと思っている。だからもう、裏切りたくない」

　言い終える前に、赤毛の騎士は強く小突かれる。

「おい、お前。新参者だから一度だけ忠告する。いまのような話は二度とするな。開き直って行為を楽しめ。あのな、あの方の命令に逆らえば明日は迎えられない。俺たちは命を握られているも同然だからな」

「どういう意味だ？」と赤毛が問うと、栗毛の騎士は声をひそめた。

「このドーフラインは鉄壁の守りを誇っているが、言い換えれば内からも鉄壁というわけだ。いまは、外ではなく中の者を決して逃がさない造りになっている。明日、公開処刑が行われるが、あいつらは全員脱走を試みた者たちだぜ？　お前、この城から出られると思うなよ？　一生ドーフラインで生きなくてはならないかもしれない。覚悟しろ」

「それにな」と、言葉は続けられる。

「オクタヴィアさまは、あの恋人とひと月後に結婚される。それを祝うために、俺たちは一週間ほど城の中の女と交わり続けなければならないらしい。城をあげて性交するのさ。その中央で、オクタヴィアさまは夫に抱かれ続ける。これは夫婦を固く結びつけるための儀式なのだそうだ。だからな、貞操(ていそう)の面は諦めろ。俺だって、故郷に妻と子がいるが……まあ、やるしかない。自分を感情のない動物だと思え」

赤毛の男はうめいた。

「信じられない。おぞましい……儀式などと」

「言っておくが、俺たちがオクタヴィアさまを抱くのも儀式のひとつだぜ。つまり、あの方が結婚しても、俺たちの役目は終わらないってわけさ」

「……オクタヴィアさまは何者なんだ？」

栗毛の男は赤毛の男の肩を叩き、「ここだけの話にしろよ」と忠告した。

「魔女だと言う者がいるが俺もそう思う。クライネルトには魔女の伝説があるだろう？」

「魔女だって？　魔女狩りの対象じゃないか！」

「おい、声が大きいぞ。聞かれたらどうする」

ふたりの騎士が去るのを待ち、ルーツィエは、唇を噛みしめる。

頭の中では、『恋人』『ひと月後に結婚』といった言葉がぐるぐるとめぐっていた。

彼はひと月後にドーフラインを出ると言っていたけれど、そういうわけかと悲しく思う。

ルーツィエは、この先どうするべきか考えようとするが、想いが溢れてまとまらない。余計なことを考えるなと己に命じる。

唐突に、フランツに抱かれた身体がやけに汚いものに感じられて、ルーツィエは、井戸をみとめて水を汲むと、頭から一気にかぶった。短い髪から水が垂れて、足元まで染みていく。もう一度かぶれば全身がずぶ濡れだ。

何も知らずに弱さを晒し、甘えていた自分のことを、彼はどう思っていたのだろう。乾いた笑みを漏らしたルーツィエは、目に入った水を拭い、空を仰いで雲を見た。

まったく疑いもせず、見事騙されて、なんて滑稽なのだろう。騙したほうが悪いのか。それとも、騙されたほうが悪いのか。逃げ出したい。鳥になりたい。この世の果てまで飛び去って、誰もいないところに行きたい。父はいない。母はいない。好きな人も、幼なじみも。どうせ自分はひとりきりだ。

ルーツィエが羽織る黒いマントは、先ほど見た彼のコットと揃いのものだ。虚しさと惨めさがこみ上げて、我慢ができなくなった。どうして羽織ってしまったのだろう。こんなもの早く捨てなければと、ルーツィエは、敵を殺す落とし穴に、びしゃりとそれを投げ捨てた。敵はすべて滅べばいい。

妻だなんて、嘘だった。甘い言葉はまやかしだった。

泣いてたまるかと思いながら、ルーツィエは声を押し殺して泣いていた。

ひどい人だ。ひどすぎる。ルーツィエは、すべてがどうでもよくなった。目的も希望も見失う。生きていても苦しいだけだ。いますぐ死んでもいいと思った。生まれて来なければよかった。ことごとく奪われて、もう無くすものは何もない。戦いを挑んで何になるというのだろう？　騎士になりたいなんてばかげている。こんなこと、辛すぎる。

ルーツィエは、十一歳まで過ごした宝物の部屋に入った。幸せな思い出に囲まれて、ここで灰になってしまえたら。オクタヴィアの望みどおりに灰にでもなんでもなればいい。勝手に自分を呪えばいい。

スカーレットのドレスを眺めて、ルーツィエは、過去の彼を眼裏に浮かべる。ぶっきらぼうで、不器用で、けれど、優しくなるよう努力してくれた彼がいる。あの優しさは嘘じゃない。

――フランツ。

胸の奥が熱くなる。彼はルーツィエを幸せにしてくれた。それは確かなことだった。過去を否定することなどできない。

扉に閂(かんぬき)をして、かつての寝台でうずくまる。寒かった。歯をかちかちと鳴らしながら、懐かしい匂いを吸いこんだ。

雷が怖くて母に添い寝をしてもらったことを思い出す。頭を撫でに来てくれた父を思い出す。ふたりからの頬へのキスが、嬉しくて、温かくて、幸せだった。

ルーツィエは、疲れ果ててうつらうつらとしはじめた。もう、二度と目覚めたくないと思った。

6章

神さまは、本当に意地が悪い。

ルーツィエが、鈴の音も乳香も受け入れる覚悟を決めれば、それらは気配も訪れず、眠りは至って普通のものだった。夢さえ見ずに、彼女はかつての部屋で瞼を開けた。

目覚めた途端、さもいま目撃したかのように、フランツとオクタヴィアの姿と会話が蘇り、胸を刺すような痛みに襲われる。

彼女はくしゃくしゃに顔を歪めて、ぎゅうっと固く目を閉じた。なんて最悪なのだろう。

そろそろと目の前に左手を移動させ、赤い茨の指輪を見つめる。

——早くわたしを灰にしてしまえばいいのに。

苦しくて、苦しくてたまらない。懐かしい思い出の品々があるこの部屋は幸せを象徴しているけれど、いまとの違いをまざまざと見せつけられる。

泣き叫ぶことができたなら、少しは胸のもやが晴れ、落ち着けるのかもしれない。だが、そうできないルーツィエの中には澱(おり)がどんよりととどまり続け、清いものまでにごらせていく。

　とはいえ、何らかの行動を起こす気力も湧いてこず、ぼんやりしながら横になっていた。彼を失ったことで困難に挑む力は尽きてしまった。あれほどなりたかった女伯もどうでもいいと思ってしまうのだから重症だ。

　ずぶ濡れだった髪や服は少しは乾いていたけれど、依然として湿っぽく、身体に張りつき、気持ちが悪い。ルーツィエは、笑いがこみ上げてきて、小さく息を吹き出した。皮肉な笑みだ。自分という人間は、なんて情けないのだろう。この状況で水を被るだなんて狂気の沙汰だ。

　額に手を当てていると、扉が二度叩かれて、思わぬ来客に身体が強ばった。

「ルル、ここにいるんでしょう？　扉を開けて」

　その声にルーツィエは跳ね起きた。虚ろだった緑の瞳に光が灯る。フランツだ。なぜここに彼が来るのだろうとうろたえる。しかしすぐさまふつふつとお腹の底から怒りが湧いてきて、側に置いていた小刀を握った。

　いま、絶対に会いたくない人だった。

「ずっと君を探していたんだ。どうしてひとりで部屋を出たのかな。僕に言えば、どこへだって連れて行くのに」

　――白々しい！

　もし、オクタヴィアのもとに連れて行ってと頼んだら、彼はどう言い訳するつもりだろうか。よりにもよって、彼は憎い敵の恋人だ。にもかかわらず、ルーツィエにもいい顔をしようだなんて、彼は二枚舌の悪魔じみた人でなしだ。

「早く出てきて。僕の側にいると約束したよね。自覚してほしい。君は僕の妻だ」

ルーツィエはぎりぎりと歯噛みした。何が妻だ！　もうドーフライン城塞になどいたくないと思った。彼の姿も声も届かないところに行ってしまいたい。

彼女はすっくと立ち上がった。暖炉に近づき、横にある木の板をずらせば、人がひとり通れるほどの穴が現れる。領主の一族のみが知る、秘められた抜け穴だ。ルーツィエはその穴に小さな身体を隠し、内側から木の板を元に戻すことも忘れない。

それは緊急時に使用する穴で、敵が城塞内に侵入した際、騎士が敵と戦っている間に城主の家族が逃れるために使われる。この抜け穴を辿れば、最後の砦ベルクフリートに行けるのだ。ルーツィエと母ディートリンデの部屋は、父の意向で抜け穴のある部屋になっていた。

埃だらけの黴臭い穴の中を這って移動する。暗闇でも怖くない。幼少期、父に何度か練習させられていたからだ。

ルーツィエの部屋にある抜け穴は、まず母の部屋に続いている。鼠の気配や足音を感じつつ、蜘蛛の巣を手で振り払い、出口を目指して進む。髪や服が濡れていたこともあり、辿り着いたころには必要以上に亜麻布の肌着は黒ずんで、顔や手や頭も汚れていた。埃にまみれたみすぼらしい娘がそこにできあがる。

ルーツィエはそれに構わず、タペストリーを手探りで捲る。そこに次の抜け穴があるのだ。が、その瞬間、いきなり腕を強く引かれて硬い胸板に衝突し、きつく抱きしめられた。ルーツィエの鼓動は飛び跳ねた。端正な顔が迫り、唇を熱く奪われる。

　どうして、彼がここに――

「んっ！」

　彼は服が汚れるのも構わずに、ぎゅうぎゅうとたくましい身体を押しつけてくる。先回りしていたのだ。めずらしく息があがっている。

「ルル、何のつもり？」

　それを問いたいのはこちらのほうだ。ルーツィエは彼の腕を振り解こうとした。だが、圧倒的な力の差にはなすすべもない。彼は腹を立てているようだ。怒っているのはルーツィエの方なのに。

　彼の水色の瞳に不穏な影が差した。

「君を部屋から出さないために、肌着しか与えなかったのに油断したよ。どうしてこの格好で外へ出たの。わかってる？　これ薄いよね。この姿は僕以外に見せていいものじゃない」

　だしぬけに胸の先をつままれて、ルーツィエは緑の目をまるくした。くにくにといじられて、息が途切れ途切れになっていく。

「やめ……」

「肌着だとここの形がわかるでしょう？　他の誰かに会ったらどうするつもり？　襲われ

てしまうよ？　僕は、君を誰にも会わせるつもりはない」

――オクタヴィアを愛しているくせに、よくもぬけぬけと！

ルーツィエが、ぎっと彼を睨めば、また唇を塞がれる。その間に肌着を剝ぎ取られ、あっという間に真っ裸にされていた。ルーツィエは下着をつけていなかった。彼が用意していないからだ。

「何をするの！」

「君が悪い。僕から逃げようとしたから」

フランツは、自身の長いマントにルーツィエを包んで抱き上げて、そのまま大股で部屋を出た。ルーツィエは必死にもがくがいかんせん裸だ。はらりとマントがめくれ上がって肌が見えそうになり、暴れるのをやめた。

「賢明な判断だ。でも、そう反抗的なのはなぜ？」

その言葉に答える気にはなれない。意地をはったルーツィエは、唇を引き結ぶ。彼は逢い引きの現場を見られたと知らないから、こんな余裕でいられるのだ。

彼はため息をついてから、以降、無言で階段を下り、そのまま貴賓室へ向かった。都合よくというべきか、騎士や召し使いたちとすれ違うことはなかった。

彼が口を開いたのは、貴賓室の寝台の上にルーツィエをそっと横たえた時だった。

「どうして濡れていたの？　服が透けていたよね」

ルーツィエはぷいとそっぽを向いた。わけを話せばオクタヴィアに結びつく。そのため、彼には何も話すつもりはなかった。本心ではオクタヴィアとの関係を問い詰めたかったとしても、ぐっと堪えて自分を保つ。

　これ以上、惨めに成り下がるつもりはなかった。もう、彼の側は自分のものではないのだから。自分の側が彼のものではないように。クライネルト伯の娘であるルーツィエの矜持は生まれながらに高いのだ。

「ルル？」

　噛みしめていた唇に、やわらかな彼の唇が触れる。ぴくんと鼻先を上げれば、彼はかすかに笑って、蜘蛛の巣の這う汚れた頭を撫でてくる。また、キスが続けられる。労わりと、優しさが感じられるものだったけれど、騙されるものかと自分に言い聞かせる。

　唇の薄皮が、ゆっくりと名残惜しそうに彼から離れた。

「どうして何も言わないの？　声を聞かせて」

　マントを脱いだ彼が、ルーツィエの上に重なった。ふに、と両の胸の突起を指で押される。その指はそのままくりくりと動き、親指を添えて挟まれて、ひねられた。

「嫌っ！」

　彼は思わぬ抵抗に驚いたのだろう。切れ長の目を大きくした後、徐々に細めていった。

「否定は聞かない。僕は夫だからね」

　ぐす、と洟をすすったルーツィエは、じわじわと瞳を潤ませた。夫だの妻だのという言葉は、いまのルーツィエには悲しみしかもたらさない。

「あなたはわたしの夫じゃない！　わたしは妻じゃない！　もう嫌！　触らないで！」

力の限りに押し退けようとしたが、彼の動きのほうが速かった。両腕を取られて、大きな手でひとつに束ねられる。

まるで淡く発光しているような、幻想的な瞳がこちらを捉えている。静かな怒りをたたえているのがわかった。

「君だけは逃がさない。心変わりは許さないよ、絶対に」

彼の顔が近づいて、すぐに唇が熱くなる。形が変わるような、荒々しいくちづけだ。彼は自分の味を教えこむように、舌で中を執拗に嬲る。唾液が口腔に流れて、ルーツィエのものと合わさった。

両手は依然として彼の片手に縫いとめられたままだ。彼はルーツィエを貪りながら、唇の隙間から指を入れてくる。ふたりの唾液を指に絡めると、その手をルーツィエの下肢の間に差し入れて、くち、くち、とあわいの上の秘められた小さな芽を撫でた。力を入れずに触れるだけのやわらかな刺激に、徐々にそこは焦れたような火が灯る。彼はキスを止めずに官能の突起を優しくいじめ抜く。緩やかに、けれど確実に、時間をかけてルーツィエは高みへと誘われていく。

ようやく唇を解放したフランツは、身を起こし、悶えるルーツィエを涼しげに観察する。けれどルーツィエの両手が解放されることはない。脚の間には彼が身体を収めているから動けない。

「あ、……あ」

「ん？　どうしたの」

彼は楽しげに首を傾げた。

ルーツィエは腰をくねらせ、不埒な指から逃れようとしたけれど、彼の指はルーツィエを放さない。同じ動きが繰り返される。

腰の奥がぐねりぐねりとうごめいた。背筋を何かが這い上がる。

「んっ！」

いきなりルーツィエの身体が跳ね、秘部がびくびくと痙攣する。ルーツィエの芽は赤くしこり、包皮はいつの間にかめくられていた。

中から溢れたとろみのある液が彼の指にまとわりついて、ぬるぬると塗りこめられる。

優しい彼の指は、ほんのわずかな動きで、ルーツィエの下腹から頭の先まで突き抜けるような快感を与えた。

ルーツィエは、苦しさと心地よさとがない交ぜになった顔で首を振る。

「ん、あ。あ！　……やだ、やめてっ」

「やめないよ。いろんな君を見たいから。見せて」

オクタヴィアの身体をまさぐったであろう彼の指に、いいようにされたくはなかった。

しかし、身体は心を裏切って、愉悦にまみれて反応する。

「は。も、……だめ」

彼は、まったくやめる気はないようで、何度も達するルーツィエをただじっと見つめるだけだった。

部屋には艶めかしい嬌声が響く。息を乱し、腰を揺らして熱い息を吐くのはルーツィエのみだ。そのさまを、着衣に乱れのないフランツが危険を孕んだ氷の瞳で追っている。視線でその白い身体を犯すかのように。

悶えるほどの強い悦楽と、何かが欠けた物足りなさで、ルーツィエの意識は混濁し、淫靡な思考に塗り替えられていく。

その優しい攻めは二時間以上続けられ、ルーツィエは、息も絶え絶えになり、脚を自ら開いてぐったりした。彼が押さえなくとも、もう動く力がない。

ぬらぬらと濡れた白い肌には、いくつもの所有の花が散っていた。ルーツィエの身体はじっくりと時間をかけて、どこもかしこも感じるようにされていた。

ぷくりとした唇は薄く開き、ふたりの唾液で濡れている。彼が貪り続けたからだ。両の胸の突起も濡れていて、彼にじわじわと真っ赤に熟れさせられていた。

すべてが真綿で包むように、優しく優しく行われた。だからこそルーツィエもまた、素直に身体を開き、彼からの刺激を求めるようになっていた。

彼女の脚の間に顔を近づけたフランツは、細い腰を軽々と持ち上げると、あわいにねっとり舌を這わせた。ルーツィエが「あ」と鳴くと、すぐさまそこにむしゃぶりついて、親指で秘めた芽を押しこめながら、溢れる愛液をずるずるとすする。

とろけた緑の瞳を瞠った彼女は、甘やかな叫び声をあげた。それは歓びにしか聞こえないほど艶めいていた。

ルーツィエの腰を掴んだままの彼は、膝立ちになり、コットをかき分け、硬くいきり勃つ自身の欲望を、持ち上げている彼女の秘部にあてがった。

そのままぐっと腰を押し出し、ひとつになろうとしてくる彼を、ルーツィエの花弁は、ぴたりと寄り添い受け入れた。侵入する彼が最奥に近づくにつれ、中から蜜のような艶めく液が溢れてゆく。

「あ……ああ、あ」

「……ルル」

フランツは、何かに耐えるように眉をひそめ、長い睫毛を伏せた。

そしてふいをつき、一気に猛りを突き刺す。途端、彼の顔が恍惚に歪む。

「はっ、……く。ルル」

図らずも、ルーツィエに快感を与えるためだけに動いていた彼に、痛烈な悦楽をもたらしたのは、彼女のほうだった。ぎゅうぎゅうと彼の昂りに襞を絡ませて締めつける。

それにより、フランツの理性は壊れたのかもしれない。いままでの丁寧さが嘘のように腰を激しく動かして、容赦なくルーツィエを蹂躙する。所有を主張するかのように。けれど、ルーツィエもまた、彼の行為に応えた。彼の激しさは心地よく、強く求められていると感じて嬉しくなった。過去の彼もいまの彼もやはり、嫌いになんかなれなかった。

彼が、ルーツィエの脚を高く持ち上げ、真上から鋭く穿つ。彼の楔が奥の奥まで入りこみ、これまで感じたことのない愉楽を覚えた。彼もまた、ルーツィエに深く咥えられ、ふたりは共に痙攣する。腰の奥を焼き尽くされるような快感だった。

余裕のない顔つきの彼は、獣のようにうめいて吐精する。どくどくと脈打つ彼の灼熱が、ルーツィエの官能を呼び覚まし、彼女も一気に絶頂を迎えて蠢動（しゅんどう）した。その瞬間は、一生忘れられないと思えるほどに鮮烈で、彼とひとつになれたと感動できた時だった。

「ルル……」

だが、それゆえに彼女はむせび泣く。

ひどい人だ。

こんなに夢中にさせておきながら、手酷く裏切り、今度はその身体でルーツィエを縛る。忘れられない傷を、時間をかけて刻みつけられた。だがその傷すら、ルーツィエにとっては愛おしい。もとより、彼が大好きなのだ。

「泣かないで」

唇で涙をそっと吸われる。

ルーツィエは、その優しさにまた泣いた。

揺れる振り香炉の鈴が鳴り、煙の中、乳香が漂う。それは礼拝堂（ブルクカペレ）での日常だ。

司教は優しい人だった。年老いても独り身だった彼は、ルーツィエを我が子のようにかわいがり、父や母に隠れて、時々お菓子をくれた。それは貴重な砂糖を固めたもので、『おいしいわ』と微笑めば、目の位置まで抱き上げて、額に祝福のキスをくれた。

『姫さま、あなたが素直で愛らしいのは神が与えたもうたギフトだよ。その心を大切になさい。願わくば、奪うのではなく多くを与える娘になるんだ』

愛らしいと言ってもらえて、嬉しくなった。

『わたし、絶対に奪わない。与える娘になるわ』

『あなたはいい子だ。神の御元に召されるその日まで、私はあなたの幸運を祈ろう』

思えば彼の手も好きだった。しわしわで、ごつごつで、痛い時もあったけれど、その手からは彼の真心が伝わったからだ。

しかしルーツィエは、もう彼が生きていないことを知っている。まだすべての記憶を取り戻せていないけれど、疑いようはない。

いま、司教が用いていた振り香炉を持っているのはオクタヴィアだ。あの女は『奪ってやった』と言っていた。オクタヴィアは司教を殺したのだ。なぜならあの振り香炉には、どす黒い染みがついていた。あれは、まごうことなき血の跡だ。あの女がわざと残した。

眠れ…　眠れ…

ルーツィエを眠らせて、あの女は一体何をするつもりなのだろう。

今度の過去の記憶の夢は、特殊なものだった。

ルーツィエの服を繕うイルゼの横顔。ルーツィエは、身分は違えど、心の中で、勝手に彼女を姉のように慕っていた。姉と呼ぶには歳が離れているけれど、心から信頼を寄せていた。

十四歳のとある日のことだ。オクタヴィアが騎士同士を競わせて、優勝者には賞金とルーツィエの純潔を与えると宣言した。それは、試合という名の殺し合いだった。多くの血が流れ、命が消えた。優勝した騎士は見知った者だったが、彼はすでにルーツィエのことがわからないほど正気を失っていた。彼に襲われそうになった時、イルゼがルーツィエの代わりにその身を差し出した。イルゼは騎士に抱かれたのだ。

『ルーツィエさま、この先、私の身に何が起きようとも、どのような扱いを受けようとも気にしてはなりません。私は召し使いです。冷酷で、無愛想で、心を持たないのです』

イルゼがルーツィエの身代わりになったことは、当然、あの女に知られてしまった。オクタヴィアの逆鱗に触れ、イルゼは多数の騎士の餌食になった。惨状に気づいたルーツィエは、イルゼを貪る男たちのもとに走った。この時はじめて、無我夢中でイルゼを襲う騎士を殺した。——そう、この手は人を殺めたことがあったのだ。

罪悪感も後悔もない。ただ、イルゼが自分の身代わりとして抱かれ、多数の騎士に辱められたことが悲しくて、辛かった。誇らしいドーフライン城塞すべてが、ルーツィエの敵になった日だ。

それからしばらくして、突然レオが現れ、助けに来てくれた日があった。彼が言うには、ルーツィエがドーフラインに連れ戻されてすぐに、ベッヘム城に手紙が届けられたらしい。レオは手紙を信じることなく、侵入の機会を窺ってくれていたそうだ。彼はルーツィエに詰め寄った。

『おまえ、本当は違うんだろ？　父と継母のもとで幸せに過ごしているなんて手紙、嘘だろう？　あんなもの、おまえが出すはずがない。助けに来たんだ、来いよ』

だが、オクタヴィアは狡猾だった。彼女ははじめからすべてを見通し、わざとレオをドーフライン城塞に引き入れた。

あえなく脱走できずに捕まって、あろうことかオクタヴィアは、レオをも辱めた。抵抗の声が耳にこびりついている。レオの下腹に跨がったオクタヴィアは腰を振りたくり、幾度も彼を果てさせた。男性の象徴を咥えて、一滴残らず吸い尽くしたこともある。それは毎晩続けられ、抵抗できない幼なじみをわざとルーツィエに見せつけた。レオはルーツィエに力なく『見るな』と言った。

イルゼの身も無事ではすまなかった。彼女は毎日のように拷問された。少しずつ、少しずつ、オクタヴィアは彼女に苦痛を与えて死に向かわせる。

すべてはルーツィエに憎ませるために。

それは、ルーツィエがオクタヴィアの呪いに抗い、王子を想い続けた結果が招いたことだった。

ルーツィエの身体がどくんと脈打ち、血が煮えたぎる。

『ルーツィエ、わたくしを恨みなさい。憎んで憎んで憎んで身を焦がすの。貴女に味方する者は、すべてわたくしが殺してあげる』

＊＊＊

どうしてフランツは、オクタヴィアを愛してしまったのだろう。それなのに、どうしてわたしを抱くのだろう。

愛を囁きながら、別の者には妻と言う。側にいろと言うのだろう。何と罪深いことか。

疑問がひしめく中、ルーツィエが覚醒すると、身体を包むぬくもりを感じて目を瞠る。

薔薇の香りのお湯だった。ルーツィエは浴槽に全裸で浸かっている。背後にいる人が誰かは見ずともわかる。フランツだ。彼はルーツィエの短い髪を櫛で梳いていた。抜け穴を通ったせいで汚れた身体を清めてくれているのだろう。彼は先ほど、その汚れた身体を時間をかけて抱いたのだ。

目の奥がきゅうと痛んで、涙がやってくる。慌てて瞼を閉じてやりすごしているうちに、彼の手は、ルーツィエの背中を洗い、胸もお腹も清めていく。決して官能的でない、労わりに満ちた手つきだった。だからこそ思う。なぜこれほどまでに自分に優しくするのか。

彼にはオクタヴィアがいるのに。

彼の動きが頬にあたる風で伝わり、視線を感じた。彼に覗きこまれている。ルーツィエは、緊張しながら寝たふりを決めこんだ。

「ルル……」

そんな甘やかな声で呼びかけないでほしかった。応えたくなってしまうから。変に期待させたり、これ以上の勘違いをさせないでほしい。

浴槽からルーツィエを抱え上げた後、慎重に椅子に下ろして、丁寧に全身の水を拭ってくれた彼は、再び抱き上げて寝台のほうに移動する。自分が眠っていた間の彼の様子を知れた気がして、胸が熱くなってくる。

寝台に横たえられれば、彼の手が肌を撫でていく。香油を塗ってくれているのだ。クライネルト領内で生成された、淡くふわりと漂う薔薇の香りだ。全身くまなく、指のひとつひとつまで丁寧に塗りこめた後、続いて彼は、ルーツィエの爪を磨(みが)いた。彼がそんなことまでしていたことに、驚きを隠せない。まるで自分は彼の宝物になったようだった。

こんなふうに扱われて嫌いになれるはずがない。彼が大好きだ。どうして彼は、オクタヴィアのものなのだろう。

目を閉じているルーツィエに、彼はそっと頬ずりをした。そして唇にキスをする。両頬、瞼や額や鼻先にまで。それから下へと移動して、首筋に至る。つきんとかすかな痛みが走り、彼が肌を吸ったのだと気がついた。

彼は全身にキスを落としている。やがて両脚を左右に開かれて、驚いたルーツィエは内股にぐっと力をこめた。

「……ルル、起きた？」

ルーツィエは目を閉じたまま返事に困っていたけれど、容赦なく彼の唇に秘部を吸われ、びくんと背を反らした。

「君との子がほしい」

ぎょっとしたのも束の間、どうすればルーツィエが感じるのかを知り尽くしている彼は、唇と舌と指を用いて、たちまちルーツィエを絶頂に導いた。

「あ、……あっ」

ルーツィエがぷるぷると震えて達しているさなか、昂った彼の猛りの先が侵入する。

「い……や、嫌。あ。あ、フランツ……」

「受け入れて」

吐息を感じ、目を開ければ、間近で彼が見つめていた。

「僕たちの行為の意味を、君は知っているはずだ。心も身体もひとつになろう」

服を着たまま、普段と何ら変わらぬ様子で、彼はルーツィエを貫こうとしている。

彼は自身を浅く出し入れし、ルーツィエの秘めた芽をこすりあげて反応を窺った。

「あ、……う」

「ルル」

ぐっと押し進められ、自分の最奥と彼の先端が、ぴたりと合わさったのがわかった。

「僕を見ていて」

律動がはじまった。彼の瞳に、眉を寄せ困惑しながらもとろけた顔の自分が映る。ひと突きごとに、ルーツィエの中で彼の嵩が増していくようだった。

快感に胸がつんと上向けば、彼が見せつけるように先をねっとりと食べる。指でも包まれ、いじられる。熟していく過程を見せられた。

彼の白金の髪は乱れて頬に張りついている。こめかみから滴る汗が、ルーツィエの胸元に落ちる。形のよい薄い唇からは、熱い吐息が漏れていた。陶然とそれを見つめていると、彼に音を立ててキスされる。

冷えた水色の瞳にはいつしか炎がよぎり、情欲を纏い、ぎらついていた。彼はルーツィエしか見ていなかった。ルーツィエは、熱い視線にじりじりと焼かれた。

目で、身体で、手で、唇で、舌で、彼はルーツィエを隅々まで愛撫する。やがてルーツィエは、羞恥心を忘れてすべてを彼にさらけ出し、散らされることを望んでいた。

彼の行為を受けて、ルーツィエは否応なく気づかされたことがひとつある。彼は、得体の知れないところがあるけれど、ルーツィエを裏切っているけれど、それでもルーツィエを愛している。水色の瞳は物言わずとも、常にルーツィエに愛を告げている。記憶を失い、彼のことを忘れていたにもかかわらず、目覚めた時から、ずっとそれは変わらなかった。

彼の唇は、愛を口にしたことがなくても、くちづけで愛を訴える。手もそうだ。ルーツィエを宝物のように扱っている。彼の身体は隙間がないほど自分に寄り添い、そして、中に愛を吐き出したのだ。

「フランツ……あなた」

途中で言いよどむ。もしも否定されてしまったらルーツィエの息は止まってしまう。知りたい。けれど怖かった。

「ん、どうしたの？」

「……何でもない」

そっぽを向こうとすると、すぐにルーツィエの唇にむしゃぶりつくような激しいキスが施され、彼女の身体は歓喜にわななないた。

やはり、感じるのは彼の愛だ。それも、身を焦がすほどの深い愛。

勇気がなくて、面と向かって訊けないけれど、心で問いかける。

――フランツ、あなた、わたしを愛してくれているの？

まるでそれに答えるかのように、彼の唇が再び重なった。互いに舌を絡め合う。

ルーツィエは、我ながら単純だと思った。いまこの時、憂いは晴れて、胸の中は彼への愛で溢れているのだから。

――わたし、あなたを愛してる。

「ルル」

彼はルーツィエの手を取って、その甲におもむろにくちづけた。

「ずっと、死ぬまで側にいたい。いつも君を感じていたい。君がほしい」

「もう、とっくにあなたのものだわ」

「ルル……君が遠い。足りないんだ。このままつながっていていい？」

その目は懇願しているわけではない。ただ、同意のみを求めている。ルーツィエはこくんと頷いた。なぜならルーツィエは彼を愛しているからだ。

「わたしも足りない。あなたがほしいわ」

オクタヴィアよりも、自分を選んでほしくてさらに言う。

「この命を、あなたにあげるから、だから」

「ありがとう、もらうよ。でもね、僕の命はとっくに君のものだ」

フランツに後頭部を支えられ、唇を吸われる。

「僕は君がいるから生きている」

荒々しく己の衣服に手をかけた彼は、ルーツィエに挿入したまま脱ぎ捨てた。浮かんだ汗が灯りを反射し、しなやかな身体は光を纏う。なんて美しい人だろう。改めてそう思ったルーツィエは彼に見惚れた。ほどなく彼は、彼女の身体に覆い被さり、ひたりと肌を合わせて律動をはじめた。

唇同士でつながって、手を重ねて十指を絡ませ、身体の奥でもひとつになった。

フランツは、わずかにルーツィエから唇を離すと、熱に浮かされたように彼女の名前を何度も呼んだ。

7章

華奢な白い身体は、触れれば触れるほど艶を帯び、フランツの心を震わせる。彼女はいかに自分が可憐であり、かつ妖艶であるかを知らないだろう。行為をやめられないのは、彼女への積もり積もった愛によるものだが、瑞々しい肢体に甘く誘われ、欲望が堪えきれなくなるからでもあった。その彼を、彼女はまるで愛していると言っているかのように受け入れる。ゆえに彼女を欲し、彼は突き動かされるのだ。

ふたりの行為は、確かな愛だった。与えているつもりでも、それ以上のものを与えられ、応えたくてさらに与える。言葉ではなく、心と心で互いの深い愛を知る。どれほど疲れ果てていても、やめたいなんて気持ちはまったく起きず、激しく愛を交わし合う。

やがてまどろむルーツィエにくちづけながら彼は思う。彼女は、この身を焼き尽くすほどの狂おしい激情を知らない。

——君は綺麗な世界にいればいい。

フランツはこの少女がいるから生きている。

彼女がいなければ、とっくに生を諦めている。それはこの先も同じこと。彼女の命が潰えれば、同時に彼も終わりを迎える。

ルーツィエという名の少女は、出会ったころからいままでずっと彼の救いであり、命そのものだった。

＊＊＊

ヘルムートと呼ばれているフランツ＝アーベルは、世継ぎの王子として生を受けたが、決して幸せだったわけではない。大国の王と北方の国の王女が結婚した結果、彼が誕生したが、父は母が身ごもると、すぐに他の女のもとへ走った。母に愛を囁きながらも父は放蕩者だったのだ。フランツは物心ついたころから常に母の嘆きの中にいた。

不幸のはじまりは、母の生国が蛮族に攻め入られたことだった。その国は見る間に弱体化した。以来王妃は、父の愛人たちや自身の娘を王妃の座に据えたいという野望に満ちた者に命を狙われるようになる。当然、世継ぎであるフランツも彼らにとって邪魔者だった。

悪意に晒され続けた母の心労によるものか、はたまた毒を用いられたためなのか、フランツは生まれながらにして病弱だった。彼は自分と母を蔑ろにし、愛人にうつつをぬかす父王を憎み、どうせ身体の弱い自分は夭逝するから、国も未来もどうでもいいと考えていた。さらに、色白でひ弱な彼は、長くは生きないであろう次期国王として周囲から軽んじられていたこともあり、年を追うごとに卑屈で、人嫌いな少年になっていた。

愛人たちの中でも最たる毒婦がマクダレーナだ。当初、母付きの召し使いだったその女は母の味方のふりをして父王を誘惑し、愛人の座に収まった。ほどなく、国王の特別な愛妾として揺るぎない地位を獲得する。マクダレーナは母を超える権力を得たのだ。

病弱ではあったが聡明だったフランツは、召し使いだったこの女が笑顔の裏でしていたことを知っている。母の相談にのるふりをして、味方は自分しかいないと不安を煽り、周囲から孤立させていった。母を絶望の淵に突き落とすために、子である自分に死なない程度の毒を盛り、苦しむさまも見せつけた。

フランツが血を吐くのは日常だった。弱い骨は、誰かに突き飛ばされればすぐに折れた。毎日何らかの痛みに襲われ、安息を感じる日はなかった。世継ぎだというのに、父王は子に無関心であてにならない。父はひとりの男として、ただ女と楽しむ毎日を望んでいた。好戦的な王は戦は好んだが、政にはまったく興味を示さず一切合切を宰相に任せきりでいた。フランツは、そんな父を心から軽蔑していた。

王城はフランツにとって敵だらけだった。それでも王子である彼は傅かれる対象であり、多くの衛兵に守られた。だが、内部からの攻撃は、彼らも守りきれるものではない。命を救ってくれるはずの医者にまでハーブと偽られ毒を処方されたこともある。刺客をよこす者もいて、四六時中狙われた。生死をさまよった時もある。

そんな中、王妃と王弟がフランツに提案した。王弟の友でもあるクライネルト伯の城塞は堅牢で、外敵を寄せつけない。彼のもとで養生してはどうかと。しかし、当時十一歳のフランツは、母でさえ信用できずにいた。このころ王は愛妾マクダレーナに入れあげて、母のもとには一切訪れず、その寂しさに負けたのか、母は密かに王弟と通じていた。度々ふたりの夜の声を耳にした。その上、国は国王派と王弟派に割れつつあった時期である。王弟が王になれば、母は妃になるだろう。その時不要なのは他でもない、フランツだ。

彼の思いをよそに遠く離れた伯領への旅立ちの支度は着々と進められていた。フランツは、こう考えずにはいられなかった。〝母と王弟は、厄介払いで、自分をクライネルト伯のもとに送るのに違いない〟それほどこの身に受ける度重なる襲撃に、フランツは疑心暗鬼になっていた。母でさえ息子を不要としたのだ。この世のすべてが敵だと思った。

道中、与えられるものは一切何も口にせず、言葉を発することもなかった。わざとみすぼらしく偽装した馬車の中で揺られながら、彼は自身の矛盾を感じて笑う。

死んでもいいと思っているのに、毒をひどく警戒しているのはなぜだろう。しかもいま、こうして震えているのは刺客を恐れているからだ。

うつむいた彼は両手を見つめた。剣を握れないほどに痩せている。ただ死を待つだけのような細い手だ。毒で身体はぼろぼろで、走ることすらままならないいま一体何ができるのか。生きていてもろくなことがなく、この先好転するはずもないのに、それでも死にたくないのだろうかと、己に問うても答えは出ない。

クライネルト伯領の境には伯が自ら迎えに出ていた。勇壮で凛々しい彼に付き従う騎士数名が、金色の甲冑に赤いマントをはためかせているさまを見て、フランツは、彼らが噂に聞く戦の折に多くの勝利をもたらす騎士の一群なのだと思った。残りの者は質素な服を纏っていたが、すぐに中身はクライネルトの騎士なのだと気がついた。こちらを商隊だと誤解して襲ってきた山賊を、たやすく葬り去ったからだ。伯はどうやら、道中警護を放棄せず義務を果たすつもりでいるらしい。けれど、他人に期待や希望を見出せないフランツは、伯を信用しきれなかった。

辿り着いたクライネルト伯の城は、思った以上に壮大だった。およそ百年前にこの国に併合されるまではひとつの独立した国だったのだから当然と言えば当然だ。つまり、クライネルト伯領の者にとっては、支配者側の王子であるフランツは憎むべき敵なのである。

騎士たちに囲まれて、苦い思いを抱えるフランツが城塞内を歩いていると、ひょこひょこと何かが追いかけてくるのが目についた。

正体は小さな少女だった。水色のドレスにレースのベールを被り、綺麗な身なりをしているけれど、動きは女らしいとは言い難い。

不審に思って睨みつければ、少女にクライネルト伯の鋭い声が飛ぶ。どうやら彼女は伯のひとり娘のようだった。彼女の登場に、騎士たちの雰囲気もそれまでの厳しさから一転、和やかになっていく。彼らの視線の先には、つんとすました彼女がいた。

ルーツィエという名のその少女は、伯と同じブルネットの髪をしていて、勝気に眉を上げている。その下にある緑の瞳は、恐れを知らず、それでいて愛されることしか知らない希望に満ちた色をしていた。瞳はくるくると表情を変え、こちらを遠慮なく凝視している。

威嚇しているとも見て取れた。羨ましくて、憎らしい。彼女の第一印象はそれだった。

猫が驚いた時のように大きく目を開けた少女は、何を言うかと思えば奇妙なことを問うてくる。

『あの、薔薇はお好きですか？』

時間を空けてわけを聞けば、母の指示で貴賓室に飾る薔薇の棘は、すべて自分が取らねばならないのだと言う。それは王子であるフランツに怪我をさせないためらしい。『あなた、薔薇はいらないわよね？　触らない？』と念押しされて、正直ばかげていると思ったけれど、いつかこの膨れっ面の少女のために、手ずから棘を取ってやってもいいと考えた。

少女は顔も態度もどこか猫に似ていた。気まぐれに近づいてきたり、離れたり、従順かと思えば爪を立てる。そうかと思えば、次の瞬間笑っている。見ていて飽きない。

彼女は『ルーツィエ』や『姫さま』と呼ばれているが、特別な名を与えてやりたくなって、心の中で『ルル』と名づけたのは出会ったその日のことだった。

憎らしいのに手なずけたい。かわいがりたい。ずっと側にいてほしい。そんな不思議な感情を起こさせる少女を大切な存在と思うようになるのは早かった。

ある時、『昼寝の時間だ』と理由をつけて、嫌がるルーツィエを貴賓室へ無理やり連れて来たことがあった。『わたしは全然眠くないわ』という声を無視し、彼女を抱えて眠りについた。外に出たがる彼女に対して半分嫌がらせだったのに、その小さな身体から香る匂いに包まれていると、ここ数年熟睡できていないことが嘘のように、ぐっすり眠ることができた。目を覚ますと、腕の中の少女はまったく警戒せずに、すうすうと安らかな寝息を立てていた。この時、このあどけない娘を守りたいという思いが自然と湧いた。

フランツが悪夢を見た時には、決まってうなされているらしく、目覚めるやいなや、彼女は『わたしがいるから怖くないわ、安心して』『だいじょうぶ、守ってあげる』と囁き、頭を撫でてきたり、おかまいなしに抱きしめてくる。ちびのくせにと最初は腹が立ったが、同時に言い知れぬ感情がせり上がり、ついには彼女になら撫でられても抱きしめられてもいいとすべてを受け入れるようになった。

彼女は王子という身分を気にせず、噛みついてきたり、屈託のない笑顔を見せる。冗談だって言ってくる。そこに打算は何もない。素直に感情を表す娘は、王城で出会った者とは大きく違い、新鮮だった。

騎士にわかりやすいいたずらを仕掛けてじゃれついたり、父にわざと叱られようとして、失敗をやらかしては楽しそうに肩を竦める。従兄弟の少年といがみ合ったかと思えば、いつの間にか仲直りして笑い合っている。母に喧嘩を咎められても、うやむやにせず、きっぱりと原因を告げる。曲がったことが嫌いで、非を認めれば素直に謝り、非を認められなければいつまでも謝らない。自分なりの信念に基づく彼女を見ていると胸がすく。愛され慣れた少女は、のびのびとドーフライン城塞の中心にいた。

何よりも心を打たれたのは、彼女が出征する騎士や父に対して歌う歌声だ。古くからクライネルトで歌われているものらしいが、吟遊詩人の歌を王城で聴き慣れている彼ですら感動を覚えた。音程は時々外すしうまくはない。けれど、確かに感情を揺さぶられるもので、ずっと聴いていたくなる。

クライネルトを警戒し、伯に命を狙われるだろうと、彼のひとり娘を人質の意をこめ毒見役に仕立てたけれど、快く受け入れた伯と、しぶしぶだが真面目に毒見をこなす彼女に対して後悔したのはすぐのことだった。それでもしばらくは彼女に毒見役をさせていた。ザワークラウトが嫌いで露骨に顔をしかめる彼女のかわいさに、わざとたくさん食べさせたりもした。結局、彼女を独り占めしたかったのだ。

毎晩彼はルーツィエを抱えて眠り、側に置く。日中も、椅子に腰掛けて本を読む彼の側には彼女がいた。彼女はフランツの足元に座り、母親から課題に渡された刺繍と格闘したり、騎士に作ってもらったパズルに興じた。とはいえ彼女はかなり不器用で、見かねて「貸せ」と横からひったくり代わりに仕上げた。尊敬の眼差しで「あなたってすごいわ」と褒められるのは気分が良く、本をなおざりにしてまで、率先して彼女の作業を手伝った。

彼女に対しての想いを自覚したのはルーツィエに婚約者がいると知った時だった。レオ——レオナルトという名の健康的な少年だ。伯の亡き弟の息子である彼に、一度問うてみたことがある。

『おまえはルーツィエと結婚するのか』

レオナルトはすかさず認めて頷いた。

『ええ、しますよ。皆は伯がおれとルーツィエの結婚を決めたと思っているんですけど違います。おれね、昔からあいつが好きなんですよ。やることなすことばかみたいに生意気で、だけど憎めなくてかわいいでしょう？　放っておけなくて。だから結婚したいって伯と伯夫人に頭を下げたら、伯がいいと認めてくれたんです。娘は娘を好きでいてくれる相手を伴侶にしたほうが幸せになれるって。だからおれは、将来あいつを妻にするんです』

無性に腹が立ち、『おまえにルーツィエは合わない』と睨みつけたが、レオナルトは王子を相手に恐れることなく不敵に続けた。

『知っていますよ。王子もあいつが好きなんでしょう？　でもね、負けませんよ。おれはあいつを誰にも渡す気はないんです。あいつを幸せにしてやれるのは、おれだけだって自信があります。第一、あなたは伯の跡を継げませんよね。この国を背負う立場ですから。当然あいつも王妃って器じゃない。がさつですからね。あいつはおれに任せてください』

フランツとて、ルーツィエはレオナルトのほうが合うし、彼といたほうが幸せになれるとわかっている。何よりレオナルトは毒に侵されていない健康体だ。走ることもできるし、剣も振るえる。だが、負けたくないと強く思った。以降フランツは、真摯な瞳のこの少年を好敵手として扱うことになる。

それからというもの、フランツは頑なにルーツィエとレオナルトが会わないように彼女を貴賓室に閉じこめ続けていたけれど、彼女が騎士の誓いを立ててくれた時から、その考え方が変化した。自分のどうせ死ぬといった卑屈な思いを、彼女は真っ向から受け止め、守ると宣言したからだ。守られるよりも守りたい。彼女とずっと生きていきたい。そう思ったフランツは、彼女といるために自身を根底から変えることにした。

毒を克服し、心も身体も強い男になってみせる。

彼の中心はもはやルーツィエだったのだ。彼女は彼の命だ。

フランツは愛の言葉を信じない。父である王が軽々しく愛を口にしていたからだ。

母に会えば、必ず父は母に言った。『エルデ＝マリア、愛している』

愛人を前にすれば、当然愛人にも告げた。『おまえだけを愛している』

世間知らずだった母は、過去の優しい父の面影を追い求め、ひどい仕打ちを受けてもなお、父を愛し続けていた。そんな母に、父は愛を白々しくも囁いた。愛に捕らわれ雁字搦めになる母と、いたずらに母を捕らえ続けた父と。そのさまを目の当たりにしていたフランツは、愛の言葉の無意味さにせせら笑う。

『愛している』の言葉は邪悪だ。人を捉えて離さない。簡単に陥れる。

よって彼は、ルーツィエに愛を囁くつもりはなかった。言葉ではなく、態度で示す。彼女への想いの形を、軽々しく愛と呼びたくはなかった。

朝と晩、毎日彼女とくちづけを交わし、抱きしめて眠りについた。伝わるぬくもりが大切で、彼女の隣に寄り添っているのは当然だった。彼女のことが好きだから、行動で彼女に伝える。いままでも、これからも。神を信じているわけではなかったが、彼女と過ごす日々は、生きていてはじめて神に生を感謝したくなるほどだった。

フランツが王城に戻ることが決まれば、ルーツィエは寂しがってくれたが、彼は逆に希望を見出した。すでに彼女を妻に迎えようと決めていたし、そのためにやるべきことが数多くあるからだ。まだ十一歳の彼女の成長を見守りながら、すべてをこなしてみせると未来に目を向けていた。

フランツは、自身が妻に迎えると宣言すれば、伯に許しを乞わずとも、大抵叶うのだと知っていた。諸侯は王族には抗えない。その言葉は法となる。ルーツィエに婚約者がいようと大した問題ではなかった。あとは力を蓄え、王をしのぐ発言力をつけるだけだ。

彼はルーツィエを手に入れるためには、悪魔にでもなると決めていた。それほど、彼にとって彼女は大事な存在だった。

フランツが王城に帰り着いたのは十三歳の時だった。彼はこの時はじめて、母の身の上に起きていたことを聞かされた。彼が見た時、母はすでに昏睡状態で、わけを話してくれたのは、母付きの召し使いたちだった。

母は元召し使いであるマクダレーナの毒牙にかかっていたらしい。マクダレーナはまず母の夫である王の愛妾に収まった。それだけでなく、母に息子であるフランツに毒を仕込むところや刺客を送りつけるところを見せては、自身をひどく憎ませた。母が王に訴えても、あろうことか父は「愛妾を陥れようなどと、正妻が無様なまねをするな」と不機嫌にはね退けただけだった。母の憎しみがますます募る中、事態はさらに悪化する。母の乳母と実弟が相次いで亡くなったのだ。これらの死はマクダレーナが仕組んだものだった。すべてが母の目前で行われたそうだ。息子はクライネルト伯に託していたため事なきを得たが、乳母と実弟はどうにもならず、母は何もできずに見ているしかない状態だったらしい。憎しみの中にあった母は、ある日突然、白金の艶やかな髪を顎の位置までばっさり失い、左の小指に赤い茨の指輪をはめて昏睡した。召し使いたちが言うには、この奇怪な状態はマクダレーナの仕業だとしか思えないとのことだった。現状は昏睡からすでに半年以上は経過しているらしい。その上、母は父に不治の病だとされて、倒れて早々、うらぶれた離宮に移された。

当時、父は息子宛ての手紙では、母の状態には一切触れていなかった。フランツは、母を蔑ろにした父とマクダレーナに憎悪を募らせた。

それからというもの、フランツは母を救うべく奔走した。母と愛を交わした王弟は、半年ほど前に落馬事故で亡くなっていたため、ひとりで遂行するしかない状態だった。もっとも、人を信用しないフランツにとっては、ひとりのほうが都合がよかった。

黙々と文献を読み漁り、呪いのことを調べるうちに、魔女の存在に行き着いた。各地に人を送って土着の話を詳しく調べさせ、結果を待つ間に王の側からマクダレーナの排除を試みた。

まずフランツは、父に各地から集めた美女を次々送りつけ、さらに魔女に関する文献を紐解き、しらみ潰しにあたらせた。父の心変わりを待ちながら、その間、野心のない従順な王子を演じ、裏では力を蓄えるために動いた。

　まだ幼く力がないフランツは、密かに王城深くの地下牢を訪れ、処刑直近の凶悪な罪人と交渉した。とりわけ目をつけたのがテオバルトという男だ。彼は生きたまま皮を剝ぐといった残虐な拷問を好み、女性を犯しながら殺すのが趣味といったおぞましい男だが、頭の回転は速く、かつては敵将でもあり力は確かだ。彼はフランツが出した条件を快くのみ、それからというもの、このテオバルトがフランツの影となり暗躍することになる。フランツは彼に指示して意見を取り入れつつ有能な罪人を拾い上げていった。

　フランツにとっては、王城に住まう者も罪人も等しい存在だった。敵が彼らの手にかかり、どうなろうが知ったことではない。また、使えない罪人は葬り去ればいいだけの話。目的が達成できればよしとした。良心や罪悪感といった感情などは存在しない。命を狙われれば狙い返して奪い取る。日常が戦いの日々だった。安楽など遠い世界だ。

　殺伐とした日々を癒やしてくれたのは、赤いドレスを纏うルーツィエの肖像画だった。本物よりも多少目はつぶらだが、完成度が高く満足できる仕上がりだ。彼は暇さえあれば、絵を眺めて彼女のことを考えた。笑顔の絶えないドーフライン城塞での日々はフランツにとって幸せの象徴だった。

　フランツが暗躍してからひと月後、父はまんまとヨーゼフィーネという名の女に心変わりして、マクダレーナは寵愛を失った。王に見放された女は地位や発言力が失われる。マクダレーナが追放されるのは早かった。思いがけず、マクダレーナは王にすがりついたが、父はこれを足蹴にした。父は憎いが、この時ばかりは喝采を送りたくなった。

あの女は最後にこう言った。

『わたくし、貴方を愛しているの。本当よ、ルートヴィヒ。わたくし、貴方を愛したわ』

フランツは、陰で聞きながら無様なものだとせせら笑った。すでに父は新たな愛人、ヨーゼフィーネに、うんざりするほど愛の言葉を告げていたのだから。

——何が愛だ。軽々しい。


しばらくフランツは、水面下で動くことになる。彼は王城にルーツィエを迎えるにあたり、すべての敵の排除をはじめた。敵は必ずルーツィエにも狙いを定めるに決まっていたからだ。マクダレーナを殺すべく刺客を放つのも忘れない。敵の駆除は順調だった。しかし、マクダレーナに送った刺客は返り討ちにされ、後日死体となって発見された。

それからほどなくのことだった。離宮から火急の知らせが届く。

母、エルデ＝マリアが灰になったのだ。

耳を疑った。燃えてもいないのに人が灰になるなど、奇怪以外の何物でもない。だがフランツは、身を忙しさの中に置くことで悲しみを忘れようと努めた。母の死を嘆く時間よりも、灰の謎を調べるよりも、近くの未来と復讐を優先させるべきだと考えた結果、すべてが整った後で、思う存分母の死を悲しめばいいと自身を納得させたのだ。

彼はルーツィエと手紙のやりとりを欠かさず行い、マクダレーナの探索も怠らなかった。

やがて十四歳になった彼は、王に命じられるがまま戦に赴いた。日々鍛錬を怠っていなかったとはいえ彼は軍人ではない。よって、王に指示されたのは安全な場所での傍観だ。しかしフランツは前線にテオバルトをはじめとする直属の罪人兵を送り、巧みに指示をして彼らの力を引き出し、見事戦果を上げさせた。そうやって、軍部での発言力を高めていった。それからは、自ら出征を繰り返して己の味方を増やし続け、じわじわと国内での力を強めていく。自身の力を誇示するには戦いはうってつけだった。すべては父より力を得、目的を完遂させるためだった。

そんな折、フランツはルーツィエの母ディートリンデの死の知らせを聞いて、急いでルーツィエのもとに駆けつけた。戦争のさなかだったため、たった二時間しか寄り添えなかったが、彼女と約一年ぶりに再会することができた。

『忘れないで、君には僕がいる』と抱きしめて伝えれば、憔悴しきった彼女は小さく頷いた。この時彼は、十五歳になった彼女を必ず妻に迎えると、決意を新たにした。

ルーツィエと結婚するため、日々権謀術数をめぐらせ、そちらのことにかかりっきりになっていた彼は、彼女との手紙が途絶えた折に、対応が後手に回ってしまうことになる。

フランツが、ルーツィエと連絡が取れなくなったとはっきり認識したのは、出征して約二か月後のことだった。当初は激しさを増す戦場では鳩も自分に近づけまいと思いこんでいたけれど、その後、伝書鳩を調べて、彼女に手紙が渡っていないと気がついた。何度鳩を放っても、手紙は虚しく戻ってきてしまう。

そこでフランツは、母の召し使いだったイルゼをドーフライン城塞に送り出し、ルーツィエの様子を逐一知らせる命を与えた。彼は、母の召し使いは優秀で、どこでも重用されると知っていた。

イルゼによれば、ルーツィエは伯により厳重に守られているとのことだった。それはフランツにとっても都合が良かった。己の地固めに専念できるからだ。

そして、一年近く過ぎたころ、肝心のイルゼからの連絡がぷつりと途絶え、不審に思った彼は、自身の配下を数名使者として送りこんだ。だが、門前払いを食らわされ、そこで再び母の召し使いだったバルバラを送り出すことにした。

のちの彼は、不審を感じた時点で自ら出向けば良かったと何度も後悔するはめになる。なぜなら長い時を経てようやくバルバラからもたらされたのは、呪いによるルーツィエの昏睡と、伯の裏切り、イルゼの死、それからオクタヴィアと名を変えた、あのマクダレーナ発見の知らせだったからである。

伯を信頼しきって油断したのが仇となったのだ。ドーフラインは魔女マクダレーナにとうの昔に落とされていた。

フランツは悔やんでも悔やみきれずに、こぶしを壁に打ちつけた。父の寵愛を失った時点でマクダレーナを殺しておけば、ドーフライン城塞に魔の手は及ばなかっただろう。だが、それは後の祭りだ。

気は狂おしいほどに急いたが、いまこそ冷静を保たなくてはろくな結果にならないし、考えなしにルーツィエのもとに行っても、現状では何もできないことは明らかだった。彼は母譲りの氷の瞳に暗い影を宿し、静かに先の策を練（ね）った。

ドーフライン城塞は二年の滞在だったが、彼にとってその二年は特別な日々だった。ルーツィエに出会った場所であり、生まれてはじめて穏やかでいられた城だ。凝り固まった意識を変えて、育ててくれた地だ。

思えば戦争中、クライネルトの騎士たちと出くわすことも多々あった。しかし彼らは誰ひとり伯領の有り様を漏らさなかった。フランツは口惜しく感じられたが、同時に彼らを理解した。国王側に伯領の惨状を知られてしまえば、伯領の自治は潰えて国に支配されてしまうからだ。王は豊かな伯領を隙あらば狙っていた。彼らには、当然王子は国側の人間に映っただろう。

ルーツィエとの隔たりを感じた彼は、ことさら父がわずらわしくなった。

その夜、国王が急死した。フランツがあらかじめ狙っていたことだった。

所詮王子は王の私物でしかないため、いかに抗おうとも、自身が王にならねばルーツィエを娶（めと）れない。以前魔女マクダレーナに盛られた毒を、この日のために隠していた。

フランツは、実質王位を継ぐことになったが、宰相には父の死を秘密にさせ、国の現状維持を命じた。元々宰相が父に代わり政を執っていたため、しばらく任せても問題ないと判断したのだ。そして、彼は母の事例をもとに魔女の解明を急がせた。

やがて、過去二年の間、総力を挙げて探らせてきた結果がようやく実を結ぶことになる。行き着いたのは、クライネルト伯領の鉱山付近に存在する、『エルケ』という名の閉ざされた村だった。


エルケは古(いにしえ)から魔女が寄り添い住まう地であるらしい。原生林が生い茂る苔むす森の中にあり、高木に囲まれているため日中でも仄暗い。角度によって帯状に光が降るのみだ。

村の女は研究を重ねて薬を作り、男は気まぐれに町に降りて薬を売る。粗野に木を重ねた原始を思わせる家が建ち、人は慎ましやかに暮らしを営んでいる。エルケは太古から時が止まったような、よそ者を一切寄せつけない村だった。

その村に、フランツは単身でやってきた。

彼は招かれざる客であり、住人に無視を決めこまれた。が、それに怯んで逃げ去る彼ではない。自身が王族であること、戴冠(たいかん)はまだだが王になること、代表者に会わせてほしい旨を告げ、証を提示すれば、皆の顔つきが変わった。やがて村の最奥部にある洞窟に案内されて、その岩に腰掛けた小柄な老婆のもとに連れられた。

老婆の周りは松明(たいまつ)で照らされ、辺りには、苔や羊歯(しだ)やきのこが見えた。飾り気が無く質素な有り様だが、醸し出す雰囲気は厳かで、まるで一国の王者のようだった。

「歓迎してはおらぬ。だが、お前はここにひとりで来た。我も応えねばなるまいよ」

老婆はビルギットと名乗った。フランツは、静かに老婆の目を見つめた。

髪は白く、顔はしわに覆われているが、宝石のように輝く瞳は鮮やかな緑色だった。ルーツィエと同じ色をしている。神秘的な色合いだ。

フランツは彼女のことを思った。もう、三年近く会えていない。何よりも大切な人なのに、なぜ魔女の手にかかる前に会いに行かなかったのだと後悔ばかりが湧いてくる。

「お前は美しい目をしている。冬のような色だ。して、なぜ我をそのような目で見る」

首を傾げる老婆に、フランツは静かに睫毛を伏せた。

「あなたが私の想い人と同じ目をしているからですよ、ビルギット」

老婆は「これは異な事」と肩を揺らして、ひひひと笑った。

「フランツと言ったね。我らは違う理にいる。よって王族だとしても敬意は払わぬ。だが問いには答えよう。何なりと聞くがよい」

彼は、老婆に前方にある岩を指差され、「座れ」と命じられて従った。

「あなたには聞きたいことがたくさんあります。構いませんか」

「構わぬ」との答えに、フランツは順を追って説明しつつ問うことにした。まずは母の経緯を話す。すると、老婆の顔色が変わった。腕を組んだ老婆は苦しげにうめいた。

「お前の母は若返りの呪いをかけられたね。だがおかしい。この術を知るのはエルケの魔女だけだ。それも固く禁じられた呪術だが……」

老婆が言うには、若返りの呪いは名前のとおり魔女が若返るためのものらしい。生け贄が若ければ若いほど、そして美しければ美しいほど効果を発揮する。

魔女はまず生け贄に、自身のことを強く思わせる。思いの形は問われないが、ひたむきに思われなければならないとのことだった。そして、その生け贄に対して深く想いを寄せる者が揃えば術はできあがる。つまり、魔女、生け贄、生け贄を強く想う者が必要とのことだった。

具体的な術のやり方は、生け贄の髪を切り取り、供物とともに祭壇に捧げ、その捧げた髪に生け贄を深く想う者の生き血を染みこませる。すると、生け贄の小指に赤い茨が出現し、魔女はその茨を介して血を吸い続けることができるのだ。吸い尽くされて抜け殻になった生け贄は、最後は灰と化して消え失せる。そして若返りの呪いは成就する。

即座にフランツは、母の切られた髪にかけられた生き血が誰のものか思い至った。母と睦まじかった王弟が同時期に落馬事故で亡くなっているからだ。魔女マクダレーナは大胆不敵にも王弟を手にかけたのだろう。あるいは王が協力したのかもしれない。当時、王弟は父の政敵だったのだから。

考えをめぐらせていると、老婆はフランツに歳を問うてきた。彼が「十七です」と答えれば、老婆は「はて」と首をひねった。

「息子がその歳ではな。お前の母はどれだけ若くとも二十代後半だろう。儀式に効果があるとは思えぬ。若返りの術は、魔女にも多大な負荷がかかるのでな。つまり、魔女は身ごもっておらねば術はできぬ。おぞましくも我が腹子を供物としてはじめるのだ。よって生け贄は慎重に選ぶものだ。……お前の母による若返りは一年未満。見合わぬな」

「母だけではありません。それは私の妻になる人が若返りの呪いにかけられています」

「それは気の毒に。若いおまえの相手だ。同じくずいぶん若いであろう」

「はい。エルケはクライネルト伯領にありますが、あなたは領主を知っていますか」

「無論知っておる。当人に会ったことはないが……なぜそのようなことを問う」

「昏睡しているのは、伯の娘だからです」

老婆は岩からすっくと立ち上がり、「何だって！」と目を剝いた。がたがたと震え出し、両手で顔を閉ざしてしまう。

「伯の娘とは……まことか」

フランツは頷きで肯定した。すると老婆は腹の底から息をついた。

老婆が言うにはルーツィエは彼女のひ孫であるらしい。老婆の娘ゲルトルーデはある日森に迷いこんだ貴族と恋に落ちた。娘は男とともに村を去り、ディートリンデを授かる。成長したディートリンデはクライネルト伯の妻になり、そしてルーツィエが生まれたというのだ。

「あなたはルーツィエの曽祖母なのですね」

「そうだ。お前は我がひ孫を妻に娶ろうというのだな。……偶然とは誠に恐ろしいの」

「……ビルギット、私に力添えをいただけませんか」

「もとよりだ。だが、エルケの魔女は村より出られぬ。よって、我はこの地で尽くそう」

フランツを一瞥し、老婆は両手を固く組む。

「そのいまいましい魔女はマクダレーナといったか。その名は知らぬ。しかし、合点がいった。女はルーツィエがエルケの血を引くことを知っているのだろう。ディートリンデもルーツィエも、エルケのことは知らぬというのに」

どういうことだと問えば、若返りの呪いは悪魔崇拝の黒ミサの一種であり、三十三度重ねたのちにエルケの魔女の血を捧げれば、不老を得るとのことだった。フランツの母の呪いによる死は、魔女マクダレーナの不老のための過程で必要だったのだろう。

「呪いを解く方法は」

老婆は顔のしわをさらに深くした。

「魔女のこしらえた祭壇を探し、ルーツィエの髪を取り戻すのだ。だが、それだけではいけない。ルーツィエは死ぬ。そうならぬよう、ひとまずあの子を起こすのだ。普通はできぬことだが、あの子は自覚はなくても魔女だ。結びが弱まれば目覚めるだろう」

「結びを弱めるにはどうすればよいのですか」

フランツが身を乗り出せば、老婆が彼の額に指をのせた。おいそれと他人に触れられたくない彼はかすかに眉を上げたが、ルーツィエのため、と耐えた。それを老婆は見抜いたようで、にやりと笑みを浮かべる。

「青年。たやすくはないが、幸いお前は美しい。若返りなぞを図る魔女は美を求める色狂いと相場が決まっておるからの。先ほどの話を思い出せ。魔女はルーツィエに己のことを強く思わせ、互いの結びを深くした。人間の感情の中で強いものといえば愛と憎悪だ。魔女は己を憎ませたのだ。お前の母と同じようにな。仕返してやればよい」

老婆は白い睫毛を伏せた。

「お前が魔女のもとに出向き、その邪悪な者に己を強く思わせろ。人を陥れる魔女に憎しみなど効かぬ。残りは愛だ。魔女を誘惑し、お前を深く愛させろ」

「私にはルーツィエがいます」

「耐えろ。色狂いが相手だ、おそらく抱かねばならぬだろう。魔女がお前を愛すようになれば、結びは綻び、呪いは弱まる。あの子は目覚めるだろう。しかし、時間は残されぬ。長くともひと月ほどで再び眠りにつく。二度目はないぞ。やり直しはきかぬと心得よ。その前に祭壇ごとあの子の髪を燃やすのだ」

フランツは白金の髪をぐしゃりと掻きむしった。

「抱く？　まさか。抱くのは耐え難い」

「王とは古来より好色と相場が決まっておる。簡単であろう」

彼が老婆に鋭い視線を向ければ、老婆は肩を竦めた。

「お前は潔癖だな」

「いっそ魔女を殺せばいいのでは」

「悪手だ。魔女が死ねば、茨は無くなりルーツィエは灰だ。あれは生かさねばならぬ」

顎をしゃくった老婆はフランツについて来いと命じ、ゆっくりと場所を移動した。どうやら湧き水が出ている小さな池に向かうようだった。

「手順を教える。まず、お前は魔女に己を愛させる。お前を通して結びの綻びを感ずれば、我はただちに祈禱し、ルーツィエの眠りを引き伸ばす。その間にお前は祭壇を探し出し、あの子の髪を手に入れるのだ。それからルーツィエを目覚めさせればよい。だが、眠りを伸ばすのは二年がせいぜいだろう。猶予は二年。忘れるな」

「二年もあれば十分です」

「あなどるな。魔女は祭壇を命と同等に捉える。あれには深い意味があるのだ」

老婆は池のほとりにある鐘を木の棒で打ち鳴らすと、ゆっくりと目を閉じた。

「だが……若返りを三十三度も繰り返すなど、よほど歳を経た者だ。死者の声にて、敵を探らねばなるまいな。死者を冒瀆するのは好まぬが……」

言いながら、老婆が小刻みに震えるしわのある手を池にかざせば、表面に水泡がぽこぽこと浮かんだ。何かを呟く老婆が、己の親指の爪を嚙み剝がし、ぺっと血まじりの唾とともに落とすと、池に波紋が現れた。ゆらゆらと墨が広がるように、水面が黒ずんだ。

そのさまを見下ろしている老婆は、思いついたようにフランツに言った。

「若返りの呪いは記憶を吸い取るものだ。よって、ルーツィエから記憶が失われているだろう。お前のことも覚えておらぬ。だが焦るな。あの子はじきに取り戻す。それよりもだ。

決してルーツィエに我とこの地を伝えるな。あの子はエルケと関わりを持ってはならぬ。エルケは朽ちて、人知れず消えゆく存在なのだ」

　フランツの同意を確認したのち、老婆は開いている手をぎゅうっと閉じた。すると、池の表面の黒ずみは、ぬっと盛り上がり、小さな塊と化した。その塊は人の顔のように目と鼻と口を持っていた。もの寂しそうな、口惜しそうな顔だとフランツは思った。

　老婆はしばらくその塊を凝視し、ふうとため息をついた。

「我が孫ディートリンデは亡くなっているようだ。我より先に儚くなるとはな。不幸な」

「その塊は伯夫人ですか？」

「いや、クライネルト伯だ。いたくディートリンデの死を嘆いておる。あわれな……ルーツィエのことも気にかけておるわ。この男の愛は深いな。我が孫もひ孫も幸せ者だ。あの子らは、良き伴侶を、良き父を得たのだな。伯には感謝せねばなるまい」

　フランツは意外な言葉に眉をひそめる。

「そのはずはありません。部下によれば、伯は魔女マクダレーナの側にいるようです」

「何？　――調べるか」

　老婆はひとりごつと、自身の髪を無造作に引きちぎり、ぱらぱらと水面に落とした。また、何かをぶつぶつと呟く。

「ほう、見えてきた。……これは。マクダレーナとやらは悪しき輩だな。伯の死骸を儀式により意のままに動かしておる。多くの命を使ったな。ドーフライン城塞では、さぞ数多くの者が殺されたであろう。伯の記憶は女に杯を渡され、飲んだところで途絶えておるわ。二年近く前か……毒殺だ。それ以前の記憶は、伯の馬の前に女が飛び出し……」

老婆は言葉の途中でかっと目を瞠った。

「この女はオクタヴィアだ！」

フランツはさほど驚きもなく頷いた。

「はい。部下からは、マクダレーナはオクタヴィアと名を変えていると聞いています」

「違う。元がオクタヴィアなのだ」

老婆は苦虫を嚙み潰したような顔をして、ぎりぎりと歯を嚙みしめた。

「オクタヴィアはエルケの魔女だ。我が娘ゲルトルーデの夫を愛していたが己が選ばれぬと知り逆恨みした女。この女、ディートリンデを産んですぐのゲルトルーデを殺しおったわ。いまいましい……葬ったと思っていたあやつが生きているとはな。間違いなくひ孫、ルーツィエにも恨みを抱いておる。見た所、あの子は髪は黒いが、ゲルトルーデに生き写しだ」

細い足で地を踏みしめると、老婆は腹の底から声を出した。

「許せぬ。オクタヴィアが相手なら話は別だ。禁など知るか」

フランツは、纏うマントを彼女に握りしめられた。

「お前、オクタヴィアは強敵ぞ。ルーツィエが戻らぬことも想定しておけ。抱いておらぬのなら抱くがいい。愛を交わすなら存分に交わしておけ。あの子とは、目覚めとともに最後の逢瀬になるやもしれぬ。ゆめゆめそのことを忘れず、心残りはないようにしろ」

青ざめたフランツは、茫然自失になりつつ、小さな老婆を見下ろした。震わせるつもりはなくても、身体が震える。

「……それは、ルーツィエが死ぬということですか」

口にした瞬間、心が悲鳴をあげた。膝が折れそうになり、足に力を入れる。

「死なせるつもりはないが」

老女は彼を仰いでいたが、池の黒い塊に目を向けた。

「オクタヴィアをただの魔女と思うな。あの女はゲルトルーデを殺した際、その血肉を食らって力を増したのだ。緑の目は血を得て黒と化しているだろう。何よりの証だ」

確かにマクダレーナの瞳は闇を体現しているかのような黒だった。

ルーツィエを想い、愕然としているフランツに、老婆は鋭く声を飛ばした。

「あの子の死を思うのは失ってからにしろ。あの子はいま生きておる。我とエルケを利用し、策を練り、お前は戦え」

それでもフランツは、しばらくその場を動けなかった。ルーツィエは、彼のすべてだ。

――ルル、君を失えば生きていけない。


その数日後、フランツは厳冬を思わせる面差しでドーフライン城塞を見上げた。隣には彼の影として暗躍する元罪人テオバルトが控え、配下の者約三十名、そして、豪奢に飾った輿に乗るエルケの老婆ビルギット、輿を持つのはエルケの住人四名だ。召し使いに扮したエルケの魔女たちは皆、目深に帽子を被り、緑の瞳を隠している。

フランツの知るドーフライン城塞は、商隊が行き交い、騎士の訓練する声が響き渡る活気に溢れた城だった。だが、現在は分厚い雲が垂れこめる空の下、ひっそり佇み、禍々しささえ感じられる。跳ね橋は上げられて、重苦しい落とし扉が道を閉ざしている陰気な城と化していた。

「エーベルスト侯」

フランツは顎をゆっくり持ち上げた。白金の髪から覗く水色の瞳を細めて微笑む。公には知られていないが、彼は生まれながらに母の生国のエーベルスト侯の位を継いでいた。

ドーフラインの騎士が言う。

「開門いたしますのでお入りください。主が大ホールにて待っております」

彼は跳ね橋が下ろされ、落とし扉が軋みながら上がるさまを虚ろに眺めた。四年前に城から去る際、ルーツィエの歌声の中で固く決意したことを思い出す。こんな形でこの城を訪れるとは思ってもみなかった。

懐かしい城だった。離れて過ごしていても、いかなる時も意識はドーフラインに向いていた。彼女がいる城だからだ。

「騎士どの、先に私の曽祖母を休ませたい。見たとおり老齢でね。いいだろうか」

フランツが老婆を一瞥すると、頷きが返された。

「はい、ご案内します」

騎士に導かれるまま足を進めていると、四方を幕壁に囲まれた前衛塔(バービカン)が見えてきた。フランツは、元気に駆けていた幼いルーツィエを思い出す。

よく見れば、壁にはいまだに落書きが残されていた。ルーツィエとフランツが肩を並べて馬を描いたのだ。自分の馬は面白味もないただの馬だが、ルーツィエのそれは、どこから見ても犬にしか見えず、彼は唇の端を持ち上げた。

——あれから君は、絵は上達したのかな。

ドーフラインはルーツィエとの思い出に満ちていた。ポニーに乗って中庭に向かう彼女の横顔。騎士のように鼻先を上げてすましていた。本を読み聞かせてあげた大きな木。剣の練習に付き合った広場が見えて、その隣には彼女と牛の乳搾りを競った牛舎がある。山羊のチーズをつまみ食いして笑い合い、王子であるにもかかわらず、召し使いに叱られた。

「エーベルスト侯には自由に振る舞っていただきたいと主は仰せです」

顔を引き締めたフランツは、「そうさせてもらう」とすげなく答え、大股で先を行く。

彼の身の上の設定はこうだった。齢(よわい)二十三になるエーベルスト侯は、王妃の甥にあたる者。この国の王に招かれ王城に滞在していたが、彼の曽祖母の関節痛が悪化した。そこで質の良い温泉があるクライネルト伯領に移動して、しばらく養生してはどうかと王に提案された。

父王の死はいまだに世に知られていない。フランツが王に成り代わり、書状をしたため判を押し、ドーフラインに送らせた。王命は絶対だ。たとえオクタヴィアが支配していようが拒めない。

輿に揺られる老婆ビルギットが、フランツにしか聞こえぬように言った。

「この地では美の儀式が行われておるな。……おぞましきことよ」

「それはどういう儀式です？」

その説明は、老婆の輿を持つエルケの魔女が声をひそめて行った。

美の儀式とは、まず魔女が己の美を保つために若い娘の首を切り、生き血をすする。そして男の精を求めて行為に耽る。さらに多数の男と女を儀式の名の下に交わらせ、できた赤子を取り上げ、生け贄に使用する。妊婦の腹ごと引き裂いて、供物にすることもある。

思えば過去、マクダレーナは愛妾でありながら、王以外の男とも交わっていたふしがある。その上、当時王城付近の町では多数の不明者が出ており、騒がれていたのだ。

「エルケの魔女が村から出るのを禁じられているのは、広めてはならない儀式の方法を知っているからなのです。オクタヴィアのように悪魔になりうる。不老不死をもなすことが可能です。我らは古より人と違う理に生きているのです。ですが、ビルギットさまはディートリンデさまやルーツィエさまを取り戻そうとはしませんでした。エルケの若き魔女も皆、儀式や術を知りません。ビルギットさまは、エルケは数々の術とともに歴史から消えるべきだとお考えなのです」

フランツは、この発言をしたエルケの魔女を冷ややかに流し見た。

「あなたはそう思ってはいないようだ」

「ええ。禊を行えばルーツィエさまはエルケに戻れます。ビルギットさまは古の血を濃く受け継ぐ長。失われていいものとは思いません。エルケの魔女は元来、豊穣、そして災いを退ける儀式を行う者たちなのです。ルーツィエさまには長を継いでいただきたい」

「断る」

にべもなく答えたフランツに、輿の中の老婆は「くくく」と笑った。

「やめよベアタ。フランツが正しいわ。この青年を介して見た我がひ孫は、少々お転婆が過ぎる。我らには扱えぬぞ。『騎士になりたい』などと抜かしておったわ。異な事」

フランツはぎろりと老婆を睨んだ。

「勝手に私の記憶を覗くのはやめてください」

老婆は斜め上を見て、唇を尖らせた。過去にルーツィエがよく行っていた仕草だ。

「それはできぬ。お前の記憶にはオクタヴィアがいるからの。綻びを探すは我の務めだ」

やがて騎士に案内されたのは、奇しくもルーツィエと過ごした貴賓室のある城塔だった。クライネルト伯の名の下に、ふたつの大きな塔での滞在を許可された。

休む間もなくフランツはテオバルトや数名の部下とともに、ドーフラインの騎士曰く〝主〟の前に通された。案の定、金細工が彩る椅子に艶めかしく座るのは、憎き魔女マクダレーナ、すなわちオクタヴィアだった。

フランツは、湧き上がる憎悪をこれまで培ってきた精神力で、綺麗に笑顔の中に収めた。

「我々を快く迎えていただき感謝しますよ。伯夫人」

およそ二十代にしか見えないオクタヴィアは、うっすらと乳房が透ける赤色のドレス姿で、流れるように脚を組んだ。さらさらと金刺繍が施された生地が揺れ、脚が露出する。

「エーベルスト侯、ようこそいらっしゃいました。いま夫は手が離せませんの。わたくしでは役不足でしょうがお許しくださいませね。晩餐は後日改めて」

フランツは腸が煮えくり返る思いがした。いますぐ剣を持ち、叩き斬ってしまいたい。

この女は自身が殺した王妃の、しかも自らが毒を盛り、刺客を放ち、殺そうとした王子の顔を記憶することもなく、あでやかに赤い唇を曲げているのだ。少年から青年になったとはいえ、少しは面影があるだろうに。

「侯は曽祖母君もお連れだとか。後で湯を届けさせますわ。この城の東に湯を引いた部屋がありますの。ぜひ使っていただきたいわ。関節痛も楽になると思います」

フランツは袖の中で固くこぶしを握った。爪が食いこみ、血がにじむ。

「お気遣いありがとうございます。伯夫人、お優しく、そして聞きしに勝るお美しい方。貴女に出会えて喜びを感じます。……いけませんね、つい伯に嫉妬してしまいたくなる」

歯の浮く台詞に嫌気がさす。それでも甘やかさを意識して、オクタヴィアの黒い瞳を覗けば、邪悪な目が閃いた。ひとつひとつの仕草が癇に障る。

「お上手ですこと。貴方こそ美しくてよ。わたくしがこれまで出会ったどの殿方よりも」

「それは光栄です。私の容姿を気に入っていただけたと、うぬぼれても構いませんか」

「うぬぼれだなんて。わたくし、偽りは口にしませんわ」

　フランツは膝を折り、オクタヴィアのすべらかな手を取った。すべての爪を剝がして針を突き刺し、痛みを味わわせたくなる。上目遣いで憎い女を見据える。

「私にキスの許可を」

「よくてよ、エーベルスト侯」

　オクタヴィアはすくりと立ち上がり、フランツを見下ろした。屈辱だった。

　何度殺しても気が済まないであろう女の手の甲に、彼は自身の唇をのせた。黒い炎で身が焦げるほど、耐え難い行為であった。だが、それでもこの女の気を引き、自身を愛させなければならぬのだ。

　すべてはルーツィエを救うために。

「その淡い色を重ねた貴方の美しさは、北方特有のものなのかしら。髪も瞳の色も素敵ね。貴方の国……訪れてみたいわ」

　彼は伏せていた金色の睫毛を上げていく。凍てつく瞳だ。

「……さあ、私は亡き母とよく似ているとの話ですが。よければいつか私の城に招待しますよ」

　身体に染みつくあらゆる憎悪をこめて、うっとりと笑顔を見せる。

「フランツ＝アーベルです。伯夫人」

国王の元愛妾は、王子の真名を知らない。

「伯夫人ではなく、貴方にはオクタヴィアと呼んでいただきたいわ、フランツ」

四年ぶりに貴賓室の天井を見上げたフランツは、目の奥に熱くこみ上げてくるものを感じた。二年の間、ルーツィエと過ごした部屋だった。

精緻なアラベスクに葡萄が刻まれ、蔦が蛇のように這っている。幼いルーツィエは当初『不気味で怖いから、この部屋は嫌いなの』と顔をしかめた。そんな彼女に、アラベスクと葡萄の意味を言い聞かせれば、その後はまったく気にせず穏やかでいて、心の中でその単純さに笑ったことを思い出す。複雑な事情を抱えていた彼は、打てば響く子どもらしい彼女にずいぶん救われた。接していると、恐れや悩みがばかばかしく感じられ、笑っていられたのだ。

不屈の精神を持つ彼女は眩しく、自分もこのようにあらねばと思った。目指すうちに彼女を深く知り、知れば知るほど夢中にならずにはいられなかった。

ロンデル窓に歩めば、空が赤く色づき、陽が地平線に沈みつつあった。西日を浴びたベルクフリートが、城内に大きな影を落とし、歩廊で彼女と夕日を見たのを思い出す。彼女は隣に佇む王子が、夕日ではなくその横顔を眺めていたのを知らないだろう。

「フランツさま」

フランツは、顔に浮かんだ表情を消した。彼は、数多くの配下を得たいまでも、王になる身だとしても、他人に心を預けない。抱いた胸のうちを表情ひとつですら、誰にも明かすことはなかった。すべては、身に刻まれた過去がそうさせていた。

「城内は調べたのか」

「はい」

部下のひとりが頭を垂れた。この部下にはドーフライン の主との面会中に、城内をできうる限り歩けと指示を与えていた。

「くまなく歩いたとは言えませんが、バルバラと運良く会うことが叶いました。バルバラによれば、ベルクフリートの奥にある塔にルーツィエさまがいらっしゃるとのことです」

バルバラは、フランツが以前よりドーフライン城塞に侵入させていた母の元召し使いだ。

「案内しろ」

部下は「ですが……」と、申し訳なさそうに首を振る。

「塔の入り口は塗り固められ、塞がれています。現在、ドーフライン側の目の届かぬところで開けておりますが、時間がかかる……巨大な岩盤が用いられているのです」

ルーツィエに対する扱いに目の前が暗くなる。フランツは、こめかみを押さえて言った。

「急がせろ。だが、扉が開いても誰も立ち入るな。開けばすぐに私に知らせろ」

フランツは部下に言い置くと、その足で老婆のもとに急いだ。老婆は貴賓室のさらに上の階にいる。彼は大股で階段を上り、エルケの魔女に目配せをして扉を開けさせた。

中央に据えられた寝台に腰を下ろしていた老婆は、フランツをまっすぐ見据えた。

「この城はおぞましいの。嘆きがそこかしこから聞こえる。……で、何の用だ」

「ビルギット、薬を用意していただけましたか」

「以前よりできておる」

老婆は懐から小さな瓶を取り出した。中には黄色の液体が入っている。

「魔女は混濁させられても人には劇薬だ。お前は飲むな。我らは人とは違う箇所がある」

緑の目を細めた老婆に、フランツは手を差し向けた。その上に瓶がのせられる。

「今宵からはじめるのか」

「ええ。手筈どおりにお願いします」

フランツは、早々にオクタヴィアに夜を誘われていたのだ。彼は断らないでいた。

「任せておけ。お前もしっかりな」


夜半すぎ、フランツがドーフラインの召し使いに案内されたのは、居館にあるオクタヴィアの部屋だった。隅には世界各地にある遺跡からの出土品が置かれてあり、とりわけエーゲ文明のものが数あった。

その文明を模した長椅子に、媚びたように座るオクタヴィアに、フランツは顔には出さずに辟易した。昼間のドレスですら透けていたのに、それよりさらに薄い布を纏い、露骨にこちらを誘っている。もはや何も隠しておらず、胸も局部も丸見えで、裸としか言いようのない格好だ。王の愛妾のころに比べて乱れきっているのは、己に逆らう者が皆無なせいか。欲望が底なしだ。彼は笑みをたたえたままで心の中で蔑んだ。

――浅ましい。

「美しいフランツ……わたくしの唇を奪って」

フランツは、冷えた眼差しをオクタヴィアに送りつつ、赤い唇のすぐ間近にまで自身の唇を寄せた。キスを待つオクタヴィアは、うっとりと睫毛を閉じていく。

「残念ですがオクタヴィア、できないのですよ」

閉じていた睫毛がばさりと開かれた。

「それはなぜかしら」

「私の国では夫婦でないとくちづけを交わせないのです。その麗しい唇をいますぐ奪いたいのですが、貴女には夫がいる。私のものではなくて残念です」

「貴方、わたくしが未婚であればどうするつもりなのかしら」

「求婚し、私のものにするでしょうね。貴女をこの唇で存分に味わいたいですから」

オクタヴィアの口角が鋭く持ち上がる。手がこちらに伸びてきて、頬を包まれた。

吐き気を催し、平静を装うのが大変だった。

「わたくしたち、しばらくお預けなのね。でもね、その言葉遣いはやめてちょうだい」

「では、どのような言葉遣いがお好みですか？　私の女神」

フランツはオクタヴィアの背に手を這わせ、密かに人差し指で文字を描く。黒い瞳を見つめて、ただの愛撫であるかのように指をすべらせた。その古の文字は、エルケの老婆の指示だった。

当初、フランツはこの指示を頑なに拒んだものの、老婆によれば、彼女の娘ゲルトルーデとオクタヴィアの結びを解くために必要だという。彼は、心を殺して従った。

オクタヴィアは、熱い吐息を艶めかしく吐いた。善がって見せているのだ。

「貴方と距離を感じるのは嫌よ。わたくしに寄り添って。くだけてちょうだい。もっと」

「ええ、望みのままに」

続いてフランツはオクタヴィアの左胸に手を置いた。胸に触れているように見せかけるため、揉みしだきながら、心臓の脈動を探し当て、そこにも文字を描き出す。

「フランツ……吸ってちょうだい」

当初、彼は何を吸うのかわからなかった。だが、オクタヴィアの視線を追えば、尖っている乳首なのだと気がついた。このおぞましいものを口に含むなど以てのほかだ。

——汚らわしい。

唇を弓なりにしたフランツは、水色の瞳を睫毛で隠した。嫌悪を抑えきれないからだ。

彼は黙って心臓部にすべての文字を描き切る。オクタヴィアはまるで気づかず、彼のいたずらだと思いこんでいるようだ。

「焦らさないで……貴方の唇を待っているのよ。わたくしを抱くのでしょう？」

「そう、私は貴女を抱くためにここにいるのだよ、オクタヴィア」

オクタヴィアの腕がフランツの首に回り、身体に豊満な胸を押しつけられる。彼は突き飛ばしたくなる衝動をぐっと堪えた。

「……貴方の唇に貪られるなら、わたくし、いますぐ結婚してもいいわ。キスをさせて」

「オクタヴィア、貴女は伯夫人だ」

「もうあの人はいいのよ。言ったでしょう？　貴方はわたくしが出会ったどの殿方よりも美しいの。キスがだめなら、朝まで抱いて。もう濡れているのよ」

「その前に、貴女に私の国の酒を振る舞いたいな」

フランツはオクタヴィアから離れると、両の手のひらをぱちんと打った。すると、扉から酒瓶を持つテオバルトが入室する。オクタヴィアはこの密会を他人に見られても気にも留めていないようだった。それればかりか流し目をし、気に入っているようなふしを見せる。無理もない、テオバルトは茶色の巻き毛をした、垂れ目がちな童顔が魅力の中性的な青年だ。——とはいえ彼は、二十代半ばに見えても齢四十三なのだが。

テオバルトの目が狡猾に光った。

「フランツさま、お持ちいたしました」

フランツは彼から酒を受け取ると、寝台の傍机にある杯をふたつ用意して、己の身体で隠しながら、ひとつに小瓶の液体を入れた。

「オクタヴィア、この伯領でも葡萄酒は盛んだと聞いているけれど、私の領内の酒も捨てたものではないんだよ。改良を重ねているからね。果実味がありながらも、樽感のある仕上がりで、口に芳醇に広がる。軽やかだけれど、余韻は重厚……ぜひ、味わってみて」

我ながらよくこんなにも口が回るものだと思いながら、彼は杯に酒を注ぎ入れ、オクタヴィアの手に握らせる。もう一方の杯を軽く掲げ、彼はできうる限り甘い声を出した。

「貴女と私の素晴らしい夜に」

フランツが一気に酒を飲み干せば、オクタヴィアも色気を漂わせながら杯に唇をつけ、顎をくいと持ち上げた。喉がこくりと動くさまを確認し、彼はすうと目を細めた。

「どうかな、オクタヴィア。私の酒は」

とフランツが問えば、オクタヴィアは胸の双丘を高く上げた。赤い唇から酒がこぼれる。

「あ……何だか疼くわ。どこにいるの？　来て、フランツ……」

薬が効いているのだろう。漆黒の目の焦点が合っていないオクタヴィアは、自ら衣装を解いた。

「貴女を抱くよ」

——テオバルト、はじめろ。

唇だけで彼に伝えると、テオバルトはすぐにオクタヴィアに覆い被さった。自身のコットを捲り上げ、本人の顔に似合わぬ凶悪な赤黒い象徴をさらけ出すと、彼は嬉々としてオクタヴィアにずぶずぶと埋めていく。

「ああ！　フランツ、いいわ……。あっ」

オクタヴィアは脚でテオバルトの腰を挟み、交差させ、彼の下腹部を雁字搦めに固定する。テオバルトは眉間にしわを寄せて不満げだ。

「積極的だなあ。俺ね、積極的な女はまったく好みではないんですよ。しかもはじめから濡れていますし、興が削がれます。女には嫌がられたり痛がられたいのですが……俺の大きな一物をこうもすらすらとのみこめるなんてね。いやだなあ。この女、よほど好き者なんですかね。フランツさまも一緒にしませんか？　いま、後ろの穴が空いていますし」

フランツは鼻を上向け、テオバルトを蔑みの目で見下ろした。

「黙れおぞましい。二度と口にするな」

「ですよね。……まあ、美人だし良しとしますよ。抱きつぶしてもいいんですよね？」

フランツはすでに律動をはじめているテオバルトに言った。

「好きにしろ。だがまだ殺すな。キスもするな」

「しませんよ。こんな赤い口にしようものなら、俺まで赤くなっちまいますからね」

踵を返したフランツの背後では、オクタヴィアの嬌声が響いていた。


貴賓室に戻ったフランツは、ろうそくが一本のみ灯る中、椅子に座って瞼を閉じていた。思いのほか、オクタヴィアを相手にする辛さが身にしみた。彼は大人びた容姿をしていても、十七歳の青年だ。どれほど非道になろうとも、どれほど自分を消そうとも、未熟な面も、消しきれない面も多く残るのだ。

赤い唇がうごめくさまを思い出せば、胃液がぐっとせり上がる。彼は頭から豊満なおぞましい身体を消したくて、壁に立てかけてある包みを見つめた。それは王城で暇さえあれば眺めた十一歳の彼女の肖像画だ。密かに運びこんでいた。

包みを開けずとも鮮明に蘇る。長い髪を下ろしたルーツィエだ。纏う赤いドレスは、彼女は知りようもないけれど、フランツが式典で着た服と揃いのものだった。彼女が側にいると想像すれば、自暴自棄にならずに冷静に判断することができていた。

深く息を繰り返す中、過去のことを考える。

誰にも彼女を渡したくなくて、衝動的に、エーベルスト侯の印章指輪を彼女に渡した。婚約者であるレオナルトがいたのだからなおさらだ。彼女の口から『レオ』と聞くたびに胸が張り裂けそうだった。婚約者の存在を気にした途端にレオナルトに負ける気がして、あの頃は、無理やり平静を装っていた。

過去をなぞっていると、思考を破るように扉が二度叩かれた。彼は視線を移動させる。

「フランツさま。塔の入り口が開きました。おいでください」

――ルル。

彼は、無言で長いマントを羽織り、逸る気持ちを抑えて戸口のほうへ向かっていった。

ルーツィエがいる塔には窓がひとつも見当たらない。ベルクフリートに次ぐ強固さを誇る塔だが、武骨な石煉瓦が連なるさまに、胸が押し潰されそうになる。母を亡くしたばかりの彼女を訪ねた時にも見たというのに、感じる思いは別だった。当時は彼女を守るため。しかし、いまは彼女を逃がさぬ牢獄だ。

扉が密封されていたのだ。昏睡しているとはいえ、彼女の様子が気にかかる。

単独で塔に入ったフランツは、剝き出しの岩壁に手をついて、松明をかざしながら先を行く。空気孔があるのだろう、闇で閉ざされた階段上部から流れてきた風でマントが膨らみ、しぼむ間もなく彼は駆けた。

心の中で彼女の名前を繰り返す。それ以外に何も考えられずにいた。

ようやく見えた部屋の扉は、古ぼけた観音開きのものだった。松明を置き、手をかければすぐに軋む音がする。わななく手に力をこめて、開ききった途端、彼は瞠目した。

炎に浮かび上がった部屋の様子に、彼はすべてを――世界を滅ぼしたくなった。

およそ伯の娘とは思えぬ粗末な服を纏い、髪を短くがたがたに切られた彼女が、捨てられたように、身体を曲げて床に転がっていた。その周りには、彼が贈った自身の肖像画が裂かれ、彼と揃いの緑のドレスも切り刻まれて散り散りになっている。花瓶は割れて、枯れた花が散乱し、他の服もドレス同様、切り裂かれていた。周囲にどす黒くこびりつくのは人の血だろう。

「……ルル……」

彼はルーツィエの側にくずおれて、その小さな身体を抱きしめた。ひどく冷たい身体だ。

「ルル、僕だ」

特に冷えている手を握れば、母と同じく、左の小指に赤い枷がちらついた。

「ルル……ごめん」

目の奥がじくじくと痛み、こみ上げたものが、彼女の顔に落ちていく。ぽたぽたと。

「ごめん……側にいてあげられなくて、守ってあげられなくて。僕は」

——なんて役立たずだ。

フランツはルーツィエに顔を埋めた。

「ルル……」

彼の肩が大きく震えた。彼は、声が出るのも構わず泣いている。母が亡くなった時も涙は出なかったというのに、彼が記憶している中で、この日はじめて慟哭した。


フランツは丸二日、貴賓室から出ようとはしなかった。寝台に裸で横たわる彼の腕の中には、同じく何も纏わないルーツィエが眠りについている。かつてふたりで眠ったように、彼は彼女を抱きしめていた。

まず、彼は彼女を湯に入れて、体温を上げようと試みた。しかし、まったく温かくなる気配がない。そこで、こうして身体を合わせることにした。けれど効果があるとは言えず、

依然として冷たいままだった。

「ルル、ずいぶん大きくなったね。見違えたよ」

言いながら、彼女の前髪に触れ、後頭部を撫でていく。不揃いだった黒髪は、彼が手ずから整えたので、顎の長さで綺麗に揃っている。

「君はもう十五歳だ。僕たちが結婚する約束の歳だね。……いま、しようか」

フランツは、少しでも温めようと、彼女の肩や背中を一生懸命手でさすった。

「以前、君は僕の肌が白いと言っていたね。でも見てごらん、いまは君のほうが白い」

ひとしきりさすり終え、そっと彼女の左胸に耳を当てると、ごくわずかだが脈が聞こえた。彼は深く息をつく。

「生きている」

瞼をぴくりとも動かさないルーツィエに、彼は頬ずりをして、唇を合わせた。

「君を妻にすると言ったよね。知らないと思うけれど、僕は王になったんだ。僕はこの国の法だから、自分の妻は自ら選ぶ。いま、この時からルルが僕の妻だ。愛人などいらない。一生、君だけだ。誓うよ。だから」

彼は水差しを口に含み、彼女の唇から流しこむ。しかし、すべては口の端から流れてしまう。続いて葡萄を口に含み、くちづけて食べさせようとするけれど、それもルーツィエは受けてくれない。

「食べて」

彼女に覆い被さる彼は、口元が汚れても、寝台が水に濡れても構わず繰り返す。「ルル、ルル」と呼びかける。

「お願いだ、食べて。食べないから冷たいままだ。大きくなりたいと言っていたよね？　だったら、食べなきゃだめだ。僕を諭した君が、食べないでどうする」

彼はぎゅうとルーツィエを抱きしめて、端正な顔を歪めた。

「……君が死んでしまう」

金色の睫毛が濡れている。先から雫が滴った。

彼はルーツィエに何とか食事をさせようと、口移しで食べさせる行為を少しもやめようとはしなかった。

「やめよ」

明るかった室内には、夜の帳が下りていた。いきなり聞こえた声に顔を向ければ、エルケの魔女に支えられ、ルーツィエの曽祖母ビルギットが立っていた。

「見よ、お前もルーツィエも汚れておるではないか」

彼は言葉を返す気が起きず、老婆をじっと見据えた。

「氷のような目だの。錯乱しておるのか。我のことがわかるか？　我は敵ではない。おまえからこの子を奪わぬ」

老婆は寝台まで寄ってきた。彼の肩に毛布を引き上げる。

「お前を止めにきた。案ずるな、ルーツィエは餓死はせぬ。この子は細いがやつれておらん。茨に管理されている。茨を外す日まで何も口にしないであろう。魔女は若返りの成就まで、呪った相手にぽっくり死なれては困るからな。呪いの瞬間から飢えは止まるのだ。腹も減らねば、喉も渇かぬ。成長もせぬ。何も与えずとも良い」

フランツは、ルーツィエを抱く腕を強めて目を閉じた。

「お前はこの子を温めているのか。それは無駄な行為だ。いまは仮死と思うがいい」

老婆はルーツィエを眺めた。

「……だが、お前の気持ちはわかった。礼を言う。ひ孫は幸せ者だな」

フランツは部屋の惨状を思い出す。あのような場所でひとり、長く打ち捨てられていた彼女が幸せだと言えるだろうか。ドーフラインの中心で、幸せそうに笑っていた彼女が。

「そうは思えない」

彼はルーツィエの首に唇をつけたままで言った。そのため声はくぐもる。

「何を考えているのか知らんが、いま、ルーツィエにはお前がいるだろう。我には幸せに思えるがな。だが、お前が不幸せだと思うのなら、そうなのだろう」

ゆっくりと睫毛を上げた彼は、ルーツィエの寝顔を見つめた。あどけなさの残る顔だった。頬にかかる髪を指で耳にかけてやると、少しだけだが大人びて見えた。

――ルル。君はいま、何を思う？

老婆は記憶がなくなると言っていた。しかしいま、自分が側にいる時の彼女の夢は穏やかなものであればいいと思った。

8章

眠りから覚めたルーツィエは、下腹部から頭上へと鋭く抜ける快感に目を見開いた。足先をぴんと伸ばし、背中を反らして悶える。

　まただと思った。また、彼が秘部に顔を埋めている。このところ彼は舌と唇で、眠る彼女を高みに押し上げるのだ。それはルーツィエが母の居室で彼に囚われてから、毎日続けられていた。

「あ、……あっ」

　逃げようとしたけれど無理だった。恥ずかしげもなく開いた脚は固定されている。

「んっ！」

「おはよう、ルル」

　達しているさなかのルーツィエは、毎回この挨拶に応えられずじまいでいる。いつも話すどころではない時に彼が甘く言うからだ。

　フランツが、ぐったりしているルーツィエの身体を挟んで両手をついた。

「僕を感じて」

ルーツィエの脚の間から、顔に向けて身体をすべらせ、唇にくちづけてくる彼は裸だった。肌と肌が擦り合わされて、ルーツィエの胸先をこする。角度を変えたキスが深まりを見せる中、熱い猛りであわいを撫でて、ゆっくり奥まで埋めてくる。抽送を繰り返しながら舌を彼の舌で絡められ、胸に這わされる愛撫と深まる行為に、ルーツィエはとろけて意識がぐらついた。

フランツは、ルーツィエの感じる部分を緩急をつけて巧みに突いて熱を植えつける。するとぐつぐつと身体が煮えたぎり、そこかしこから汗が噴き出す。

悲鳴に近い嬌声は、唾液ごと彼に食べ尽くされた。

びくんと大きく身体が跳ねてわななけば、彼に強く抱きしめられた。

下腹から脳天まで貫くほどに、何かが激しくほとばしる。

「――んぅ！」

「……ルル……気持ちいい？」

「は。…………気持ちいいわ」

「いま、一緒に達ったよ。わかった？」

ルーツィエがはにかみながら頷くと、彼は満足そうに「すごく締まった」と囁いた。

荒い息を整えながら、ふたりは隙間がないほどぎゅうぎゅうと抱きしめ合う。

「子を授かる行為に、こうも快楽が伴うのはなぜだろう」

「……快楽？　あなたも気持ちがいいの？」

　フランツはルーツィエの額にくちづける。

「気持ちいいよ。君以上に」

「わたしのほうが気持ちいいと思うわ」

　彼が小さく笑った。

「変わらない。昔からすぐに君は僕と張り合う」

　ルーツィエは目を瞬かせ、知らずに紅潮した。

「本当？　……ごめんなさい。無意識だわ」

「責めたんじゃない。僕はそんな君が気に入っている。ルル、最高だ」

　ルーツィエは彼の胸に頬をすり寄せ「あなたのほうがもっと最高だわ」と、広い背中に手を回す。しっとりした肌の上で手がすべり、彼も汗をかいているのだと気がついた。その汗が無性に嬉しく感じられて、彼女は微笑みを浮かべる。

「君は僕とひとつになるのは好き？」

「ええ、好きよ」

　フランツは「僕も好きだ」と呟き、ルーツィエの唇に舌を這わせた。

「ルル、たくさん家族を作ろう。僕の子が君の血を引くなんて、想像するだけで震えがくる。夢のようだ」

「わたしも、あなたとこうしているのは夢みたいで」

　言葉を切ったルーツィエは、母親が子どもにお乳を飲ませるさまを想像し、恥ずかしさに両手で胸を隠した。

「でも、お母さまの胸は大きかったけれど、わたしの胸は……」

「ルル」

フランツは彼女の腕をそれぞれ持って、シーツにそっと縫いとめた。彼に愛され、つんと熟れたささやかな胸が晒される。

「言わなかった？　僕はこの胸が世界で一番好きだ」

ルーツィエはせつなさが募って苦しくなった。鼓動も早鐘を打っている。

「綺麗だよ」

「でも……小さいから、子どもみたいで恥ずかしい」

水色の目を瞠ったフランツは、すぐにすうと細くした。心なしか、頬は赤らんでいる。

「ルル、大きさなんかどうでもいいんだ。僕は、この胸でないと満足できない」

唇を下ろした彼は、ちゅうと胸の先に吸いついた。舌で舐りながら、もう片方も指で愛でる。喘いだルーツィエは、奥に灯る熱を逃がそうと、腰を揺らめかせた。

「嫌だな」

「……え？」

ルーツィエの腰が止まった。見つめ合う彼は、どこか深刻な思いつめた眼差しだった。何かいけないことを言ってしまったのだろうか。

「僕たちの子は乳母に任せよう。……嫌なんだ。この胸に誰も触れてほしくない」

ルーツィエは目をまるくする。

「笑ってもいいよ。僕は君に関しては、おかしいと自覚している。でもね、絶対に共有はしない。誰かが触れると思うと許せなくなる」

下腹部に力をみなぎらせた彼が、腰を引き、奥に突き刺した。ふたりはいまだにつながり合ったままだった。

「あっ」

「一生、僕だけの君だ」

「んっ、フランツ」

「……ごめん、いまは優しくできない」

がつがつと彼が強く腰を打つ。けれどルーツィエは、優しい彼も、激しい彼も好きだった。いずれの彼も、愛を感じられるからだ。

行為は終わりの気配を見せることなく続けられ、彼がようやく中から出たのは、汗だくの彼が水を欲したからだった。

フランツは杯を傾けながらじっとルーツィエを見つめる。ずいぶん乱れてしまったので、ひどい格好をしているだろう。そんな姿をこうも熱く捉えられるのは恥ずかしい。

彼女は居たたまれずに、そわそわしながら窓に目をすべらせた。間が持たない気まずさに、外を見ようと身じろぎすれば、背中に彼が覆い被さってきた。

「……余裕だね。僕は余裕でいられないのに」

頬に唇が押し当てられて、彼は口をつけたままで囁いた。少しかすれた声だった。

「ルル、つながらせて。まだ離れたくない」

こくんと頷けば、彼に腰を支えられた。後ろからの挿入は、臓腑が押し上げられて、彼で埋め尽くされるようだった。より肉感的に彼を感じる。

「ふ。……あ。フランツ」

「君を感じる。嬉しい」

お尻と彼の下腹がくっついて、ルーツィエは、思わず顎を高く持ち上げた。

律動とともに身体が揺すられ、彼の手が肌を這う。彼はルーツィエの両胸の先を片手で苛んだ。もう片方は下の官能の芽をいじめ、しびれるような悦楽の中、淫靡な音がさらに立つ。

「んっ。……は。あ、あ！」

絶頂を迎えれば、ルーツィエの太ももに、先の行為の残滓が溢れ、すじになって流れる。

シーツにつく手がわななくと、上から大きな手が重ねられ、そのまま彼は腰を揺らした。

「ルル……僕は」

このままでは、彼の刺激に慣らされて、行為なしではいられなくなりそうだ。

「――ん。あ、……だめ」

限界を超えた官能に、四つん這いでいる彼女の唇から、つうとよだれが滴った。だらしなさにめまいがする。

「もう、もう、……だめなの」

ルーツィエはぎゅうとシーツを握りこみ、「だめ……」と寝台に突っ伏した。

「何がだめなのかな」

フランツは、お尻を高く上げたルーツィエの華奢な腰を押さえて、先端で彼女の奥をくるりとこする。その刺激にルーツィエは腰砕けになってしまう。

「ああっ！　あ」

「かわいい」

びくびくと立て続けに達してしまったルーツィエは、切れ切れに声を出す。

「は。…………わたし……だめなの」

「ん？」

「このままではあなたに……溺れてしまうから、だから、……んっ」

「僕は、とっくに君に溺れているのに？　君も夫に溺れるべきだ。──出すよ」

腰の動きが速くなり、彼の息が一層荒くなる。かすかにうめいたフランツが、ひたと律動を止めれば、脈動を感じた途端、中に熱いものがはじける。彼を欲した肉壁がうごめいて、どくどくと白濁をのみこんだ。

背中にぽたりと、彼の汗が垂れたのがわかった。

「……は……。君は、この瞬間が好きなのでしょう？」

「ん、……好き」

「僕も好きだよ」

ルーツィエにもたれ掛かり、だらりと重みをのせた彼は、耳元で「二分待って」と告げてくる。ルーツィエの胸は高鳴った。

「またするの？」

「するよ。続けるのは嫌？」

「嫌じゃないわ……」

腰に、ぐっとたくましい腕が巻きつけられる。

「一生こうしていたい。知っているかな。僕は君がいないと生きていけないんだ」

後ろで息を整えている彼のぬくもりを感じながら、ルーツィエは遠くへ目をやった。

彼女の脳裏に現れたのは、あでやかなオクタヴィア。

ルーツィエは知っている。情事の後、まどろむこちらの寝息を確認した彼は、キスをひとつ残して、服を整え、いつも部屋を去っていることを。どこへ行くかなどわかり切っている。

仄暗い目をしたルーツィエは、自身の瞼でそれを隠した。

「……フランツ、ごめんなさい」

「どうして謝るの？」

「何だかわたし、眠くなってしまったの。だからもう」

首筋や背中に、ちゅ、ちゅ、と彼の唇が押しあてられる。

「無理をさせてごめん。わかった、今日はもうやめよう。ほら、横になって」

毛布を持ち上げ、位置を誘導する彼に従い、横になれば、そっと唇を塞がれた。

キスを受けながら、ルーツィエは心の中で彼に謝る。

嘘が嫌いな彼に、最後に嘘をつくことを。

——ごめんなさい。

たとえ彼に愛想をつかされても、彼女はすでに決めていた。

「おやすみ、ルル」


服を纏った後、彼は自身のマントを留めた。背に描かれるドレーパリーが美しい。しばらく見入っていたが、こちらを向く気配に慌てて目を閉ざす。すると、短い髪を撫でられ、額にやわらかなものが触れ、ルーツィエの鼓動は飛び跳ねた。起きている時のくちづけよりも、真心がより感じられるのはなぜなのか。大切にされているとしみじみ思う。

彼の背中に抱きついて、叫んでしまいたくなった。行かないでと言ったなら、あの女のもとには行かずに側にいてくれるだろうか。だが、心を抑えて眠ったふりを決めこんだ。

扉が閉まる音を聞き、すかさず目で追いかける。じわりと視界がにじんだ。

彼が去った部屋でひとり、そろそろと身を起こす。毛布がずれて、白い肌が現れた。そこには赤い花が散らされて、彼の愛で溢れているのに、彼女は少しも気づかず、瞳の翳りを強くした。

ルーツィエは、無くした記憶を取り戻し、いまでは過去をすべて知っている。思いをめぐらせれば、すぐにオクタヴィアに行き着いた。ルーツィエの世界を壊した女――

父の尊厳を傷つけられ、切磋琢磨し合った幼なじみを汚されて、心を支えてくれた召使いはむごたらしく殺された。ルーツィエを導いてくれた司教の振り香炉を術に用いられるたび、狂いそうになっていた。

ルーツィエは、どくどくと左の小指から血潮が絞られるのを感じた。赤い茨の指輪だ。唇を嚙みしめて、虚空を見つめる。

オクタヴィアを憎まずにはいられなかった。


何度も脳裏で繰り返される過去がある。昏睡前の記憶のかけらだ。

ルーツィエに己を恨ませるため、オクタヴィアは罪のないイルゼを拷問し続けた。やめてと泣いてすがりついても、わめいても、懇願しても、終わりを迎えぬ闇だった。

自分が苦しめられるよりも、大切な誰かが苦しめられることのほうが辛い。人が死ぬのを見るよりも自分が死ぬほうがましだ。しかし、オクタヴィアはルーツィエには危害を加えようとはせずに、刃はイルゼへ、そしてレオへ。彼はひたすら蹂躙し続けられていた。

オクタヴィアはわざとふたりをルーツィエに介抱させた。イルゼは浅い息を繰り返し、ルーツィエの手に気づかないこともままあった。レオには払いのけられた。彼はいつもうつむいて、こちらを見ようとはしなかった。その悲愴な姿に、ルーツィエは、涙を流すことしかできなかった。幼少のころから、ライバルとして張り合ってきたから余計に。

『ごめんなさい』と謝れば、彼は『謝るな』と言い捨てた。

『……おまえから見て、おれはどう映る？』

問いにどう答えていいのかわからずに、まごついていると、レオは続けた。

『毎日あの女と性交しているなんて汚らわしいだろう。それとも、おれは惨めか』

すかさずルーツィエは首を振って否定する。

『そんなこと、言わないで。レオが汚らわしいなんて思ったことないわ。惨めだとも』

『だったらいい。おれは、おまえにだけは、そう思われたくなかった』

『ごめんなさい』

『だから謝るなよ。おまえは悪くないだろう』

レオはうつむけていた顔を上げた。思いつめた眼差しだった。

『ルーツィエ、今夜しかない。逃げろ。抜け道を通って、ここから出て行け』

『出る時は三人で出るわ』

『ばか。わかってないのか？　狙われているのはおまえだ。おれが足止めしているうちにおまえは行け。……あの女は言っていたぞ。おまえが苦悶（くもん）に顔を歪めるのを見ていたいと。見せるなよ。騎士になるんだろう？　クライネルトの騎士は勇敢で、恐れを抱かない』

ルーツィエはレオの手をぎゅっと握りしめる。すると、彼に強く握り返された。ふたりの手は震えている。恐れは抱かないと言っていても、恐れているのだ。悪夢のような地獄は、まだ幼い彼らを竦ませる。

虚勢を張っていなければ、とっくに狂っていただろう。

『わたしだけじゃないわ。レオも……あなたも騎士になるのでしょう？』

『当たり前だろ。おれがならないで誰がなるんだ』

ぼたぼたと涙を落とせば笑われる。

『ばかだな、泣くなんて情けない騎士だ。いいか、イルゼはこのままでは死ぬ。一刻も早く手当てをしないとまずいことになる。おまえでもわかるよな？』

イルゼの状態は、筆舌に尽くし難い無残な有り様だった。『わかるわ』と頷けば、レオも頷く。

『おまえはいまから、イルゼを守る騎士になれ。振り向かずに行けよ。おれに構うな』

イルゼの身体を思えば、レオに従う他はなかった。本当は、レオを置いていきたくなどない。意に染まぬ行動をするしかない現状に、ルーツィエは声を噛み殺して泣いた。

『泣き虫だな』

『わたし、ベッヘムに行くわ。すぐにレオを助けに戻るから……また剣の相手をしてね』

レオは弱々しく笑う。

『剣か。おまえは弱いが、いいぜ。相手してやるよ』

に、泣きながら抜け道を通った。
その夜、ルーツィエはイルゼを背負って、レオのうめきと、オクタヴィアの嬌声を尻目
『だから泣くな』
『約束よ』

に、泣きながら抜け道を通った。

――――殺してやる。


焼き尽くすような憎悪に蝕まれるルーツィエを、イルゼは力なくたしなめる。

『いけません……ルーツィエさま。恨んでは、だめなのです』

『……わかっているわ。でも……つらいの』

『つらくてもです。ルーツィエさま……』

ルーツィエとレオとイルゼの三人は、窓のないベルクフリートに囚われていた。ドーフライン城塞もベルクフリートも外敵には堅牢だが、内からも、おいそれとは逃げ出せない。かつて歩廊からフランツと夕日を眺め、誇らしげに振り仰いだベルクフリートは、牢獄にするにはうってつけだったのだ。

これまで三人は、それぞれ固く縛り上げられていたけれど、この日は縛られずに自由でいられた。脱出の思いに突き動かされるのは、至極当然のことだった。冷静であれば、これが罠だと気づけたかもしれない。が、極限状態の彼らはもう、何かを判断することさえできずにいた。

ベルクフリートからの抜け道を通り抜ければ、母ディートリンデの居室に辿り着く。

ルーツィエは、ひとまず来た道を塞ぎ、イルゼの傷の手当てを行った。目を背けたくなるほどの状態に、しかし、背けてはいけないと、ルーツィエは歯を噛みしめて向き合った。

『イルゼ、お母さまの部屋まで来たならもう大丈夫。もうすぐ城の外に抜けられるわ。だから、気を確かにしてがんばるのよ』

近くに抜け道があるのと続けようとすれば、イルゼは首を横に振る。

『ルーツィエさま、私をここに置いていってください。あなたの足枷になるわけにはまいりません』

『嫌よイルゼ。置いていくなんて』

聞き分けなく言えば、虚ろな目をしたイルゼは、小さく笑った。

『あなたは、聞いたとおりの少女でした。不屈の精神を持ち、勇敢で、それでいて優しく、清廉。それに頑固で……。私はあなたの側に行く役目を、自ら志願したのです』

『イルゼ』

『ルーツィエさまにお話ししたことはありませんでしたが、私はヘルムート王子の命で、ドーフラインに来たのですよ』

『フランツの？』

『ええ、あなたと連絡が取れないのを気にされていました。常に心配しておられたのです。王子は一切笑顔を見せない方だったのですが、あなたのことを話す時だけは微笑まれました。私は、王子を笑わせてくださったあなたにお会いしてみたくなりました』

イルゼの手が震えながら、ルーツィエの頬に触れる。

ルーツィエが、その手を上から包めば、彼女の目が細まった。

『主に許可を得ずに触れるなど、不敬ですがお許しください。……ルーツィエさま、お会いできて光栄でした。あなたは必ず生きてください』

イルゼを抱えてベルクフリートからここまで来たルーツィエは、一歩も動けなくなるほど困憊(こんぱい)していた。しかし、イルゼの言葉に奮い立ち、彼女を支えて歩き出す。

疲れきっているはずなのに、心は温かかった。王子が支えてくれているような気がして、何でもできると思った。否、何でもできなくてはだめなのだ。

ふつふつと湧き上がる思いは、後悔なんてするものかという、闘志めいたものだった。

この時ルーツィエは、確かに自身の力以上のものを出すことができた。

だが、母の居室を後にして、抜け道がある父の居室に向かう道すがら、ぬっとよぎった影に、突然囚われる。

それは、仄暗い目をした父だった。父は、居所を主塔からオクタヴィアのいる居館(パラス)に移したはずなのに。

勇ましかった瞳はにごり、ルーツィエを見ておらず、虚空をさまよっている。

『……お父さま』

亜麻布の肌着姿の父は、罪人のように見えた。鼻につくあの乳香を纏っている。

『ルー……ツィエ、だめだろう。部屋から……出てはいけない』

『お父さま、わたしのことがわかるの？』

緑の目を見開くルーツィエに構わずに、父はルーツィエを抱え上げた。イルゼは容赦なく床に叩き落とされる。

『やめて、やめて！　イルゼ！　嫌よ、お父さま放して！』

ルーツィエは、小刻みに震えるイルゼに向けて手を伸ばすが、届きそうになかった。

背中をこぶしで叩いても、足をばたつかせても、父はびくともしない。父が歩くたびに、イルゼとの距離が広がっていく。

『嫌よ、放して！　イルゼ！』

ルーツィエの叫びも虚しく、父は、彼女が十二歳から閉じこめられていた、窓のない部屋まで担ぎこんだ。ルーツィエは、瞳に絶望を宿して父を見上げる。

『部屋から出るな。……敵がどこに……いるかわからない。おまえまで、失う……わけにはいかない。…………ルー…ツィエ』

嗄れた声だった。父は、母が亡くなってすぐの父のようだった。混乱するルーツィエが、父に問う間もなく、扉の奥に押しこまれる。

自室は煌々と明かりが灯されていた。そこに広がる光景は、ルーツィエを打ちひしがらせるに十分だった。

毎日眺めていた王子の肖像画は切り裂かれ、大事にしてきた彼からの贈り物の緑のドレスも刻まれている。生前の母が束ねてくれた、乾燥させた花々は花瓶ごと割られて散乱していて、イルゼが繕ってくれたドレスもナイフを入れられ、原形をとどめていない。

茫然自失に陥ったルーツィエががくりと膝を落とすと、扉が固く閉ざされる。はっと気づいたルーツィエが、『開けて！』と何度叫ぼうとも、扉が開くことはない。

やがて、一日を経て部屋に投げこまれたのは、血まみれのイルゼだった。斬られていただけでなく、殴られて顔が腫れていた。どれほど手を傷口に当てても、イルゼの血は止まらない。ルーツィエは、なすすべもなく、イルゼが息を引き取るさまを見守ることしかできなかった。

ルーツィエの世界が、どろりと暗黒に沈んでゆく。

後には、オクタヴィアの高笑いが響いた。

『ルーツィエ、わたくしを恨みなさい。憎んで憎んで身を焦がすの。貴女に味方する者は、すべてわたくしが殺してあげる。この召し使いのようにね！』

――殺してやる。

ルーツィエが、憎悪に駆り立てられるままオクタヴィアに飛びかかると、横から騎士に殴られた。転がり、けれどまたオクタヴィアを目指せば、今度は蹴り飛ばされて倒れ伏す。

あまりにも無力だった。

『貴方おやめなさい。手加減してくれないと困るわ。首でも折れたらどうするの』

ルーツィエが顔を苦悶に歪めて咳きこむと、手をオクタヴィアに踏まれた。

『いい顔だわ。この娘をベルクフリートまで運んでちょうだい。ああ、その汚らわしい死骸は片づけておきなさい。この塔は、栄えある墓標にするのですもの。それはいらないわ』
されは、オクタヴィアに引きずられていた。

ちりり　ちりり
司教の振り香炉が鳴らされる。もう、身体は動かない。ルーツィエは長い髪を鷲掴みにされ、オクタヴィアに引きずられていた。

──嫌。負けたくない……

『まだ抵抗する気なの？　手間のかかるいまいましい娘だこと。この効きにくさはゲルトルーデの血のせいなのかしら』

赤い唇がさらにうごめいた。

『この顔、嫌いだわ。虫唾が走る。……ああ、そうね。ある意味わたくしたち、血を分けた者になるわね。少しは貴女を愛すべきなのかしら？』

オクタヴィアの唇が、ルーツィエの頬に音を立ててつけられる。

『うふふ……』

罵声を浴びせたいのに、声は喉から出てきてくれない。オクタヴィアを睨みたいけれど睨めない。一矢報いたくても、もうだめだ。指すら動かせないのだから。

オクタヴィアは、手に持つ短刀を掲げて、その刃を赤い舌で舐めあげた。

ぎらりと光る刃が間近に迫り、ルーツィエの長い髪に這わされる。突如頭が軽くなり、髪を切られたのだと気がついた。

——フランツ。

『ルーツィエ、おまえに永久(とわ)に明けない夜をあげる』

＊＊＊

眠るつもりはなかったけれど、彼が部屋から出て行くのを認めた後、ほどなくして少し眠ってしまったようだった。ルーツィエは、働かない頭でロンデル窓を眺めた。まだ夜には遠いであろう光が差しこみ、動かなければと気が急いた。

フランツは、ルーツィエを外に出すつもりはないらしい。服も肌着も用意されず、これでは部屋から出ようにも出られない。しかし、湧きあがる黒い思いが駆り立てる。

彼女は心の底から息を吐いた。じっとしてなどいられなかった。

毛布を身体に巻きつけて、寝台から立ち上がれば、腰の重だるさにふらついた。それでも窓の前に立ち、高くそびえるベルクフリートを見つめて、下唇を噛みしめる。

その時、ベルクフリートに続く歩廊を歩く人を認めて、ごくりと唾をのみこんだ。見間違いようもない、背の高い影はフランツだ。その隣を歩いているのは男性のようだった。ルーツィエは少しほっとした。彼の隣がオクタヴィアではなかったからだ。

食い入るように歩廊を見下ろしていると、背後で扉が開いた音がした。振り向けば、そここには見知らぬ老婆と女性が立っていた。記憶にないふたりに身構えると、白髪の老婆が杖をつきながら、こつ、こつ、と歩み寄る。

「はじめまして、お嬢さん。失礼するよ」

部屋に客人が来るなど思っていなかったが、しかし、ルーツィエは元々物怖じしない性格だ。すぐに波打つ心を鎮め、緊張さえも隠しきり、老婆に対して会釈する。

「おばあさん、はじめまして」

「その格好じゃあ、外に出られそうにないね。気の毒に」

ルーツィエはうつむいた。毛布を纏っているだけの格好に、恥ずかしくなり顔を赤らめる。すると、老婆は呆れたように肩を竦めた。

「まったく、どうかしている。フランツはあんたに服を与えていないのかい？」

「……フランツをご存知なのですね」

「知っているとも。友人とでも言っておこうかね。それよりも、よく顔を見せておくれ」

老婆は人懐こく、こちらを覗きこんでくる。額、眉、目、鼻、口、顎……と、視線はルーツィエを辿る。老婆は息をつき、しわのある顔のしわをさらに深くした。

「あんたは私の娘に似ているよ。もう死んだがね。見ていると、懐かしくなる」

老婆は背後に控える女性に「そうだろう？」と同意を求めると、彼女は頷いた。

「はい。あの方によく似ていらっしゃいます」

ふたりに口々に言われ、ルーツィエは首を傾げる。

「そんなに似ているのですか？」

「ああ、似ているよ」

老婆の目が細まった。それまで彼女の顔を見ていたルーツィエは、母と同じ緑色の瞳なのだと気がついた。後ろの女性も緑色だ。老婆はルーツィエを懐かしいと言ったが、ルーツィエにも懐かしさがこみ上げた。

「突然訪ねてすまないね。あんた、フランツの妻なのだろう？　挨拶をと思ってね」

妻と名乗ってもいいのだろうか。ルーツィエは答えに困り老婆を見つめるにとどめた。

そんなルーツィエの心情を、老婆は読んだようだった。

「あんた、悩みでもあるのかい？」

ルーツィエは、何度も瞬きを繰り返しながら首を横に振る。

「いいえ、何もありません」

「そうかい。でもね、悩みがあったら遠慮なく言いなさい。この老人に、あんたの力にならせておくれ」

やけに親身な対応に、ルーツィエが困ったように眉根を寄せると、老婆は重ねる。

「言ったろう？　あんたは私の娘に似ていると。他人とは思えないんだよ」

ルーツィエは、こちらをじっと見つめる老婆を見返した。すると、身体の裏側まで見通されている錯覚に陥る。同時にふわふわと優しく包まれる不思議な感覚に囚われた。老婆は奇妙な人だった。

「あんたの額に触れさせてくれないかい」

「額ですか？　……どうぞ」

　ルーツィエは、毛布が落ちないように胸で押さえ、老婆が触れやすいように屈んだ。

「どれ、私の家に伝わるおまじないをしてやろう。あんたに幸運が訪れるように」

　小刻みに震える老婆の指先が、ルーツィエの前髪をかき分け、額の中央に当てられる。

　身体の芯から温まる気がして、ルーツィエは目を閉じた。

「……お聞き。私は上階にいるからね。何かあったらすぐにおいで。いいね？」

　目を開ければ、老婆はルーツィエの髪に触れ、手で梳いた。

「あんたはいい子だ。また来るよ、ルーツィエ」

＊＊＊

　フランツは、苛立ちを隠しきれずにいた。当初は簡単に魔女オクタヴィアの祭壇が見つかると算段していたものの、思いのほか難航し、二年以上費やした。

　すでにルーツィエは目覚めているため、一刻も早く祭壇を見つけなければならないのに、この体たらくだ。彼女の目覚めは心から待ち望んでいたけれど、祭壇が発見できなければ彼女は消える。ルーツィエがもう一度昏睡に陥る前に、何が何でも見つけ出し、切り取られた髪とともに祭壇ごと焼かねばならない。

簡単だと思っていた作業の厳しさ、そして、殺したくて仕方のないオクタヴィアの相手をせねばならない現状に、ぶつけどころのない怒りを感じる。その上、あの女は勝手にフランツとの結婚を宣言したのだ。この城での式はひと月後に行うらしい。

——ふざけるな。

オクタヴィアがフランツを愛するようになったのは、彼がドーフライン城塞入りしてすぐだった。テオバルトとの相性が良かったせいか、オクタヴィアはフランツにのめりこみ、日増しに愛を押しつけ、行為をせがむ。わけを作って距離を置き、極力顔を合わせずにいても、あの女は情熱を燃やし、こちらへの誘惑は激化する一方だった。

オクタヴィアはフランツを愛したころから、〝美の儀式〟と称し、より多くの精を求めるようになっていた。騎士を相手に一日を情事に費やし、時には大勢で交わっているようだった。おかげで乱れた城塞内では、自由に振る舞えた。

オクタヴィアがフランツに執着を見せた時点で、老婆ビルギットは隙をつき、クライネルト伯とオクタヴィアの結びを解いた。老婆によれば、伯は地獄から解放されて妻のもとに旅立てたとのことだった。およそ四年にわたり、人形さながらに操られていた伯は、ようやく眠りについたのだ。

召し使いバルバラによれば、気づいたオクタヴィアは荒れたらしい。結びが一度解ければ、とうに事切れている伯と交わし直すのは不可能だ。

本来、伯の死により、領主の権利は伴侶ではなく子に移行する。ただし、ルーツィエは女子である。そのため、彼女が以前クライネルト伯の指輪を託した騎士グントラムが、ルーツィエが男児を産むまで有することになる。

指輪のありかを知らないオクタヴィアは、白々しくも、二年の間伯が生きていると偽った。だが、最近になり、伯が長く臥せっていると触れを出し、やがて死を発表した。しかし、情報が城塞内にとどまっていることから察するに、まだ王城に届けるつもりはないらしい。そもそもフランツは、オクタヴィアが勝手に推し進めた伯との結婚も許すつもりはなかった。とうに彼は、クライネルト伯とオクタヴィアの婚姻を王の権限で取り消している。本人は知らないが、二年前よりあの女は伯夫人ではなくただの魔女だ。

オクタヴィアが伯の死を城塞内の者に公表した理由は、他でもない、フランツと結婚するためだった。『フランツ、キスして』――それが、近頃のあの女の口癖だ。

しかしながら、どれほど結婚を宣言されようとも、勝手に舞いあがられようとも、フランツはルーツィエを妻にした。祭壇とルーツィエの髪が見つからないいまはオクタヴィアの前では独身を装うしかないけれど。

フランツは、ルーツィエとオクタヴィアの結びが深まらないように、あの女に愛を囁き、己を想わせ続けている。フランツにとって身を切られるような辛さがあった。オクタヴィアと顔を合わせるたびに憎悪の火が燃えさかり、愛を告げられるたびに、言い知れぬ殺意がみなぎった。

歩廊に立つフランツの目に映るのは、巨大なベルクフリートだ。

祭壇を探しながらも、過去、ルーツィエに関わった者を細かく探っていた彼は、イルゼを死に至らしめた騎士に行き着いた。拷問すれば、その男はオクタヴィアの腹心で、イルゼの死体をルーツィエのいる部屋に投げこんだばかりか、その後、ルーツィエをベルクフリートに運んだと自供した。

遠い王城で、何度このベルクフリートを思い浮かべていただろう。彼女と駆けて眺めた夕日に、幸せがあると疑わなかった。知らずにいた無能の自分自身に腹が立つ。同時に彼は違和感を覚えた。ルーツィエは、彼女の居室からベルクフリートに移動させられ、再び窓のない居室に打ち捨てられたことになる。彼女をわざわざ運び直したのはなぜなのか。

フランツは、隣に立つテオバルトに視線をすべらせた。

「ベルクフリートをくまなく調べさせろ」

テオバルトは、あからさまに眉をひそめた。

「ここは二年前に細かく調べましたよ。入り口が異様に高い位置にありますからね、入るのにそれはそれは苦労するんです。ドーフラインは一度も窮地に陥ったことがないようで、砦は倉庫になっていましたよ。前世紀までの遺物で溢れていました。さすがは古い城です。お宝がざくざく」

「御託はいい。早くしろ」

ため息をついたテオバルトは、投げやりに髪をかきあげた。

「ええ、やりますとも。俺をここまでこき使えるのは、後にも先にもフランツさま、貴方ひとりですよ。今夜は晩餐ですからね、あの女の気を引いていてくださいね？　意外にもベルクフリートの見回りは頻度が高いほうなんです」

フランツは額に手を当て、空を振り仰いだ。先ほどまでは晴れていたにもかかわらず、いつの間にやら重苦しい雲が垂れこめている。

ぽつりと雨が降ってきた。彼はテオバルトを「とにかく急げ」と急き立て、自身はオクタヴィアのいる居館（パラス）を目指して踏み出した。その時だ。

「フランツさま」

静かに呼び止めたのは壮年のエルケの魔女だった。目深にベールを被り、エルケ特有の緑の瞳を隠している。

「ビルギットさまがお呼びです」

老婆がこうして使いを出すのははじめてだった。フランツは、オクタヴィアへの言伝を頼み、大股で貴賓室への道を行く。

彼は、老婆の部屋に上がる前に、ルーツィエの様子が気になって立ち寄った。

ひとつめの扉の先、奥の扉を開けば彼女がいる。彼女は目を覚ましていたようだ。毛布を巻きつけ、椅子に座るルーツィエは、いまにも消え入りそうなほど儚げで、フランツは、彼女が何かを言い出す前に抱きしめた。

「ルル、起きていたの」

「フランツ」

彼は常にルーツィエを優先している。彼女が起きている間は、なるべく彼女の側を離れないでいた。それは、以前聞いた老婆の話が重く響いているからだ。

――お前、ルーツィエが戻らぬことも想定しておけ。あの子とは、目覚めとともに最後の逢瀬になるやもしれぬ。ゆめゆめ忘れず、心残りはないようにしろ。

内心フランツは首を振る。心残りがないようになど、できるはずがなかった。ルーツィエのいない世界は、生きている価値がない。

彼女の手が自身の背中に回り、彼はその頭上にひとつキスをする。続いて唇を重ねれば、ルーツィエはゆっくり口を開けていく。ふたりは舌を絡めて、互いの熱を分け合った。

フランツは、くちづけを深く交わした後の彼女の顔を見るのが好きだった。頬は薔薇色に染まり、目はとろりととろけて、初々しい色香を放つ。どうして離れればなれでいられたのか、いまでは考えられないことだ。

このまま行為を深めようとしたけれど、彼は思い直して彼女の肩に手を置いた。

「ルル」

こちらを窺うルーツィエは、わずかに首を傾げた。緑色の瞳は、変わらず無垢だ。

「すぐに戻るから寝台にいて」

彼女はフランツの言いつけを守るように寝台に腰掛け「いってらっしゃい」と微笑んだ。

　フランツが老婆のもとを訪れれば、ビルギットはすっくと立ち上がり、険しい顔で開口一番こう言った。

「まずいことになっておる」

　老婆はすぐに「非常に深刻だ」と付け足して、うろうろと部屋を歩き回る。

「どうしたのです」と問うても、老婆は思い悩んだ様子で、うろつく足を止めずにいた。

「お前は祭壇を見つけたのか」

「いいえ。ですが見当はつけました」

　老婆の足はぴたりと止まった。こちらを険しい顔で見つめる。

「では、我がエルケの者たちも使え。いますぐ祭壇を見つけるのだ」

「いますぐ？　どういうことですか」

「ルーツィエだ。いま、あの子は自ら結びを深めておる。お前は実に見事にオクタヴィアの心を掴み、揺るぎないものとしているが、あの子が激しく憎めば元も子もない。……フランツ、あの子の記憶は、すでにすべて戻っているのだ」

　彼は胸に痛みを覚えた。彼女の過去は、痛ましく壮絶なものだった。できれば辛い記憶は閉じたまま、思い出してほしくなかった。

　同じ思いなのだろう、老婆は片手で両目を覆った。

「あれは肌が粟立つほどの殺意だ。このままではじきにあの子は灰になる。今日……明日……もたぬかもしれん……。こうなってはエルケの祈禱など気休めにもならぬ」

青ざめたフランツは、急いで去ろうとした。が、老婆の声に足が止まる。

「早うせねば間に合わぬ。我は、失いたくない。娘も孫もひ孫も失うのは耐えられん」

老婆は、立っていられなくなったのか、よろよろと椅子に座った。

「……あの子の過去を見た」

「ルーツィエに会ったのですね」

「ああ、ただの老人としてな。あれほど尊厳を踏みにじられて、狂っておらぬのはまぎれもなくあの子の強さ。あれでオクタヴィアを恨むなと告げるのは酷だった。我には言えぬ。恨まずにいられようか。それほど凄惨な過去をあの子は背負っているのだ」

何も言えずに、彼はうつむく。彼もまた、身を焼く憎悪を知る以上、ルーツィエに「恨むな」などとは言えない。

「お前は夫だろう?」

フランツは、老婆と視線を交わした。彼女の言わんとしていることを察し、頷いた。

「頼む。ルーツィエを救ってくれ」

言われるまでもなかった。彼は一秒でも早く彼女に会うために踵を返し、塔の階段を駆け下りた。

しかし、貴賓室の扉を開いた瞬間、息が止まりそうになる。寝台から彼女は消えていた。

9章

抜け道を通るルーツィエは、過去に想いを馳せていた。

父と母がいたドーフラインは、活気に溢れていた。あちらこちらで騎士の笑い声や叱咤が飛び交い、賑やかで、静けさとは無縁の城だった。皆、鍛練を怠らず、その勇ましさと凛々(りり)しさにレオとともに憧れた。

『わたし、騎士になるわ』

『おれもなる』

そう決心したのは五歳のころだ。幼い子どもがまとわりつけば、邪魔になるというのに、騎士たちは嫌な顔ひとつせず『伯には内緒ですよ』と一緒に馬に乗せてくれた。その目線の高さに驚き、全身で風を感じて騎士への憧れを強くした。ドーフライン城塞に住む者たちは、ルーツィエにとって家族と同じだった。

ルーツィエは遠くを見つめて懐かしむ。幾度戻りたいと願っただろう。あの頃は、夢と希望に溢れていた。

主塔にある領主の部屋の肖像画がかたりと動き、押し出され、ルーツィエは穴から這い出した。この抜け道を知るのは、いまでは彼女ひとりだけだ。

父の部屋に最後に入ったのはいつの日だろう。あれは十二歳になろうとしていた、母を亡くしたばかりのころだ。いつもは大きく見えていた父の背が、あの時ばかりは小さく見えた。父は暖炉の前で酒を飲みつつ声を殺して泣いていた。

その父も、フランツ曰くもういない。

身体に巻く毛布が落ちないように固定して、壁に掛かるいかめしい熊の剝製の、その下に、勇ましく掲げられた剣を持つ。それは父が戦で握っていた剣だった。

だが、ずしりと重い大剣は扱えそうになく、その下にある小ぶりの剣に持ち替える。

ルーツィエは目を閉じて父に祈り、扉の外へ出て行った。

次に彼女が向かったのは隣にある母の居室だ。壁に掛けられている家族の肖像画にしばらく見入り、幸せの記憶を反芻する。

毛布を解いて肌を晒したルーツィエは、母の衣装箱を探って薄いブリオーを取り出した。緑のそれは、かつて母が王子を迎えるために薔薇を束ねていた際に着ていたドレスだ。

肌に触れた生地に、母の面影がふと浮かぶ。幼少のころ、厳しく父に叱られた後、優しく抱きしめ慰めてくれたのは母だった。母の服に涙をこぼしてよく泣いた。そして、大きくなったいまも母の服を濡らしている。

「お母さま」

母の服は、まだ成長過程にあるルーツィエには大きいけれど、どうしても着たかった。

本来、足首まで流れる裾を、腰の紐でたくしあげ、ぎゅうと結んで膝が見えるほどに短く固定する。マントをブローチで留めて、父の剣を腰に差した。それは彼女なりのはじめての騎士の装いだ。

クライネルトの騎士は勇敢で恐れを抱かない。オクタヴィアを恐れない。絶対に。

〝すぐに戻るから寝台にいて〟

身体に染みついた彼のぬくもりを抱えるように、ルーツィエは自身の身体を抱きしめる。会いたいけれど、もう会えない。

母に祈りを捧げたルーツィエは、タペストリーをずらして抜け道へと進む。ほどなく身体は、闇に紛れて同化した。

暗闇は好きではない。レオとイルゼと三人で閉じこめられた日々が蘇るから。

それでも、落ち着いてじっとしていられるほど、彼女の心の闇は深かった。

ルーツィエは、ひそんで好機を窺うことに決めた。

日が沈み、暗がりが広がるころ、ルーツィエは行動を開始した。抜け道を使い、人目につかない塀に隠れて見回る騎士をやりすごす。

昏睡前は、見知った騎士がいたけれど、いまは誰ひとり見知った者がいない。恐怖政治が行われているためなのか、いずれも面差しは暗く陰気な者が多かった。

騎士や召し使いたちの話に耳をすませば、今夜は晩餐会が開かれるらしい。ホールに向かう道には、吟遊詩人の姿も見えた。

ルーツィエはひそみながら厨房塔に向かい、机の上にローブを見つけて、すかさず摑んで手に入れた。しゃがんで頭から身に纏い、フードを目深にかぶって召し使いのふりをした。これで怪しまれることなくオクタヴィアに近づける。

塔の中は湯気が充満し、料理人が慌ただしく太った牛を丸ごと焼いたり、塩漬け豚を煮こんだり、小麦を捏ねたりで忙しい。召し使いは休む暇なく動き回り、彼女たちとぶつからないようにするのが精一杯だった。ルーツィエは、人に酔ってふらついた。

「そこのあんた、ぼんやりつったってんじゃないよ。早く運びな！」

突然のがなり声に、肩が跳ね上がりそうになったけれど、何とか耐えて返事をする。恰幅の良い女が指をさすのは酒樽だ。その女は召し使いをまとめている者のようだった。

「あの……どこに運ぶのですか」

「ホールに決まってんじゃないか。ぐずぐずすんじゃないよ！」

しかし、酒樽を持ち上げようとしても、ルーツィエには難しい。つい先日歩けるようになったばかりなのだ。ずるずると引きずることしかできない。

「なんて非力なんだい、この役立たず！　もういい、そっちの皿を運びな！」

顎でしゃくられたのは、ザワークラウトがたっぷりのった皿だ。ルーツィエは、両手でずしりと重い皿を持ちつつ、ホールを目指して歩き出す。その時、背後からの声に振り向けば、少しぽっちゃりぎみの女が鳥の丸焼きを運んでいた。

「あんた、手際が悪いね。新米？」

ルーツィエは、素直にこくりと頷いた。

「今日の晩餐はさ、オクタヴィアさまとエーベルスト侯の婚約の催しなんだ。くれぐれも侯のことをじろじろと見るんじゃないよ」

「……エーベルスト侯？」

「北方の国のお貴族さまさ。目が覚めるほどの美男子だけど、見惚れればまずいことになる。侯を見つめたという理由で、オクタヴィアさまの怒りを買って、誘惑の罪で牢に入れられた者がこれまで三十人ほどいるからね。いや、もっといるかもしれない」

そばかすのある顔を歪めて、召し使いは重ねて言う。

「殺されたって噂もあるんだよ。誰ひとり戻っちゃいないからさあ。ただでさえ城内で行方不明になる者が多いんだから、命が惜しけりゃくれぐれも見るんじゃないよ。あんたみたいなぼんくら、よほど気をつけないと長生きできっこないからね」

ルーツィエが足を止めると、「止まっちゃだめだ」と注意される。

「怠けていると思われると、あとが怖いよ。あんたはできるだけホールにいないほうがいい。皿を置いてすぐに出ていきな。エーベルスト侯の美貌は魔性のそれさ。意識しないほうがおかしいほどだ」

ホールが近づくにつれ、楽器が奏でる旋律に合わせて歌う吟遊詩人の声が聞こえてきた。

婚約の催しだけあり恋歌だ。

等間隔に燃える松明は、何とも思ったことがないのに、いまは不気味に感じられた。地獄の入り口のようだった。

柱の陰からホールを覗けば、長机にはずらりと料理が並べられ、騎士が大勢集っていた。その前方、極彩色の薄布に囲まれた椅子には、艶めかしい肢体を晒したオクタヴィアが座り、隣の黒衣の青年にしなだれかかっている。

ルーツィエは、鋭く息を吸いこんだ。オクタヴィアが甘える青年は、彼だった。

――フランツ。

これまでの流れで、エーベルスト侯はフランツのことだと勘づいていたというのに、いざ目の当たりにしてみれば、動揺してしまう。

ルーツィエは、足が竦んでしばらくその場から動けなかった。

呪縛にかけられたかのように固まっていたルーツィエは、後ろから叩かれてはっとした。先ほどの召し使いが怪訝そうに目配せをする。

「ほら、言ったろう？　どんなに素敵だって見るんじゃないよ」

胸にうずまくのは落胆だろうか、それとも諦めだろうか。悔しさ、怒り、苦しみ。ルーツィエは、心をどのように保てばいいかわからない。しかし、オクタヴィアに受けた仕打ちを思えば、ふつふつと湧くのは猛烈な憎しみだ。すべての皿に毒を仕込み、オクタヴィアもろとも滅ぼしてしまいたい。そんな、恐ろしいことまで考えた。

うつむきながら騎士の居並ぶ机に皿を置いたルーツィエは、すぐにその場を立ち去った。心臓が破裂しそうだった。これからあの女を地獄に落とそうというのに、情けなさに勝手に涙がやってくる。ホールにひしめく男たちは想像よりも多かった。それに怯み、恐れた自分がいた。

かつてのクライネルトの先鋭たちのようにあの中を突っ切って、オクタヴィアに斬りこめたならどんなにいいだろう。ドーフラインで散った浮かばれない者たちは、少しでも心を晴らしてくれるのではないだろうか。

だが、力のない自分には到底できない芸当だ。

ルーツィエは小走りに駆け、厠塔に向かった。そこは、伯の家族が使用する化粧室（ガルドローブ）だった。必ずあの女はここに来る。

柱に身を寄せて好機を待つ。すでに剣は手にあった。

父と、母と、レオと、イルゼと。いまは亡き四人を想う。

ルーツィエはフードを深く被り直し、「負けない」と呟いた。

一時間ほど経過しただろうか。遠くから足音が聞こえてきて、五感を研ぎ澄ます。意を決してちらと窺えば、オクタヴィアがこちらに向かって歩いていた。心臓がぎゅうと縮こまる。なぜならあの女の隣に、絹のように光る髪を見たからだ。絶望を感じた。

――フランツ。

楽しげな笑い声に、心が悲鳴をあげた。しかし、機会はいまこの時だけだ。

ぐっと両手で柄を握りしめる。ほどなく、床に長い人影が現れた。

ルーツィエは足をぐっと踏みこんだ。非力なのは知っている。背の筋肉を存分に使い、身体をひねって勢いをつけた。意識は〝殺す〟の一点に集中する。

びゅうと風を切る音がした。続いて、剣と剣が打ち合う金属音。

ルーツィエは目を剝いた。オクタヴィアに向けて斬りこむ刃を、腰から剣を抜いたフランツが、その刃で受け止めたのだ。

切られてはいないというのに、胸に、切っ先で抉られたかのような痛みが走る。

傷ついた瞳を揺らしたルーツィエは、後ろに飛び退る。

オクタヴィアは「きゃあ」と叫びをあげたが、己の刺客を確認すると、黒い闇の眼をまるくした。

「……な……、まさか。ルーツィエ、おまえ……！」

ルーツィエは言葉の途中で、右足で床を蹴りこみ、オクタヴィアに再び剣を突き出した。が、それも物言わぬフランツに軽々阻まれた。

フランツがオクタヴィアを守っている事実に、ルーツィエは愕然としていた。けれど、手を止めるつもりはなかった。憎い敵の息の根を止めるまでは。

――殺してやる。

視界がにじみそうになり首を振ってそれをごまかす。ルーツィエは憎しみのまま、じりじりとオクタヴィアと見合った。たちまち、より激しい憎悪がうずまいた。

「ルーツィエ、なぜだ……なぜ、ここにいる」

ひとりごちたオクタヴィアは、フランツの背後に隠れた。今度は媚びた甘い声を出す。

「フランツ、怖いわ……わたくしを守って。でもね、この娘は殺さないで。傷つけても構わないから、必ず生け捕りにしてちょうだい」

フランツは口の端を持ち上げた。

「ええ、オクタヴィア。私に任せて」

その名前は彼の口から決して聞きたくなかった。

ルーツィエは、心が張り裂けそうになり、唇を噛みしめる。愛しているのに。

でも、それでも。

彼と戦う覚悟を決めたルーツィエが、瞬きをしたごくわずかな瞬間だった。大きく一歩踏みこんだフランツがいきなり眼前に迫り、あっという間に身体を持ち上げられた。

ルーツィエが声を出す暇もなく、フランツはひらりと身をひるがえし、ここは二階だというのに、柱と柱の間に広がる夜の中に飛びこんだ。

「──待ってフランツ！　わたくしを置いてどこへ行くの！」

着地した彼は、オクタヴィアの悲鳴めいた声に構わず、その場からルーツィエを担いで駆け去った。

外気は湿りを帯びていた。霧雨(きりさめ)が降りしきる。にもかかわらず、雲間から見える月が、辺りをおぼろに浮かばせた。

地に下ろされて、その後抱きしめてくる力強い腕は、ルーツィエを放すまいとしている。逃れようと身体をよじっても、さらに相手の身体がひたと張りついた。

「放さないよ」

彼の息も心音も速かった。被るフードを押さえられ、慌ただしく唇を塞がれる。

このままでは復讐できない。ルーツィエは顔を振り、唇から逃れた。

――せっかくの好機だったのに！

「ひどいわ、放して！」

「放さない」

彼の表情は見えないけれど、いつも感じる余裕は見られない。常に優しい彼の手は、どこか必死にルーツィエの服を摑んだ。

「待っていたんだ。君がオクタヴィアのもとに来るとわかっていたから。けれど、君を見て心臓が止まるかと思った。生きた心地がしなかった」

「わたしのことなんて構わないで！」

「構うに決まっている！」

じたばたするルーツィエは、無理やり抱き上げられた。

「君は僕の妻だ」

言われた途端、目から涙がこぼれた。

「妻なんて嘘。オクタヴィアを守ったくせに！」

「違う、あれは君を守ったんだ」

「嘘つき！」

担がれているルーツィエは、ぽかぽかとこぶしでフランツの背を打った。感情が堰を切って溢れ出す。

「嘘だもの。あなたはオクタヴィアの騎士だわ！」

「嘘なものか。聞いてほしい。まだあの女を殺してはだめなんだ」

「あなたはオクタヴィアの恋人だもの！　信じない！」

歩いていた彼の足が止まった。

「……それをどこで。いつから？」

「とっくに知っているわ。あなたはひどい人。どうしてわたしを妻だなんて言うの？」

彼はルーツィエを抱え直した。決して離さないように。

「違う、あの女は恋人じゃない。君を巻きこみたくなかったから、いままで伝えなかっただけだ」

「嘘よ。聞いたもの。あなたはオクタヴィアと結婚するのでしょう？」

「ばかな、するはずがない。妻は君だ。説明したいけれど長い話になる。聞いてくれる？」

ルーツィエは彼の腕から這い出そうと、唇を嚙みしめながら、ぐにぐにと身体を動かした。言い訳を聞くなどごめんだ。

「聞きたくない、放して！」

「ルル、すべては君を失わないためにはじめたことなんだ」

　ちょうど彼の発言と同時だった。上のホールが騒然となり、ふたりはそちらを仰いだ。

「……何なの？」

「効きが遅いな」

　フランツは、ルーツィエを地面に下ろしながら言った。

「薬を盛らせたんだ。邪魔な騎士どもを黙らせようと思ってね。晩餐は都合が良かった」

「薬？　どうして？」

「今夜、この城を調べる必要があったから」

　わけがわからなくて瞬くと、フランツに指で涙を拭われた。彼を見上げれば、悲しみをたたえた視線が返される。

「僕は何をやっているんだ。君を泣かせてしまうなんて、愚かとしか言いようがない」

　彼は「ごめん」と言いながら、親指でルーツィエの新たな涙を散らした。

「一度、君が部屋を抜け出した時があったよね。知ったのはその時かな」

「……そうよ」

　ルーツィエが睫毛を伏せると、彼の唇に滴る涙を吸われた。

「理由を説明するには、君に辛い過去を思い出させる話をしなければならなかった。だから避けていたけれど、それが裏目に出たね。……いまだにどうするべきだったのか、何が正解なのかわからない。でも、僕にとって重要なのは、君が生きていることだけだ」

　両膝を地面についた彼は、ルーツィエを抱きしめた。傍目(はため)から見れば、豪奢な衣装の青年が、召し使い然とした娘にすがるさまは滑稽だろう。だが、それはルーツィエの胸を打つものだ。気高い彼が、こうして矜持を捨ててすがりつくのははじめてなのだから。

「お願いだ。側にいてほしい。君と離れては生きていけない」

「フランツ……」

　普段は自分より背の高い彼の頭が胸にある。愛おしさに、ルーツィエは彼の頭を抱えた。

「君が無事でよかった。部屋に君がいなくて息が止まりそうになった。君が消えてしまうのではないかと、狂いそうだった。もう二度と僕から――」

　言葉を切った彼は、甘い顔から一転、険しい顔で振り返った。遠くのほうから、「フランツ」と呼ぶオクタヴィアの声が聞こえ、彼は舌打ちする。

「やはり魔女に薬は効かないな」

　――オクタヴィア。

　ルーツィエの中で、オクタヴィアへの憎悪が燃えさかる。腰に差した父の剣を取ろうとすると、腕を摑まれた。

「だめだ」

「止めないで」

「いまはだめなんだ。移動しよう」

「嫌よ」

「君があの女を殺したい気持ちはわかる。それは僕もだ。あの女は君の敵だが、僕の敵でもある」

目を見開けば、膝に手を差し入れられて、軽々と抱え上げられる。

「あの女は父の愛人だった。僕が昔、命を狙われていたのは知っているよね？　あの女が僕に毒を盛り、刺客に狙わせていたんだ。それに、君と同じ方法で母を殺されている。最も許せないのは、大切な君に地獄を味わわせたことだ。何度殺しても殺し足りない」

大股で歩く彼は、抜け穴の前に立つと、古い木の蓋を外した。その中にルーツィエごと身をすべらせる。それには彼女は驚くしかなかった。彼に教えていたのは城塞内と外をつなぐ道だけだからだ。

ドーフライン城塞は迷路状に抜け道が配されていて、知るのはごく限られた者たちだけだった。にもかかわらず、彼は迷うことなく歩くと、小さな丸いガラス石を用いて松明に火をつけた。まるで魔法のようだった。

「簡単に火がついたわ」

「奇妙な石だろう。もらったんだ。君は夜目がきくけれど、僕はだめだからね」

普段は意識していないが、言われてみればそうだった。小さなころからルーツィエは、どれほどの暗がりでもわずかに辺りが見えるのだ。それは母譲りの特技だ。

彼から地に降ろされると、すかさず手をつながれる。指と指を絡め合い、歩いていると、意識は過去に飛んでいく。彼がいたころ城塞内をふたりでよくこうして散歩をしたのだ。

「あなた、抜け道を知っているのね」

「君ほどじゃないけれど、この二年の間に城を調べていたからね。君が知らない事情があるんだ。知らせずに不安にさせてしまったけれど……後で怒ってもいいよ」

「怒らない。わたし、あなたのことを何も知らないのだわ。自分のことばかりで」

ルーツィエは彼とつないでいないほうの手でこぶしを握りしめた。

「勝手な自分に腹が立つわ。弱くて考えなしで、それに……ごめんなさい。あなたの綺麗なマントを投げ捨ててしまったの。後で拾って返すわ」

「いらない。いいんだ、マントなんてどうでもいい」

「違うの、よくないの。あの中にあなたがくれた指輪が入っていたのよ。……ひどいことをしてごめんなさい」

「その話は後でゆっくり聞くよ。でもね、謝る必要はない」

ひとつ吐息を落とした彼は、穏やかに言った。

「君はすべての記憶を取り戻しているよね」

ルーツィエが唇を結んでいると、彼が頭を撫でてきた。

「いま君が考えていることを当てようか。僕を巻きこんではいけないだとか、危険だから守らなければいけないだとか、その類だよね」

「わたし……」

「僕たちは夫婦だ。もう秘密はやめよう。僕もやめるから、君もだ」

彼は首を傾げて「返事は」と促した。ルーツィエは、小声で「わかったわ」と言った。

「ルル、僕の過去を話すから、君も教えてほしい。僕は、君とすべてを分かち合いたい」


抜け道を歩きながら、彼は自らの生い立ちを語った。彼の母の話を聞いた時には、イルゼが語った主の話を思い出した。その後、ドーフライン城塞で過ごした日々に移った時には嬉しくなって、ルーツィエは思わず彼を抱きしめたくなった。迷惑をかけていたと思っていたのに、彼の想いは別だったからだ。

そのことを打ち明けると、彼は素晴らしい笑顔を見せてくれた。

「君は何もわかっていない。君の行いは迷惑なんかじゃなかった。生まれてはじめて僕は守りたいものができた。それが君だ」

彼は目を伏せて付け足した。

「あのころの僕は、君に気に入られたくて必死だった。君は騎士に憧れていたけれど、僕は騎士のように筋肉などなく、ひ弱で痩せていたからね。最初は剣すら握れなかった」

「わたしは外見で人を選ばないわ。わたしがあなたに惹かれたのは……」

ルーツィエははにかみながら肩を竦める。

「実はね、あなたを二度も好きになったの。過去のあなたには不器用な優しさに。そして記憶をなくしてからは甘やかな優しさに。あなたはとても美しい人だけれど、好きになると不思議ね、さらに綺麗に見えたのですもの。正直に言うと、最初はあなたが怖かった。あなたのような美しい人を見たのははじめてだったから、戸惑ったし、なぜか不気味だと思ってしまったの。これはあなたを傷つける言葉？」

微笑みをたたえた彼が覗きこんできた。

「まさか。嬉しいよ。君は記憶を無くしてからも僕を好きになってくれていたんだね」

「あのね、いまはあなたを好きになったまま過去を思い出したから、多分、過去のわたしよりもいまのわたしのほうがあなたが好きだと思うの」

言い終わるや否や、彼の口が重なって、互いに唇同士で食み合った。そして、ふたりは目を合わせ、またキスをする。

「僕がいま、何を考えているのかわかる？」

「わからないわ」

「早くすべてを終わらせて、君と心ゆくまでひとつになりたい。……話を続けようか」

ルーツィエも彼も厳しい過去を持っている。けれどこの時交わした会話は、自身の境遇を嘆くものというよりも、ふたりの欠けているかけらを埋めるようなものだった。冷静でいられたのは、側に彼がいたからだろう。

彼の話を聞き終えると、続いてルーツィエの番になる。ルーツィエは彼がいた当時のこと、離れた時のことを語った。彼が笑ったのは、鳩に名前をつけたと明かした時だった。

オクタヴィアが来てからのことを話せば、彼の瞳は鋭くなっていく。イルゼの死を何もできずに見ているしかなかったことや、自分のふがいなさや力不足を打ち明ければ、何も語らず静かに頭を撫でられた。彼はルーツィエに慰めや労わりの言葉が必要ないことを知っているのだ。どのような言葉をかけられようとも、失われたものは戻らないし後悔は尽きない。ルーツィエが抱える思いは人が口を挟めるものではないのだ。

彼はただ側に寄り添い、抱きしめて、ぬくもりを与えてくれた。こぼれる涙を黙って拭いてくれている。過酷な過去を、同じ痛みを知り、背負っているからこそできることだ。

「……君は、昏睡前はどこにいた？　覚えている？」

当時の心境が蘇り、心臓が抉られるほど辛くなるけれど、ルーツィエは過去を紡いだ。

「ええ。居室からベルクフリートに移されたわ。思い出してからはベルクフリートを見るのは辛かった。イルゼが拷問されていたし、レオも……」

言葉にしかけて首を振る。レオの身に起きたことは、誰にも知られてはいけない。

フランツはルーツィエの手を引き、屈んで目を見つめて言った。真摯な眼差しだ。

「君は、イルゼを連れて一度外に出ているね。ベルクフリートに抜け道があるのかな」

「あるわ。レオがオクタヴィアを引き止めてくれたから出られたのよ。お母さまの部屋に続いているの」

肩に大きな手を置かれた。

「詳しく教えて」

不思議に思いながらも、ルーツィエは話しはじめた。

「わたしの部屋とお母さまの部屋が続いているのは知っているでしょう？　あのタペストリーの隣にある棚が動く仕掛けになっているの。壁に印のあるレンガがあって、それを外せば取っ手があるわ。でもね、ふたつレンガがあるけれど、上ではなく下のほうを選ばないとだめよ。お父さまが言うには、上を選べば罠につながっているらしいわ。ドーフラインの罠は敵を葬るためにあるから近づいては絶対にだめ。だから選ばないで」

ルーツィエからぽろりとこぼれた涙を彼は拭った。

「ルル、ベルクフリート側からの抜け道はどこだろうか」

「一階に置いてある大きな樽の中よ。底が外れるの。階段が続いているわ。でもね、その隠し部屋の中に鎧が置いてあるのだけれど、そこから奥に三歩ほど歩いたところにある下の木の板は外れるわ。それを開ければいいの。お母さまの部屋まで続いているわ」

フランツの顔つきが変わって、ルーツィエは眉をひそめた。

「フランツ？」

「もうひとつ教えてほしい。その隠し部屋で、君は祭壇らしきものを見た？」

ルーツィエはたどたどしく頷いた。

「……ええ。オクタヴィアに髪を引っ張られて引きずられたわ。その時はもう、身体がしびれて動けなかった。台にのせられて髪を切られたわ。その後小指に痛みが走ったの」

ルーツィエは左手をフランツに掲げた。赤い茨の指輪だ。

「これ、どういう仕組みかわからないけれど、血が搾り取られている感覚があるわ」

勢いよくフランツに手を取られる。

「それはいまも？」

「いまもよ。今朝から勢いが増したみたい」

「ルル！」

突然松明を投げ出した彼に抱きしめられて、ルーツィエの声はくぐもった。床では依然として松明の火は燃えたままだった。

「君には僕がいる。僕は欲張りだから、他の誰のことも忘れて、僕のことだけを考えてほしいと思っている。ルル、好きだけじゃ足りない。全然足りないんだ。だから」

ルーツィエは、しきりに目を瞬かせた。

「僕を愛して」

「――えっ？」

不意打ちとも言える彼の言葉に瞠目したルーツィエの頬は、次第にりんごのように真っ赤になった。彼は唖然とする彼女の唇にくちづけると、手を引っ張った。

「愛を聞かせて」

「あの、……もちろん……愛しているわ」

「僕のほうが愛している」

戸惑ったままのルーツィエがたじろぐと、彼に唇を重ねられた。

「君は負けず嫌いなのに、いまは競ってくれないの？」

「フランツ……」

「言って。愛しているんだ」

〝愛している〟の言葉は不思議だ。こびりついていたオクタヴィアへの憎しみの上に愛が浸透し、身体の奥底から歓喜が湧き上がってくるような気がする。

「……わたしのほうが」

彼に伝えるうちに目の奥が熱くなり、とめどなく溢れた。流れないように上を向いた。まさか彼の口から愛の言葉を聞けるなんて思ってもみなかった。

「愛してるわ」

「いや、違う。僕のほうが愛している」

——これは、夢なの？

「フランツ、愛してるわ……」

目を細めた彼の口元が、満足そうに弧を描いた。彼の瞳が揺れているのを認めた。

「……僕は愚かだ。なぜオクタヴィアに言ってしまったのだろう。君にこそ言うべきだった。君だけに伝える言葉だったのに」

ルーツィエは、彼の頬に指を這わせた。信じ難いことに濡れている。けれど嬉しい。

「愛なんてくだらない言葉だと思っていたけれど、早く言えばよかった。過去に戻れるのなら、君への気持ちを自覚した時点で伝えたい」

彼の頬に触れている手に、温かい手が重ねられた。彼は笑みを浮かべる。

「僕は出会ったその日に君に恋をしたんだ」

「本当？　わたしはいい娘とは言えなかったわ。生意気で、あなたに反抗ばかりして」

言葉の途中で、彼に顎を指ですくわれ、もう一度唇同士が合わさった。

「愛しているよ、ルル。君の呪いを解きたい。いますぐベルクフリートに行こう」

＊＊＊

つないだ手に震えが伝わってきて、フランツは彼女を見下ろした。気取られまいと背筋を伸ばしているものの、ルーツィエは縮み上がっているようだ。無理もない、いま、ふたりはベルクフリートの前に立っているのだ。

「大丈夫？」と問うのは最も愚かなことだろう。彼は華奢な身体を抱き上げた。

軽かった。こちらを見上げるルーツィエは、いつにも増して儚く見えた。たちまち彼女を失う恐怖が頭をもたげ、知らずに手に力がこもる。

「ルル、落ちないように僕にしがみついていて。君にとって辛い思い出がある場所だから、本当は部屋で待っていてもらうべきだと思う。けれどごめん。いまは離れたくないんだ」

「わかったわ」

そう言って、指示どおりにしがみついてくる彼女の髪を指に絡める。この髪の毛ひとすじたりとも失いたくないと思った。

「ずっと目を閉じていてもいいから。でも、その間は僕のことだけを考えて」

瞼を閉ざしたルーツィエは、弱々しく笑った。

「フランツ、愛しているわ」

その額にくちづけを落とし、彼女の背を撫でながら、彼は声を張り上げた。

「私だ。ロープを投げろ」

ベルクフリートは入り口が三階に相当するほど高く、通常は梯子を使用するが、指示したとおりに投げ降ろされたロープに彼は自身とルーツィエを固定する。ロープを握って強く引けば、それを合図に中からゆっくり引き上げられて、入り口に近づいた。

フランツは、塔に入る前に彼女に言った。

「君を愛している。僕は君のことばかりを考えている。だから、君もいつも僕を想うべきだ」

彼は、ルーツィエにこれ以上オクタヴィアを憎ませないように必死だった。先ほどのルーツィエの話だと、普通に会話をしている間も、呪いが進んでいるようだ。彼女のオクタヴィアへの憎しみはもはや呼吸をするほど自然なことになっている。だから、憎む暇がないほど自分のことを考えてもらわなくてはならない。

しかしどうすれば、これ以上彼女が憎しみに囚われないようにできるのかわからない。

自分にできることは、彼女への愛を言葉で、行動で伝えることだけだった。

「フランツ、どうしてさっきからそんなに愛しているって言ってくれるの？　いきなりどうしたの」

照れたような、困ったような顔を見せたルーツィエは、もじもじと指をいじくった。

「嬉しいけれど、まったく慣れていないの。どんな顔をしていいのかわからないわ」

「いままでの分を言っているだけだから普通にしていればいいよ。でもまだ伝え足りない。僕が十一歳の時からだから覚悟して。もう一度言おうか」

するとと彼女の小さな手に口を覆われる。

「やめて」

すぐに頬にやわらかいものが触れる。ルーツィエの頬だった。彼女は声をひそめて言う。

「人がいるわ。恥ずかしい。彼らはオクタヴィアの配下ではないの？」

ベルクフリートの方々では、フランツの部下がくまなく探りを入れている。抜け道を探しているのだ。彼はルーツィエの後頭部を押さえながら、辺りを見回した。

内部は煌々と松明が灯され、光で壁がぬらぬらと照っている。横にはロープを引き上げた筋骨隆々の男がふたり控え、あとの者はフランツに対して顔を伏せていた。王に対する態度だ。

「大丈夫だよ。彼らは味方だ。……テオバルト」

鋭く呼べば、あどけない表情をしたテオバルトがよろよろと近づいてきた。休みなく働いている彼は、疲れを隠さない。

「フランツさま、やはり抜け道はありませんよ。時間の無駄と言わざるをえませんね」

唇を尖らせているテオバルトは、すぐにルーツィエの存在に気がついた。

「おや、その方は。ご挨拶させていただいても？」

フランツは、その言葉をすげなく無視した。テオバルトは非常に有能だが罪人だ。生きたまま人の皮を剝いだり、女性を犯しながら殺すのが趣味なのはいまも変わらない。ルーツィエに会わせる気はさらさらなかった。

「彼女たちはどこだ」

テオバルトは「ああ、あの魔女たちですか」と舌を鳴らした。

「いますよ、上階に。快適な部屋がありますからね。老いぼれでもくつろげるでしょう」

「すぐに一階に来てもらえ」

帽子を外し、髪をぼりぼりとかきながら、テオバルトは階段を上り出す。その背中を一瞥し、フランツはルーツィエとともに下の階を目指した。いまにも駆け出してしまいそうな足を抑えるのが精一杯だった。一刻も早く、呪いを解いて不安を取り除きたかった。

「いまの方は？」

緑の瞳を向ける彼女の額にくちづけを落とした。

「気にしなくていいよ」

「え？」

「いまの僕は、あらゆる男から君を遠ざけたいんだ。なぜだかわかる？」

　ルーツィエは言葉に詰まったように唾をのみ、それからこちらを窺った。

「考えてもみてよ。僕は二年もの長い間、目覚めない君の側にいたんだ。少々嫉妬深いのは仕方がない。今後、君の視界に男は入れないから、諦めて」

「あなたの知り合いに紹介してくれないのは度が過ぎると思うわ。わたし、あなたの恥にならないようにちゃんと挨拶できるもの」

　フランツはルーツィエの唇を奪った。

「だめよ……人がいるのに」

「構わない。君を王都に連れて行くまで僕の嫉妬深さは直らないと思っていて。王都でも君を独り占めするつもりだけれど、少しは抑える」

「そんなの慣れていないわ」

「慣れてもらうよ」

　甘い言葉を囁くフランツに、耳をそばだてる周りの部下たちは面食らっているようだった。いまも昔も彼は人嫌いであり冷淡な人物として知られている。戦場では残虐なやり口で勝利を収めた時もある。テオバルトをはじめとする罪人を従わせられるのは、それ相応の理由があるからだ。

　彼は冷ややかに部下を流し見て、そしてくだんの一階に辿り着いた。

「ルル、隠し部屋に行くよ」

フランツは、顎で黒々としたとろみのある液が入った樽を指し、部下に言った。

「その樽の中を掻き出し、底を調べろ」

ほどなく、さらに下に続く階段を認めて、彼は松明を手に足を踏み出した。

＊＊＊

「んっ……」

寝台に横たわるルーツィエは、唇を熱く塞がれた。彼が離れれば、つうと銀の糸が引く。なぜいまこうして抱き合っているのか。よくわからずに、上に覆い被さる彼を見た。吸いこまれそうな水色の瞳に目がくらむ。彼はルーツィエを見つめながらくちづけていた。どうしてと問う間もなく、キスは深まりを見せている。

あれからルーツィエを抱えたまま、フランツはベルクフリートの地下に下りた。しかし、ぴたりと足を止めた彼は、即座に引き返し、甘やかに告げたのだ。

「ルル、愛を伝え合うだけではもう足りない」

「え？」

「いますぐ愛し合いたいんだ。心と、身体で」

彼の顔は穏やかなように見えて、どことなく焦りを伴っていた。

「君のすべてがほしい」

こんな時に冗談だと思った。けれど本気なようだった。彼はルーツィエの耳元で「抱くよ」と囁いてから、鋭く前方を見やった。

「テオバルト、ビルギットを地下へ」

近くに人がいるのだろう。彼は早口で指示をして、さらに言った。

「ビルギット、地下に祭壇があります。あなたの思うままに」

「任せておくがよい」

この声には聞き覚えがあった。ルーツィエを訪ねてきた老婆だ。

「おばあさんね」

ルーツィエが口を挟むと、フランツは「会うのは後だよ」と遮った。

本当は挨拶をしたかった。けれどフランツに後頭部を押さえられているため振り向けず、ルーツィエには何がどうなっているのかわからない。ばたばたとした慌ただしい物音のみを耳にした。そして、ベルクフリートを出るやいなや貴賓室に連れられた。

「ルル、心と身体で感じて。僕だけを見て」

そしていまに至る。

唇を貪りながら、彼は熱に浮かされるように囁いた。

「ルル、僕に集中して」

白金の髪の隙間から見える瞳にルーツィエが映る。よそ見をするなと訴える。

「集中、できない。待ってフランツ。どうして……」

「だめ」

「でも……わたし」

決死の覚悟でフランツのもとを去ったというのに、オクタヴィアに一太刀浴びせるどころか、こうして彼と寝台にいるなんて、予定にないことだ。

けれど、彼から与えられるくちづけは、腰の奥を疼かせる。先を期待してしまう。

「……わたし、オクタヴィアが……」

口内に、ねっとり舌が這わされて、上顎をくすぐられる。欲望を促す動きに熱くなる。

「ん……」

「僕以外の名前を呼ぶのは禁止だ。ルル、愛している」

「わたしもよ、フランツ。だけど、先ほどの隠し部屋に行かなくていいの……？」

「黙って」

フランツの手が身体を辿り服をはだけさせていく。出かけるつもりのルーツィエは、脱げないように「だめ」と押さえていた。けれど、あらわになった胸の先を捕らえた彼に、舌でじっくり舐られる。

「……あ」

官能に震えるルーツィエが、彼のマントを握りこんだ時だった。左の小指が燃えるように熱くなるのを感じた。

「う」

苦しげにうめくと、彼の動きがぴたりと止まった。

「ルル、どうした？」

「指が、熱いの。……痛っ」

じくじくと苛まれる指を彼に見せると、水色の瞳が見開かれる。ふたりの目の前で、赤い茨の指輪が灰になって落ちたのだ。

言葉にならなくて、茫然としていると、フランツが頭を撫でてきた。

ルーツィエの胸にある灰の塊は、瞬く間にさらさらと流れて消えてなくなる。

「見て。君の髪が伸びている。ほら」

彼がルーツィエに伸びた髪をつまんで見せてくる。黒く、長い髪が垂れ下がる。

信じられないとばかりに、ルーツィエは目をまるくした。

「わたし、どうなっているの？」

「ルル……」

眉をひそめた彼が笑った。綺麗な瞳が潤んでいる。

「呪いが解けたんだ。もう、心配ない。……心配ないんだ」

「本当？」

彼の熱い手がルーツィエの頬を包んだ。

「君の悪夢はようやく終わった」

ルーツィエは長く、深い息を吐いた。

「……どうしよう。こんな時なのに」

「ん？　どうした？」

「……とても眠いわ」

語らずとも、愛しいと伝えてくれる彼の面差しをずっと見つめていたいのに、目を開けているのが困難になっていた。睫毛を伏せると、額に彼の唇が降りてくる。

「ゆっくり眠って。君を脅かすものはもう何もないから」

「だめよ、オクタヴィアが……」

「君が目を開けるまでに解決しておくよ。君の夫に任せて」

「解決？　……そういえば、何だか、お腹もすいたわ」

くすっと笑い声がした後で唇にじんわりとしたぬくもりが満ちた。優しいくちづけだ。

「後で食事にしよう。君と食事をするのは久しぶりだね。……そうだ、塩漬け豚を用意しよう。君が嫌いなザワークラウトは、すべて僕が食べてあげるから」

「ん……約束よ。わたしは豆を食べてあげるわ」

「ルル、いままでよくがんばったね。君は、どんな時でも誇り高いクライネルトの立派な騎士だった」

ルーツィエは起きていられなくなって、すうと眠りに落ちていった。

＊＊＊

　貴賓室を出たフランツが向かった先はベルクフリートだった。彼がルーツィエと寝台にいたのはほんの十分程度のこと。いつ呪いが完成してしまうかわからず、彼女の頭の中を自分のことでいっぱいにしたかった。

　あのとき、彼女を抱くと言い出したのは、隠し部屋の惨状がちらりと目に入ったからだ。その光景は決して彼女に見せられないものだった。エルケの老婆ビルギットは、以前、若返りの術を悪魔崇拝の一種だと語っていたが、まさにそう呼ぶにふさわしい凄惨さで、オクタヴィアの禍々しさがひと目で見て取れた。

　正面には、人の頭部を切り落として代わりに山羊の頭が縫いつけられたミイラが据えられており、蝋で固めた身体は偶像的に悪魔を表していた。胸があることから元は女性だったとわかる。周りにはおびただしい数の髑髏が芸術のように積み重ねて飾られていて、ドーフラインでどれだけの者が犠牲になったのかを示していた。肋骨や背骨など骨を用いて優雅に装飾までしてあった。祭壇にはルーツィエの長い髪。そこには黒い血だまりの染みがあった。誰かが彼女への呪いのために供物にされたのだ。それはルーツィエを深く想う者だ。床に打ち捨てられた骸がかつて誰であったのか、フランツは調べるまでもなく見当がついた。はじめから知っていた。そしてその者が纏っている服を見るやいなや、ルーツィエが何を思うのかも、どう行動するのかも。それがどのような結果を生むのかも。

　霧雨はいつの間にか本格的な雨になっていた。辺りはけぶり、ぼやけて見えた。

重厚な壁に下ろされた梯子を登り、ベルクフリートの内部に入ったフランツが地下に下りると、老婆が自らの血を使い、祭壇に細やかな紋様を施していた。四人のエルケの魔女も参加して、それは大掛かりなものだった。

側では部下が床の亡骸を運んでいる。フランツは「丁重に扱え」と命じた。

フランツは老婆の作業の終わりを待ち、疲れた様子の彼女に言った。

「祭壇を焼かなかったのですね。ルーツィエの髪も」

老婆は布で傷つけた自身の腕を押さえながら、しわを深めてにやりとした。

「せっかく我がいて四人の魔女が揃っておるのだ。ただ呪いを解くだけでは面白くなかろう。我がひ孫の髪を利用した。それに、孫もな。……ああ、お前の部下が——テオバルトといったか、人を引き連れ、オクタヴィアのもとに向かっておる。加勢に行ってはどうだ。オクタヴィアは強敵ぞ」

フランツは「いいえ」と気の無い返事をした。テオバルトは一見優男だが、その武力はクライネルト伯に匹敵する。もしも伯がいたのなら、かつての敵国の将がいることにさぞや驚いたことだろう。もっとも、テオバルトは戦場では常に顔を覆い隠す不気味な兜をつけていたらしいが。

「彼なら問題ありませんよ。しかし、あの女を殺してはいけませんね」

「殺さぬようにここに運べと伝えてあるが」

その老婆の言葉に、彼は首を振って否定する。

「テオバルトは快楽のために人を殺すような男です。心変わりをしかねません」

フランツが踵を返すと、老婆にマントを握られる。

「我も連れてゆけ」

「あなたを？」

「背負うがよい」

ふてぶてしい顔をした老婆にため息をついたフランツは、彼女を抱き上げた。

「ビルギット、わかっていますか？」

「何をだ」

「私がこうして抱くのは妻のみと決めているのです。あなたは彼女の曽祖母ですからいまは特別です」

老婆は瞼を閉じた。

「王に抱かれるとは貴重な体験だな。ついでに王よ、あの山羊の頭がついた者も、頭部を外して埋葬してくれんか」

山羊の頭がついた者――祭壇に据えられた、悪魔をかたどるミイラのことだ。

「構いませんが、どうしてですか」

「あわれでな。エルケに連れ帰ろうと思ったが……あれは我の側より夫の側を望むだろう。オクタヴィアめ、墓をあばきよった」

ゆっくりと目を開けた老婆はこちらを見つめた。

「あれは我が孫、ルーツィエの母親ディートリンデだ。いま、エルケの者にディートリンデの頭を探させておる。あの多くの髑髏の中にあるはずだ。……それにしても許せぬ」

　老婆はぎりりと歯を噛みしめた。

「我が娘を喰らい、我が孫を悪魔に仕立てて冒瀆し、ひ孫を贄とするとはの。当然報いを受けさせる」


　フランツが老婆とともにホールを訪れると、大勢の騎士がいびきをかいて寝ていた。その横を居館（パラス）を目指して通り抜ける。道すがら騎士が斬られたあとが見られた。間違いなく好戦的なテオバルトの仕業だろう。うずくまる者、絶命している者、様々だ。

　居館（パラス）に近づくと、女の奇声が響いた。フランツは老婆をその場に下ろし、自身は腰から剣を抜く。

　中では家具や燭台が倒れて、タペストリーに火が燃え移っていた。すかさず部下を顎で呼び寄せ、消火を命じる。

　フランツは、「裏切り者！」と怒鳴り斬りかかってくる騎士を、眉ひとつ動かさずに斬り捨てた。倒した騎士のマントで血を拭うことも忘れない。フランツは、他人を汚れと捉え、己に染みがつくのは許せない。受け入れられるのはルーツィエだけだ。

　刃が交わる音がした。テオバルトや部下たちが、オクタヴィアと騎士を相手に戦っているのだ。どうやらオクタヴィアは肉弾戦には向かないようで、小狡く自身の騎士を盾に応戦している。それをにやにやしながら追い詰めるテオバルトは獲物を狩る獣のようだった。

ぎらりとテオバルトの目が光を帯びた。それは彼が明確に殺意を抱いた証だ。

「待て」

フランツが阻むと、テオバルトは残念そうな顔をした。対し、オクタヴィアは焦りを消して、歓喜の表情を見せる。

「フランツ、助けて！　謀反よ！」

こちらに駆けてくるオクタヴィアに、フランツは冷めた視線を送った。

「貴方の下男が突然わたくしを襲ってきたのよ。早く守ってちょうだい！」

「それは大変だね」

抑揚のない声だ。しかし、その声に気づかずオクタヴィアはすがりつく。

「この狼藉者を殺して！」

フランツは悠然と剣を構えた。そして得意げなオクタヴィアが抱きつく寸前に無表情で横に払った。オクタヴィアは黒い目を見開きながらくずおれる。服は裂け、腹の上部からは血が噴き出した。

「私に触れるな」

「……え……？」

オクタヴィアは愕然としながらフランツを見上げた。これまで会えば甘く愛を囁いていた青年が豹変したのだ。事実を受け入れられずに小刻みに震える。

「フランツ、何をするの……？」

苦悶に顔が歪んだ。

「わたくしに……貴方の妻になるこのわたくしに！」

「黙れ」

「貴方はわたくしを愛しているはず……わたくしも貴方を愛しているわ。美しいわたくしに、貴方は愛されているの。なのに！」

「黙れと言っている。調べもしないで迂闊なことだな。エーベルスト侯はおまえが殺したエルデ＝マリアの息子が継いでいる。わかるだろう、おまえを妻にするなどありえない」

オクタヴィアは唇をわななかせた。

「エルデ＝マリアの？……嘘よ！　フランツ、何を言い出すの？　冗談はやめて！」

フランツは、剣を振って付着した血を飛ばし、冷淡に目を眇めた。

「私はフランツだが、もうひとつ名がある」

「嫌……」

「おまえが毒を盛り、刺客を送り続けた者の名を忘れたか」

オクタヴィアは亜麻色の髪を振り乱した。

「嫌よフランツ！　わたくしは……わたくしは！」

フランツは自身によろよろと伸ばされた手を振り払う。

「汚らわしい」

　それでも血を流したまま抱きつこうとするオクタヴィアに、彼は切っ先を突きつけた。そして、オクタヴィアが自身に触れようとする刹那、その腹めがけて思い切り剣を突き刺す。それは、背中から剣先が出るほど深く、血が勢いよく噴き出した。

　断末魔の絶叫の中、彼は剣を引き抜き、オクタヴィアの首にとどめを刺そうと構える。

「呪いが解けた以上、おまえは用済みだ」

「待て、我は用がある」

　その後、彼が顔を向けた扉から杖をついた老婆が、こつ、こつ、と音を鳴らして現れた。その途端、オクタヴィアから血の気が失われる。

「ビルギット。そんな……」

　老婆はフランツに見せたことのない顔で、オクタヴィアを見据えた。肌が粟立つような、底知れぬ憎悪を感じる。老婆の緑の瞳は、静謐な原生林を思わせるものだったが、いまは混沌とした深い闇だった。

「久しいの、生きたお前をまた見るとはな。二度と見たくはなかったが」

　オクタヴィアは真っ赤な唇を噛みしめる。

「し……死に損ないのばばあが……エルケからはるばると」

　老婆はオクタヴィアの言葉を遮るように、くくくと肩を揺らした。

「ばばあはお前もだろう。我より十ほど下なだけだ。しかし、お前は耄碌（もうろく）しておるようじゃ。大事な大事な祭壇に悪魔として我が孫を置くとはの。お前がわざわざ揃えたのだ」

オクタヴィアは「まさか」と目を見開いた。

「我の血、孫の爪、ひ孫の髪、お前が食らった我が娘の血肉。お前がこしらえた祭壇にはエルケの者が四人揃っておるわ。……のう、オクタヴィア。施すのは我じゃ。何とまあ、術としては完璧だと思わぬか？」

オクタヴィアは腹を抱えてよろよろと立ち上がり、自身の血のついた両手を見下ろした。それはただの血に見えるが、どうやら老婆とオクタヴィアには違うものに見えるらしい。

「ビルギットめ……わたくしにこのような」

「優しい我はお前に呪いを返してやった。しかもだ。術の間、お前は不老ぞ。ありがたく受け取り、神の領域をとくと味わうが良い。悲願が叶って嬉しかろう」

老婆は先に傷つけていた自身の腕に爪を立てると、力強く抉った。そしてすぐさまオクタヴィアの髪を鷲摑みにして膝を折らせると、その赤い唇に、腕からぼたぼたとこぼれ落ちる血を垂らす。

「いっ、やぁ、嫌……嫌よ！　やめて！」

「やめるわけがなかろう、愚か者」

オクタヴィアはもがいて血を拒否するけれど、老婆が指を鳴らせば、ぴしりと身を硬くした。それからは、大人しくされるがまま血を受け入れて、ごくりと喉を動かした。

「ぐ……おのれ」

「いい顔じゃ。そうか、くやしいか」

老婆はしわを深めて、にんまりと笑った。

「ああ、左手を見るがよい。我ながら術は完璧じゃ。綺麗に芽吹いたわ」

がたがたと震えながらオクタヴィアが自身の左手を見下ろせば、その小指に赤い茨の指輪が咲いていた。黒い瞳が見開かれる。

「ひぃ……！」

「安心せい。お前の内なる我が娘の血肉が、お前を一秒たりとも眠らせぬ。昏睡などと甘きことを許すわけがないだろう。灰になるさまをとくとその目で見るがよい」

オクタヴィアの悲鳴が部屋をつんざいた。フランツは、涼しい顔でテオバルトに視線をすべらせた。

「テオバルト。このおぞましい虫けらを縛り上げ、ベルクフリートに連れて行け」

すでにテオバルトは残りの騎士を仕留めていた。汗が出ていないにもかかわらず、拭うふりをする。

「俺、よく働いていますよね。ですからこの女、俺がもらってもいいと思いませんか？」

フランツは、めずらしくテオバルトの前で唇の端を持ち上げた。

「いいだろう。好きにしろ」

舌なめずりをしたテオバルトは、一見無邪気な、しかし、邪悪な笑みを浮かべた。

「ええ、好きにしますよ」

暴れるオクタヴィアを黙らせたテオバルトは、鼻歌を歌いながらベルクフリートに去っていく。いまからテオバルトは趣味を満喫するのだろう。だが、フランツの知ったことではなかった。フランツは老婆とともに居館の奥の間に歩いていく。

重厚な扉は木の板で塞がれていた。彼は部下に開くように命じて、開けばすぐに踏みこんだ。しかし、自然と足がぴたりと止まる。

乳香が鼻をつく。オクタヴィアの部屋は贅を尽くされていたが、その部屋はあわれなほどに質素だ。古く、黒ずんだ振り香炉が転がり、椅子が一脚ぽつりとあるだけの部屋だった。その椅子に項垂れるように腰掛け、動かぬ者がいる。

立ち尽くすフランツの横を通り抜け、歩き回る老婆は部屋の四隅に自身の髪を落としていった。そして虚空に文字を描く。すると、重苦しい空気がすうと軽くなった気がした。

フランツは振り香炉を手に取った。ちりり、ちりりと鈴がなる。黒くこびりつくものは血だろうか。そのまま椅子に近づきひざまずく。

通常、王がひざまずくなどありえないことだ。だが、フランツはそうしたかった。かつて自身を鍛え、守る意味を教えてくれたこの人に。そして、ルーツィエをこの世に与えてくれたこの人に。

「お久しぶりです、クライネルト伯」

語りかけても伯は何も答えない。勇壮だった影はなく、変わり果てた姿だった。

「すべて終わりましたよ。ご安心ください、この先、生涯かけてあなたの宝を守ります」

10章

　ルーツィエがフランツの案内のもと、母の墓所に向かったのは、翌日の朝のことだった。彼と手をつなぎ、空いたほうの手で持つのは薔薇の花束。ベッヘム城から早馬で鮮花が届けられたのだ。

　すっかり長く伸びた髪は彼が結いあげてくれて、顎までの短さに慣れたいまでは重く感じられる。その髪形に合わせた衣装はパープル染めのドレスだった。聞けば、亜麻布の肌着以外にもドレスを持ってきていたらしい。それは途中で数えることを止めたくなるほどの恐ろしいほどの量だった。思い出したルーツィエは唇を曲げた。

「ひどいわ」

「どうしたの？」

「わたし、肌着以外にも着たかったわ」と伝えれば、彼は飄々と涼しい顔で言った。

「これから、思う存分着ればいいし、君は肌着がとてもよく似合っていたよ」

　ルーツィエは、不満げに頬を膨らませた。

「それは喜んでもいいの？　肌着が似合うだなんて、あまり嬉しくない気がするわ」

「何を着ても似合っているという意味だから、喜んでいいよ」

フランツとは意識して重くならないような会話を心がけた。気を抜けば、いろいろな思いがこみ上げてきて涙がこぼれてしまうからだ。

幕壁沿いに東に向かい、監視塔（バルティザン）を越え、騎士館、それから武器庫を通り過ぎると、ほどなく緑が見えてきた。そこは、木が等間隔に植えられている、ドーフラインで最も樹木と花の多い一角だ。

雲間から陽が落ちる中、浮かび上がる白い墓石には薔薇の彫刻が施されている。母の墓だ。窺えば、隣には仮と見られる墓がふたつあった。フランツは、「君の父上とレオナルトのものだよ」と教えてくれた。元々別の場所にあった父の墓を、母の隣に移したらしい。すでに多くの花が添えられていて、仮とは言え華やかだ。

「フランツ、ありがとう」

首を傾げた彼は、「どういたしまして」と微笑んだ。

「お父さまもお母さまも喜ぶわ。レオも」

「仮ですまない。完成は急がせるけれど、また後日ふたりで来よう」

「ええ」

ルーツィエは父の墓を眺めた後にレオの墓を見つめた。

「お父さまとお母さまは、叔父さまが亡くなってからレオを息子同然に見ていたの。それに、叔母さまはレオが生まれてすぐに息を引き取ってしまわれたから、お母さまがわたしと一緒にレオも育てたのよ。だから喜ぶわ。しかも騎士になっただなんて、お父さまもお母さまも雄姿を見たかったでしょうね。わたしも見たかった……」

言葉を切って、ルーツィエは言いにくそうに小声で口にした。

「でも、このレオのお墓は空なのでしょう？」

フランツの答えを待たずに、ルーツィエは「わかっているの」と付け足した。

戦地で散った騎士は、その地で葬られるのが通例だ。戦況が厳しい時にはそれすらも叶わず、遺体は死を迎えたまま時を経て大地に還る。よって、故郷に戻ることはまれだった。レオの父もドーフラインに戻らなかった。

少し間を空けてフランツは頷いた。

「……手配したけれど探せなかった」

「手を尽くしてくれてありがとう」

あの地獄から抜け出したレオを思った。彼はどのようにして十七歳まで生きたのだろうか。憎まれ口を叩きながらも、人を放っておけない正義感の強い彼が、ルーツィエを探して苦労していなければいい。できればあの約束の、剣の稽古をしたかった。

十七歳のレオは背も伸び、たくましくなっていただろう。クライネルトの金の鎧と赤いマントをはためかせ、馬を駆る彼を脳裏に描き出す。想像していると、涙が溢れた。

「誇りに思うわ。……あなたには感謝してもしきれない。こうして、みんなが」

つないでいた彼の手の力が強まり、ルーツィエは見上げた。逆光で彼の輪郭が光を帯びている。その表情はせつなげだ。

「ねえ、フランツ。あなたは王城からはるばるわたしを助けに来てくれたのね。眠っている間も……二年も側にいてくれて」

ルーツィエは、ぐっと彼の手を引き寄せた。

「ありがとう」

伝え終えたと同時に、身を屈めた彼の唇が額に落ちた。

「ルル、僕は君を迎えに来ただけだ。十五の君を妻にすると言ったはずだよ。僕は、君のためというよりも、自分のために来たんだ。……礼などいらない」

瞬きをしたルーツィエは、もう一度「ありがとう」と口にした。

「わたし、しばらくお祈りをするわ。お父さまとお母さまとレオに。それに、イルゼにも祈りたい。後でイルゼのお墓にも連れて行ってくれる？」

「もちろん」

彼はルーツィエの頭を撫でた。

「ゆっくり祈るといい。後で迎えにくるよ」

伯の墓の前でひざまずくルーツィエを見守り、静かにその場を離れたフランツは、木の陰に佇む小さな影を見つけて近づいた。それは、ドーフライン城塞を訪れた時と同じ服装をした、エルケの村の老婆であった。

「ビルギット、出立するのですか」

老婆は目を細めると、肩を竦めて言った。

「そうだ。……見納めをしようと思ってな」

遠くのルーツィエを映す緑の瞳は寂しげだ。

「会っていかないのですか」

「あの子にか」

うつむいた老婆は、力なく首を振る。

「会わぬほうがよい」

老婆が踵を返すと、彼も合わせて歩き出す。歩調はゆったりとしたものだった。

「あの遺骸のことを、お前は隠すつもりなのだな」

それは、祭壇の床に打ち捨てられて、朽ちていた者のことである。

「ええ。彼は真実を彼女に知られることを望まないと思います。それに、彼は騎士になりたがっていた」

「あのあわれな青年は、ルーツィエの中でだけは騎士でいられるというわけだ。お前は優しいな」

「優しい？　誤解です」

フランツは中空をぼんやり眺めた。

「時期が違えば、彼女の髪に私の血が使われていたでしょう。ある意味彼は私です。ですから、私なら同じように望むと思ったまでです」

それに、と彼は続ける。金色の睫毛に薄く隠れた瞳は、氷のように冷ややかだった。

「こうも思っていますよ。もし真実を告げれば、彼はルーツィエの心に永遠に刻まれる。彼女はきっと正気を保てず彼を想い続けるでしょう。それは許さない。真実など不要だ」

「ほう……」

「私は彼が嫌いです。けれど、後にも先にも私が羨ましいと感じた人間は、彼ひとりだ。……私は、彼女が他の男を想うなど我慢がならない。ですが、許すしかないため、彼への怒りを殺しているのです。このような思考の男を、それでも優しいと言えますか」

老婆は凍てつく横顔を見せるフランツを一瞥した。

「お前はあの青年を認めておるからそのような思いを抱くのだ。普段のお前なら、あのまま遺骸を打ち捨てると思うが、丁重に葬った。手ずから花まで添えてな。我は、お前の言葉に優しいと言ったわけではない」

フランツは鼻先を上げ、老婆を流し見る。

「やめてください」

「本心を知られるのは嫌か」

「私は優しくなどない」

うつむいたフランツは、白金の髪をかきあげ、依然祈りを捧げるルーツィエを見つめた。

「……ビルギット、そろそろはじまりますよ」

「何がはじまる」

「ルーツィエの歌です。彼女は歌う前、ああして深呼吸をして、息を整えるのです」

ふたりが見守る中、ゆっくり立ち上がったルーツィエは、クライネルトに伝わる歌を口ずさみはじめた。もう、この世にいない彼らに送っているのだろう。相変わらず独特な強弱をつけるものだから、下手なように聞こえるけれど、心がこもった歌声だった。

「ほう。これが以前お前の言っていた歌か。なるほどな」

「この歌が好きなんです。昔からね」

「下手に聞こえるが違う。……ああ。あの子は知らぬうちに術を使っておる」

老婆はひひひとおかしそうに笑った。その瞳は潤み、揺れている。

「こんなところで……やはり離れておっても我がひ孫だ。豊穣と癒やし、そして災いを払う節だ。同時に行うとは見事。聞く者には守りとなったであろう」

「私は彼女に守られていたのですね」

「多少はな」

フランツは、ルーツィエから老婆に視線を戻した。

「ところで気になっていたことがあります。伯の部屋の振り香炉を覚えていますか」

「覚えておるが」

「以前、ルーツィエは眠りにつく前に振り香炉の鈴の音が聞こえると言っていたのです。

ひどく恐れていた。でも、共にいる僕は聞いたことがない。聞こえない以上、彼女の身に起きていることがわかりません。ルーツィエの呪いは本当に解けているのでしょうか。昨夜もうなされていたのです。いまだ振り香炉に囚われているのではないかと心配で」

老婆は斜め上を見て、木の葉の隙間から落ちる光の眩しさに目を眇めた。

「お前は、またルーツィエが昏睡に陥るやもしれんと不安に思っておるわけだ」

「ええ。……もう二度とあのような思いはしたくありません」

「呪いは完全に解けておる。我を信じよ。ルーツィエが鈴の音を聞くのは無理もないことじゃ。あの子はオクタヴィアにより昏睡させられていたからの。オクタヴィアは振り香炉を用いて執拗に術を繰り返したのだ。心的外傷を受けて当然だろう。あの子にとって、眠りは悪夢そのものだからな。じきに治るだろうがしばらく続くやもしれん。だが案ずるな、あの子は強い。そしてお前がいる。鈴の音など気にならぬほどたっぷりと愛してやれ」

老婆は顎を持ち上げた。

「その諸悪の権化、オクタヴィアはひと月後にお前の母親と同じく灰と化す。お前の母親も少しは浮かばれよう。……フランツ、もう黒衣をやめるがよい。お前が黒を纏うのは母への思いであろう」

「私はまだ母の死を悼んでいません。それに、ルーツィエが私の黒い衣装を気に入ってくれているのです。私は彼女の好きなものを纏いたい」

にんまりと笑った老婆は、肘でフランツを小突いた。

「王が女の尻に敷かれるとはな。情けないと言わざるをえないが、よき理由だ。お前は黒き王となるか。お前がいれば、あの子は良き人生を歩むであろう。何も心配はいらぬ」

老婆は腕を上げると、彼に手をひらひらとさせ、別れの合図を送った。彼女の先に待つのは、エルケの四人の魔女だった。

フランツは、老婆を追いかけようとはしなかった。代わりに彼女の背に声をかける。

「折を見て、妻とともにあなたに会いに行きますよ」

老婆はおもむろに振り返る。

「エルケをあの子に知らせるなと言うたはずだが」

「私が友に会うのは自由です」

「我をお前の友とな」

「早々にくたばってもらっては困りますよ、エルケの長ビルギット」

硬い表情から一転、老婆は顔を崩した。

「若造が」

「あなたは王の友であることを誇りに思うべきです。いまのところ、唯一ですからね」

「呆れたやつじゃ。我を友呼ばわりとはの。……まったく、お前は優しい」

老婆はくくくと肩を揺らし、唇を緩めた。

「友なら致し方あるまい。我はお前を歓迎する。お前の妻もな。いつでも来るがよい」

ふたりを窺っていたエルケの魔女たちが揃ってフランツに会釈をする。

やがて、老婆は輿に乗り、こちらを見ることもなく立ち去った。

しとしとと、静かに降る雨の音を耳にした。

ルーツィエにはそれが涙のように感じられた。失ったものが大きすぎて、そう思えてしまうのかもしれない。側に彼がいてくれなければとても耐えられなかっただろう。

フランツ曰く、オクタヴィアが引き入れた騎士や召し使いはすべて解散したとのことだった。ベッヘム城にいるグントラム率いるクライネルトの騎士たちが、じきに戻ってくる手筈になっている。肝心のオクタヴィアはといえば、死よりも辛い目にあわせたらしい。

「わたしが仇を討ちたかった」と言うと、申し訳なさそうに眉を寄せ、叶えてあげたいけれど、もう切る肉がないかもしれない、とよくわからない冗談を言った。

寝台に寝そべりながら、アラベスクと葡萄の模様を眺めていると、扉が開く音がした。貴賓室に入ってくるのはただひとり、フランツだけだ。変わらず彼はルーツィエに誰も寄せつけようとはせずに、献身的に世話をしてくれた。

「ルル、熱はどうかな」

彼が額に手を当ててくる。ひんやりしていて気持ちがいい。ルーツィエは、墓所を訪れてから熱を出したのだ。寝こんでからすでに三日は経っている。

「大丈夫よ」

「だいぶ下がったね。よかった。辛くない？」

「ありがとう。あなたのおかげで辛くないわ」

　上体を起こすと、彼が背中を支えてくれた。

「少し話そうか」

　そのままフランツが背後に回り、ルーツィエは彼の胸に背をもたせ掛ける形になる。お腹に彼の手が回り、ゆっくりとさすられる。彼のぬくもりにどきどきした。

「お腹すいた？」

「……すいてないわ。朝に食べたばかりじゃない」

　ルーツィエは顎を上向ける。

「あなた、そればっかり。わたしのこと、そんなに食いしんぼうだと思っているの？」

　彼が笑ったために、頭上に息が吹きかかる。

「食事をする君を見るのが好きなんだ」

「あなたは自分のお肉までわたしに食べさせようとするんですもの、太ってしまうわ」

「もう少し太ってもいいと思うよ。……そうだ、後で髪を切ってあげる。綺麗な髪だけれど長すぎるからね」

　呪いが解けると同時に突然伸びたルーツィエの髪は、いまや膝の位置にまで達している。

　ルーツィエが頷くと、彼が腰に触れてきた。

「このあたりの長さはどうかな。ドレスに合うと思う。君の意見は？」

「あなたに賛成よ。任せるわ」

彼はルーツィエの艶やかな髪を手で梳きながら言った。

「これから王城で様々な式典が控えているから、君は忙しくなるよ」

ルーツィエはぱちぱちと瞬きをした。

「本当？　わたしも出るの？」

「逆に聞くけれど、君が出なくて誰が出るの？　どうしてそんなことを言うのかな」

「以前ね、レオが言っていたわ。あなたには五人のお妃候補がいるって」

フランツの手に力がこもり、ルーツィエはくるりとひっくり返される。彼の水色の瞳とかち合った。

「君もなかなかしつこいね。そういえば君は昔からしつこいところがあった」

目を瞠ったルーツィエは唇を尖らせる。けれどすぐにはにかんだ。

「何よそれ」

笑みをたたえた彼に、頭をわしわしと撫でられる。優しくなった後の彼というよりも、出会ったばかりのころの傲慢な彼を彷彿とさせる手つきだ。

「僕は、君に何度妻だと伝えればいいんだろう。いい加減覚えてくれる？」

「でも」

彼に両頬を包まれ、そのまま唇にキスされる。一度だけでなく、角度を変えてもう一度。

ルーツィエは胸にせつなさを募らせた。

「君は自分が正しいと思うことについては本当に頑固で意見を変えない。けれど、それを貫くだけの、根性があり努力も怠らない」

額に、睫毛を伏せた彼の額がこつりとつけられる。

「そんな不屈の精神を持つ君が眩しかった。僕も君のようにあらねばと思った。君を目指すうちに君を深く知り、知れば知るほど好きにならずにはいられなかった。一生を共にしたいのは君以外誰もいない。いまもその気持ちは変わらないよ。だから君を妻にした」

「フランツ……」

声が震える。涙ぐむルーツィエが瞬きをすると、ふたりの睫毛が触れ合った。

「ねえルル、僕は求婚しているんじゃない。これは報告だ。とっくに夫婦だから諦めて」

ルーツィエは、頬をぽっと薄薔薇色に染める。

「本当？」

「疑り深いね。もちろん本当だよ」

「仕方がないわ。だって、覚えていないのですもの。いつからわたしたちは夫婦なの？」

フランツの手が優しくルーツィエの髪を梳き、毛布を肩まで引き上げた。

「二年前、ドーフライン城塞に来て君を見つけた時に決めた。それから君は妻だ」

「……決めた？」

おかしな言い回しにルーツィエの眉間にしわが寄る。

「あなたの妻は王が決めるのではないの？」

「そうだね」

「王がわたしを選ぶとは思えないわ。わたしは王女さまではないのですもの」

「君は僕の妻が嫌？　愛していない？　僕は君を愛しているけれど」

ルーツィエは彼の服を握り、鼻先を彼の顔に近づけた。すると、唇を啄まれる。

「愛しているわ。あなたの妻というのも嬉しいし、幸せ。でも」

「〝でも〟はなしだ」

微笑む彼は、訝しむルーツィエの背中を撫でながら言った。

「君に伝えてなかったけれど、僕はすでに王なんだ。戴冠式はまだだけどね」

「えっ！」

ルーツィエは驚きのあまり若干飛び跳ねてしまった。わなわなと震える。

「フランツ……本当？」

「君は〝本当〟が好きだね。本当だ。僕は王だ」

「そんな……」

震えを止め、彼女ははっとした。

「だったらあなた、ここで何をしているの？　わたしの世話なんて」

先ほど彼は、ルーツィエの身体を拭き、髪を梳き、果物の皮を剝いてくれたのだ。爪だって磨いてくれた。自分ですると言ったのに、譲らずすべてやりとげた。王なのに。

「どうしよう、わたしなんかに構っている場合じゃないわ。あなたは早く王城に戻って」

あたふたするルーツィエの傍らで、フランツは呑気に目を閉じた。

「少し眠ろうかな。僕は君の側で眠るのが好きなんだ。君がいないとうまく眠れない」

「だめよ！」

叫んだルーツィエは、人差し指と親指で、彼の両目をそれぞれこじ開けた。

「………僕にこんなことができるのは君くらいだ」

「それどころじゃないわ、フランツ。早く帰ったほうがいいわ！」

「僕が帰るのは君の側だ」

「フランツ、あなたは王さまなのよ？」

頬を膨らませたルーツィエが迫ると、彼はおかしそうに肩を揺らした。

「君、その顔。自覚していないようだけれど、僕が王なら、ルルは王妃だからね」

ぴしりと固まったルーツィエに、彼は愛おしそうにくちづけた。

「僕だけの妃だ」

ずっと、雨の音が聞こえていたけれど、静けさが広がった。

否。高鳴る心音と、彼と唇同士を擦り合わせる水音と。もう、彼しか感じない。

「ルル……」

フランツがかすかに唇の隙間を開けた。

「一生側にいて」

薄く目を開けていたルーツィエは瞼を閉じていく。

眼裏に浮かぶのは、過去の幼い彼だった。

これまで彼と過ごした時間が脳裏を駆け巡る。続いて彼に焦がれ続けた時間が。そして、いまの彼と出会えた瞬間が。

――フランツ……わたしは。

ぐっと、熱いものがこみ上げる。頬がじわりと濡れていくのがわかった。

「ええ……フランツ。わたし、あなたの側にいたいわ」

「ずっと？」

「ええ、ずっと！」

再び唇を触れ合わせ、顔を離したフランツは、ルーツィエの心を打ち震わせるような笑みを浮かべた。

「ルル、もう離さないよ」

あとがき

こんにちは、本書をお手にとってくださいましてどうもありがとうございます！　またおまえか？　というお声が聞こえてきそうですが、そうです。また、わたしです……。ちなみに発売月はわたしめの誕生月です。自分、おめでとう……。

とりあえず、まずは編集さまに額を床にこすりつけて土下座したいと思います。この度も大変ご迷惑をおかけしてしまいまして、申し訳ありませんでした！

それからウエハラ蜂さま、素晴らしいイラストを描いてくださりどうもありがとうございました！　とっても素敵で感激しています。

本作ですが、セドレツ納骨堂の写真を見たことから始まりました。舞台として中世な童話を意識しました。禍々しくて美しい世界を書いてみたいと思い、無謀にも挑戦しました。

でも、わたしのなかで中世とは薄氷の上に立つような、死と隣り合わせの薄暗い世界です。そして一度不思議な世界観の王子さまがお姫さまを助ける王道なお話を書いてみたかったのです。少しくせの強いお話ですが、楽しんでいただけますとってもうれしいです。

最後になりましたが、お読みくださった読者さま、本書に関わってくださいました皆々さま、お世話になりました。感謝いたします。どうもありがとうございました！

荷鴣

この本を読んでのご意見・ご感想をお待ちしております。

◆ あて先 ◆

〒101-0051
東京都千代田区神田神保町2-4-7 久月神田ビル
㈱イースト・プレス　ソーニャ文庫編集部
荷鴣先生／ウエハラ蜂先生

氷の王子の眠り姫

2018年2月3日　第1刷発行

著　　者　荷鴣
イラスト　ウエハラ蜂
装　　丁　imagejack.inc
D　T　P　松井和彌
編集・発行人　安本千恵子
発　行　所　株式会社イースト・プレス
〒101-0051
東京都千代田区神田神保町2-4-7 久月神田ビル
TEL 03-5213-4700　FAX 03-5213-4701
印　刷　所　中央精版印刷株式会社

ISBN 978-4-7816-9618-8
定価はカバーに表示してあります。

Sonya ソーニャ文庫の本

『悪魔な夫と恋の魔法』　荷鴗

イラスト DUO BRAND.